이응준 태극기

COREA.

고종19년(1882) 4월 6일(양력 5월 24일) 조·미 수호통상조약 본회담장에 게양되었던 조선 국기. 조미조약에 사용된 조선국기는 2개월 뒤인 7월 19일, 미국 해군부 항해국이 제작한 『해상 국가들의 깃발: flags of maritime nations』에 실려 조선이 최초로 조미회담에서 국기를 사용했음이 밝혀졌다. 이 국기가 '이응준 태극기'이다

대한제국

대한제국

초판 1쇄 인쇄 2024년 8월 28일
초판 1쇄 발행 2024년 8월 30일
저 자 박충훈
발행인 박지연
발행처 도서출판 도화
등 록 2013년 11월 19일 제2013-000124호
주 소 서울시 송파구 중대로34길 9-3
전 화 02) 3012-1030
팩 스 02) 3012-1031
전자우편 dohwa1030@daum.net
인 쇄 유진보라
ISBN 979-11-92828-62-6 *03810
정가 15,000원

도화道化, fool는
고정적인 질서에 대한 익살맞은 비판자,
고정화된 사고의 틀을 해체한다는 뜻입니다.

대한제국

박충훈 장편소설

도화

차례

책머리에
일러두기

멸망滅亡과 소멸消滅

'멸망滅亡'은 '망하여 없어짐'을 이르는 말이다. 소멸消滅은 흔적 없이 사라져 없어짐을 이르는 말이다. 반 만년 우리 역사에서 나라가 망하고 생성되는 파란波瀾 많은 역사가 있었지만, 나라의 멸망은 한 번 있었다.

흔히 백제의 멸망, 고구려의 멸망. 신라의 멸망. 고려의 멸망이라고 말하는데, 틀린 말이다. 나라가 망한 것은 맞지만, 멸망은 아니다. 국토와 백성은 그대로 있고, 다만 나라 이름만 바뀌었을 뿐이기에 그러하다.

이성계가 역성혁명易姓革命으로 고려왕조를 뒤엎고 조선을 건국하자, 불사이군不事二君을 외치며 두문동으로 숨어든 고려 충신 72현이 있었다. 이 중에 고려 공민왕조에서 전의판서를 지낸 박침朴忱이 따라 들어온 29세의 젊은 선비 황희黃喜를 불러 타일렀다.

"나라는 망했어도 국토와 백성은 그대로다. 너는 나가서 도탄에 빠지는 나라와 백성을 구하라."

황희는 크게 깨닫고 두문동을 나와 태조 이성계를 도와 개국의 초석을 다지고, 세종조까지 4대 임금을 섬기며 24년간의 정승 자리에서 18년간 영의정을 지낸 조선 개국공신이 되었다. 이렇듯이 고려는 나라 이름만 조선으로 바뀌었을 뿐 멸망한 것이 아니었다. 조선이 건국되었기에 세계적인 언어와 문자 '훈민정음'이 탄생했다. 생성生成과 소멸은 동시에 이루어지면서 변화하고 발전한다.

국토가 다르고, 민족이 다르고, 역사가 다른 나라에 반도半島의 나라를 빼앗긴 것이 '나라 멸망'이다. 싸우다 싸우다 국력이 다해 패했다면 영광의 상처라도 남는다. 영광의 상처는 고통과 경험이므로 소멸이 아니라 생성의 토대가 되고 씨앗이 된다. 나라의 주인인 대한제국 황제와 몇몇 신하가 이웃집에 떡 주듯이 이웃 나라에 널름 내준 것이 영광의 상처도 없는 대한제국 멸망이었다.

떡 주듯이 넓름 내준 오천 년 역사의 한반도를 되찾기 위해 36년간 수많은 백성이 죽고 고통을 당했다. 어찌 그뿐인가. 되찾은 대한민국은 허리가 잘려 반도가 아닌 섬나라가 되고 말았다. 5백 년 역사의 고려를 이어받아 조선을 건국한 태조 이성계의 후손은 다시 5백 년이 지나며 국호를『대한제국』으로 바꾸고 허울 좋은 황제가 되어 나라를 멸망시켰다.

　　왕 씨의 나라 고려가 이 씨의 나라 조선이 되었듯이 대한제국의 이 씨 왕조는 왜 바뀔 수 없었든가. 역성혁명으로 조선을 세운 태조 이성계와 같은 인물이 5백 년 뒤에는 왜 없었을까? 역사에 가정은 없고, 없기에 슬프다. 슬픈 역사지만 잊어서는 아니 된다. 선조들의 무능으로 허리가 잘린 국토, 반도의 나라를 완성하기 위하여 우리는 동족끼리 또 얼마나 피를 흘려야 할지 가늠도 할 수 없기에 더욱 슬프다.

갑진년 한여름에 朴忠勳

대한제국

    이 소설은 조선말의 실존 인물 충북 진천 출신 무장 판중추부사 신헌申櫶과 그의 아들 병조판서 신석희申奭熙, 신헌의 손자 독립군 대한통의부 사령관 신팔균申八均 장군에 이르기까지 3대 무반 가문의 애국애족 정신과 구국 이념을 다룬 소설이다.
    소설의 전체적인 내용은 조선 말기와 구한말의 대한제국 혼란기, 나라가 멸망하는 치욕적이며 역사적인 과정을 냉철한 작가적 시각으로 보며 구성하였고, 현재 진행형인 대일본 관계를 돌아보며 이 소설을 썼다.

    이 소설에 등장하는 정치적인 인물은 거의 실존 인물이다. 등장인물들이 역임한 벼슬이며 정치 외교적인 사건은 고종실록에 의거했지만, 이들의 활동은 소설적 픽션이다. 경성 표창수와 평양 표창수 5명 중 신팔균과 그의 부인 임수명은 실존 인물이며 그외 4명은 가상 인물이다. 암살당하는 일본인 고관도 가상 인물이다. 조선 표창수 5명은 25여 년에 걸쳐 조선 통감과 총독 암살을 시도하는 등 악질 일본 고관들을 살해하고, 일본군과 경찰 고위 간부 500여 명을 비검으로 암살하여 조선 주재 일본인들 간담을 서늘케 하며 공포에 떨게 한다. 암살 장면과 전투상황은 모두 픽션이다.

제1부 · 조선, 그 500년

경성 표창수

대한제국 조정이 친일내각 구성으로 한창 뒤숭숭하던 1905년 11월 9일, 일본 추밀원원장 이토 히로부미[伊藤博文]가 고종황제 위문 특파대사로 한국에 왔다. 이때 이미 일본과 내통하고 있던 친일내각 외부대신 박재순朴齊純의 사주를 받은 일진회一進會에서 한국외교권의 대일 위탁을 주장하고 나왔다.

조정에서 이 문제를 두고 설왕설래하던 이튿날 11월 10일, 이토 히로부미는 경운궁에 들어가 고종황제를 배알하고 일황의 친서를 봉정하였다.

「짐이 동양평화 유지를 위하여 대사를 특파하오니 대사의 지시를 따라 조처하소서.」

이토 히로부미가 고종황제에게 일황의 친서를 봉정한 이튿날 11월 11일, 일본공사 하야시 곤스케[林權助]가 궁내부특진관 심상훈을 통해 고종황제에게 이토 특사 접대비 명분으로 현금 2만 원을 보냈다. 황실 내탕금(황실자금)이 부족하다는 명목이었다.

황당한 일황의 친서를 두고 한국조정이 벌집을 쑤신 듯이 와글거리던 11월 15일, 특사 이토는 고종황제를 재차 배알 하여 '한일협약안韓日協約案'을 제출했다. 이는 한국의 주권을 일본에 이양한다는 중대한 사안이라 조정은 찬반의 심각한 소용돌이에 휘말렸다.

이 틈에 이토와 하야시는 한국조정이 숨 돌릴 사이도 없이 몰아붙였다. 16일 외부대신 박재순을 일본 공사관에 불러 협약체결을 강요했지만, 외부대신이 결정할 문제가 아니었다.

이튿날 17일, 공사 하야시가 한국 정부의 각 부처 대신들을 공사관에 불러들여 한일협약의 승인을 강요했다. 이는 외부대신 박재순과 결탁한 이토의 특명으로 한국 대신들의 기를 꺾어 기선을 제압하겠다는 작전의 일환이었다. 오후 3시가 되도록 결론을 내지 못하자 참정대신 한규설이 항의했다.

"이와 같은 중차대한 문제를 대신들이 일본 공사관에서 결정할 문제가 아닙니다. 궁에 들어가 어전회의를 열어야 합니다."

애초부터 한국 정부 대신들 기죽이기 작전으로 공사관에 불러모아 족대기던 하야시는 한규설의 제의를 못 이기는 척 받아들였다. 따라서 한국 대신들은 서둘러 먼저 경운궁으로 입궐했다.

이토의 특명을 받은 공사 하야시가 내무국장 미나가와 요시로, 경호국장 히로쓰 고오슌을 대동하고 공사관에서 나와 대기하던 마차에 오르는 순간, 경호국장이 돌연 '끅!' 요상한 신음을 삼키며 깍짓동 같은 몸이 앞으로 고꾸라졌다. 이어서 건장한 체격의 경호대원 하나가 짚단처럼 픽 쓰러지고, 하나가 '으악!' 단말마 비명을 내지르며 벌렁 나자빠졌다.

공사 하야시 곤스케와 내무국장 미나가와 요시로를 수행 대원들이 겹겹이 에워싸며 공사관은 발칵 뒤집혔다. 벌건 대낮에 공사관에서 경호국장과 대원 2명이 순식간에 심장과 목에 비수를 맞고 죽었다. 현장은 순식간에 피바다가 되었다. 일본 공사관을 경찰과 헌병이 겹겹이 에워싸고 조사를 했으나 표창이 공사관 정문 쪽에서 날아왔다는 것만 확인되었을 뿐 아무런 단서도 없었다.

공사관 비밀 회의장에서 특사 이토와 공사 하야시가 분노와 공포에 펄펄 뛰며 긴급회의가 열렸다. 결과는 하야시가 한국 어전회의에 참석해야 한다는 결론이었다. 여기까지 밀어붙인 상황에서 공사가 이유 없이 어전회의에 불참하면 앞으로 모든 일이 꼬이게 될 상황이었다. 이토의 명으로 공사관에서 일어난 사건은 일단 숨기기로 하고 하야시는 왜군과 헌병 기병대의 삼엄한 경호를 받으며 말을 타고 경운궁으로 입궐하였다.

경성 시내는 요소요소에 무장한 왜군과 경찰이 쫙 깔리며 경계를 강화하였고, 무장한 왜군과 헌병이 1개 분대씩 편대를 이루며 순찰을 돌기 시작했다. 오후 4시경이었다. 일본헌병대 1개 분대가 육조거리를 지날 때, 말을 타고 일본도를 왼쪽 허리에 차고 권총을 찬 조장이 돌연 말 등에 푹 엎어졌다. 이어서 말이 '히―잉' 비명을 지르며 길길이 날뛰었고, 조장은 땅바닥에 굴러떨어졌다.

대열은 흩어지고 헌병들이 조장을 안아 일으키자 목에 비수가 박혀있고 피가 가슴을 적시고 있었다. 헌병이 비수를 뽑자 핏줄기가 분수처럼 내뻗치며 헌병 얼굴에 덮쳤다. 뜨거운 피를 덮어쓴 헌병은 기절하여 너부러지고, 말을 타고 경계하던 헌병 두 명이 비명을 지르며 말에서 떨어졌다. 헌병들은 말에서 떨어진 두 명을 잡아끌고 건물 옆으로 피했다. 헌병 한 명은 목에 비수가 꽂혔고, 하나는 심장에 꽂혔다. 비수를 목덜미에 맞은 조장의 말도 날뛰다가 나자빠져 네 굽을 버둥거리고 있었다. 근처에 있던 경찰과 일본군이 달려와 와글거렸지만, 조선 궁궐 앞의 육조거리에 조선인은 없었다.

그로부터 30여 분 지났을 무렵이었다. 말을 타고 남대문 옆을 지나던 일본 경찰순찰대 조장이 '으―악!' 비명을 지르며 엎어지더니 몸이 옆으로 쓰러지고, 말이 푸드득 몸을 떨자 조장 몸뚱이가 땅에 툭 떨어졌다. 순찰대가 당황하는 순간, 두 명의 경찰이 말에서 고꾸라지고 말 한 마리가 펄펄 뛰다가 남산 쪽으로 달아났다. 경찰 4명은 말에서 내려 고삐를 잡은 채 말 뒤에 숨어 나뒹군 세 명의 동료를 보기만 할 뿐 나서지 못하고 있었다. 사람들 몇몇이 담벼락이나 건물 벽을 의지고 지켜볼 뿐 남대문 거리도 그저 해가 설핏하게 기울어질 뿐 조용했다.

같은 시각, 경운궁 중명전重明殿 어전회의에서 한일협약을 두고 격렬한 협의를 했으나 협약을 거부한다는 결론을 내렸다. 독이 오른 하야시가 끈질기게 고종황제를 압박하자, 황제는 자리를 박차고 회의장에서 나갔다. 황제가 없이 회의는 진행되었으나 의견일치를 보지 못하자, 하야시가 공사관에 있는 이토에게 상황을 알렸다.

육조와 남대문에서 헌병 3명과 왜경 3명이 목과 심장에 표창을 맞고 죽은 사실이 왜군과 경찰, 헌병대에 알려지며 경성 도심은 왜군과 헌병이 쫙 깔렸다. 해가 기울어 황혼이 짙어지는 오후였다.

공사의 연락을 받은 이토는 주한일본군 사령관 하세가와 요시미치를 대동하고 경찰과 헌병의 삼엄한 호위 속에 경운궁으로 들어왔다. 뒤이어 왜군과 헌병이 궁궐 문마다 철통같은 경비를 서고 궁궐 곳곳의 건물 모퉁이마다 완전무장한 왜군이 보초를

18

섰다.

입궐한 이토는 대신들을 소집하고 황제가 어전회의를 주재할 것을 요청했으나 황제는 거부했다. 이에 이토는 조정대신 개개인을 상대하며 조약체결에 관한 찬부를 물었다. 회의에 참석한 대신은 참정대신 한규설, 탁지부 민영기, 법부 이하영, 학부 이완용, 군부 이근택, 내부 이지용, 외부 박제순, 농상공부 권중현 등이었다.

이들 8명 중에 한규설과 민영기는 조약체결에 적극 반대했다. 이하영과 권중현은 처음에 반대하다가 뒤늦게 찬성하였고, 다른 대신들은 이토의 강압을 견디지 못하고 약간의 수정을 조건으로 찬성 의사를 밝혔다. 이에 격분한 한규설은 황제에게 달려가 회의 결정 결과를 알리고, 거부할 것을 강력히 주장하다가 격분하여 그 자리에서 쓰러졌다.

밤은 이미 깊었다. 이토 히로부미는 무장한 일본군 1개 중대 병력으로 중명전을 에워싸고, 장교 50여 명을 회의장에 입회시켜 경계를 강화하고 조약체결에 찬성한 대신들과 다시 회의를 강행했다. 회의는 일방적이었다. 한국 대신들이 재기한 수정안을 자필로 수정하고 강압적인 분위기 속에서 조약승인을 받았다. 박재순, 이지용, 이완용, 이근택, 권중현 등 5명이 조약체결에 찬성하며 훗날 을사조약乙巳條約으로 불리는 치욕적인 조약이 체결되었다.

11월 20일, 황제 앞에서 격분하여 쓰러졌던 참정대신 한규설은 한일조약 폐기를 주장하는 상소를 올렸고, 장지연張志淵은 황성신문에 〈시일야방성대곡是日也放聲大哭〉이라는 사설을 게재하여 한일조약을 만백성에게 알렸다. 치욕적인 한일조약 체결 소식은 전국 각지에 퍼져나가고, 곳곳에서 항거가 잇달았다.

　　영의정을 지낸 조병세趙秉世가 전임 백관을 거느리고 입궐하여 조약 폐기와 찬성 오적의 처단을 상소하였으나 오적에 감금당한 황제를 만날 수 없었다. 이에 격분한 조병세는 그 자리에서 할복자살하였다. 이러한 소문은 경향 각지로 퍼졌고, 한일조약에 항거하는 의병이 곳곳에서 일어나기 시작했다.

　　조정은 물론 온 나라가 들끓기 시작하자 당황한 이토는 공사 하야시에게 특명을 내려 조약체결에 찬성한 한국조정 대신들에게 거금의 뇌물을 주었다. 비서감승 구완희 3,000원, 법부대신 이하영 3,000원, 내부대신 이지용 5,000원, 군부대신 이근택 5,000원, 학부대신 이완용 10,000원, 외부대신 박재순 15,000원 등이었는데 각각 따로 불러 절대 비밀이라는 단서를 달았다(당시 경성 대목수 하루 일당이 1원이었다).

　　그날 밤 어둠이 짙어질 무렵, 조선 육군무관학교 출신 임형규가 황제시위대 제1중대장 신팔균의 집에 왔다. 두 사람은 육군무관학교 동기생이었지만 형규가 두 살 위였다. 참위(소위) 임형규는 평안도 강계 진위대에서 복무하다 한 달 전에 예편하여 경성 집으로 돌아왔다. 두 사람은 다과상을 놓고 마주 앉았다. 차를 한 모금 마신 형규가 말했다.

"이토가 통감統監이 된다는 소문이 돈다. 이놈 목을 따야겠다."

팔균은 눈이 이글거리는 형규를 침착한 표정으로 바라보다가 말했다.

"소문이 아니라 사실이야. 그러나 아직은 일러. 경비도 삼엄할 뿐만 아니라, 이토를 죽이면 일제는 잔인한 보복을 할 것이야. 그 희생이 너무 커. 공사 하야시와 내무국장을 형이 살려둔 뜻이 뭐였어?"

"이토와 하야시 기를 죽여 조약을 늦추거나 막아보려는 시도였지만 강행되었잖아. 이럴 줄 알았으면 하야시 심장에 표창을 꽂아야 했는데 잘못 생각했어."

"아니야, 잘했어. 하야시를 죽였으면 일제는 잔인한 보복을 끝없이 할 거야. 어쩔 수 없어. 지켜보며 힘을 키워야지, 단시일 내에 해결될 문제가 아니야."

"울분이 터져 견딜 수 없어. 경찰이나 헌병대 간부라도 몇 놈 더 잡아야겠어."

"좀 더 참아. 놈들은 지금 표창 범인을 잡으려고 혈안이 돼 있어. 형이 사살한 경호국장 히로스 고오슌은 이번에 이토가 데리고 나온 일본 최고의 사무라이야. 함께 죽은 경호원 두 놈도 히로스의 직속으로 이토의 가신이었어. 이토에게는 공사 하야시보다 가신 히로스가 더 소중한 인물이야. 이토는 지금 눈이 뒤집혔을 것이야."

임형규가 비검으로 경호국장과 대원 2명, 헌병 3명과 경찰 3명을 암살한 엄청난 사건은 황제시위대 중대장 신팔균이 입수한 정보에 의한 치밀한 작전이었다. 임형규가 일본 공사관 정문 지붕에서 표창 세 자루를 던지는데 걸린 시간은 5초였다. 지붕에 엎드려 공사관이 아수라장이 되는 것을 지켜본 임형규는 지붕에서 사뿐히 뛰어내려 바람처럼 사라졌다. 일본 최고의 사무라이 세 명을 임형규는 단 5초 만에 사살했다.

이미 며칠이 지났지만, 일본 공사관은 물론 당국에서도 1급 비밀로 지정하고 엄히 단속하여 소문이 나지 않았고, 한국조정에서도 모르고 있었다. 다만 세간에서는 일본 헌병과 경찰이 정체불명의 괴한이 던지는 비수에 맞아 다섯 명이 죽었다느니 열 명이 죽었다느니 소문이 퍼지고, 소문을 퍼트리면 쥐도 새도 모르게 잡혀가 죽는다는 흉흉한 소문도 퍼지고 있었다.

"나를 본 왜인도 없고, 우리 백성도 없어. 애매한 사람이 서넛 잡혔지만 그냥 풀려났잖아. 놈들은 지금 도성 안 대장간을 샅샅이 뒤지고 있어."

"표창에 맞아 죽는 왜놈들이 점점 많아지면, 놈들은 전국 대장간을 이 잡듯이 뒤질 거야. 표창은 잘 보관되고 있겠지?"

"물론이지. 내가 300여 자루를 보관하고, 대성아재가 200여 자루 보관하고 있어. 이제는 더 만들 수도 없으니 아끼고 잘 간수해야지."

"아무렴, 악질 왜놈 500여 명 목줄기를 꿰뚫어야 하니까."

겨울밤은 깊어가고, 첫눈이 함박눈으로 사락사락 내리고 있었다. 형규가 마당에 나와 보니 눈이 발목에 차도록 내렸다. 팔균이 형규 팔을 당기며 말했다.

"형, 가지마. 순찰이 심해. 말을 타고 가다 검문에 걸리면 복잡해져. 놈들은 발자국을 추적할 것이고, 형이 우리 집에서 나간 것이 드러나면 좋을 게 없잖아."

"그도 그렇구먼. 첫눈이 탐스럽게도 쏟아지네. 대청에 앉아 눈 구경 좀 하지."

"거 좋지. 형, 우리 술 한 잔 할까?"

"그 말 지금 내가 하려던 참이야. 이렇게 좋은 밤을 다시 보기도 어렵지."

음력 동짓달 초나흘, 이미 초승달이 진 깊어가는 밤은 짙은 어둠이지만 방 안의 불빛에 반사되어 난분분 난분분 쏟아지는 눈발이 그윽이 보였다. 대청에 술상이 차려지고 방에 있던 촛불이 대청으로 나왔다. 미상불 아름다운 밤이었다.

조선 육군무관학교 출신 신팔균과 임형규는 표창도 명수지만, 장총과 권총도 명사수다. 표창으로 50보 밖의 나무에 앉은 까치를 떨어뜨리고, 30보 밖의 솔방울에 표창을 꽂는다. 화살도 그렇지만 표창도 던지는 사람의 팔 힘과 어깨 힘이 좋아야 속도가 빠르고 박힘이 깊다. 이들은 일찍이 황해도 해주 송마산에서 4년간 스승 임창무로부터 무술을 배우며 소총 사격술과 표창술을 익혔다.

　　표창은 정교해야 명중률이 높다. 날카로운 끝이 뒤쪽보다 무겁고, 중앙의 등에서 양쪽 날로 퍼지며 그 중량 비중이 정확히 같아야 한다. 그것은 눈으로 보거나 손으로 가늠해서는 알 수가 없다. 완벽하게 만든 다음 운두가 높은 통에 물을 채우고 표창을 살짝 놓으면 나비처럼 기울어짐 없이 사뿐히 가라앉으면 균형이 맞는 완성품이다. 어느 쪽으로 기울어 가라앉으면 불량품이다. 불량품은 명중률이 낮다. 하여 표창의 명칭이 나비처럼 나는 비검 飛劍이라 부른다.

　　표창은 황해도 해주 송마산 기슭에 있는 대장간에서 만들었다. 대장장이 문대성은 34세의 건장한 사내였다. 임창무는 대장장이에게 자기가 젊어서 쓰던 표창 세 자루를 주며 똑같이 만들어보라고 했다. 그러나 만들 수 있을 턱이 없다. 두 달에 걸쳐 임창무의 지도로 마침내 완성품이 나왔다.

농촌의 대장간은 농사가 시작되기 전 봄에 날을 잡아 가동한다. 가동하는 날은 온 동네 농부들이 벼려야 할 호미, 괭이, 낫, 가랫날, 보습 등 농기구를 지게에 지고 와서 대장장이와 함께 풍구를 불어 불을 피우고 연장을 달궈 두드리며 농기구를 벼린다. 그렇게 대장간에 불을 피우는 날은 한 해에 봄철 서너 번이다.

문대성은 동네 토박이로 사냥꾼이었다. 겨울이면 자기가 만든 창, 투창으로 멧돼지와 노루를 잡는 투창의 명수였다. 문대성은 무인의 기질도 있어 표창을 만들며 던지기도 하는데 거의 명수가 되어가고 있었다. 문대성은 그해 겨울부터 임창무의 두 제자와 함께 멧돼지를 잡고 노루, 꿩을 잡아 함께 먹으며 동지가 되었다.

이들이 비검으로 부르는 표창은 장창이나 장검처럼 드러내고 쓸 수 없는 비밀무기다. 언제나 품속에 감추고 함부로 쓰지 않는다. 자신이 비검의 명수라는 것을 드러내지도 않는다. 쇠는 오래 두면 녹이 슨다. 녹이 핀 비검은 명중률이 낮다. 녹을 방지하기 위해서는 오소리 기름을 발라두어야 한다. 해주 근방의 깊은 산에는 오소리가 많다. 오소리는 곰처럼 동면을 한다. 겨울에 오소리 굴 하나만 발견하면 대여섯 또는 여남은 마리씩 한 굴에서 잡기도 한다.

비검을 만들고 던지는 연습을 하며 열네 살배기 팔균이 스승에게 물었다.

"스승님, 비검을 이렇게 많이 만들어서 어디에 쓰시렵니까?"

스승은 묵묵히 숫돌에 비검을 갈다가 대답했다.

"비축해 두는 것이다. 내 생각으로는 많이 만들고 싶지만 간수하기 어려울 것 같아 500자루 정도 만들 생각이다. 너희들이 비검을 쓰지 않을 시대가 되면 좋겠지만, 지금 상황으로 보면 너희가 비검을 꼭 써야 하는 시대가 머잖아 올 것이다."

팔균보다 두 살 더 먹은 형규가 물었다.

"스승님, 비검은 인명을 살상하는 무기입니다. 저희가 인명을 살상해야 한다는 말씀입니까?"

스승은 여전히 숫돌에 비검을 갈며 대답했다.

"인명 살상은 죄악이다. 그러나 100명 200명을 살상하는 악인을 살려두는 건 더 큰 죄악이다. 비검은 두 가지 뜻이 있다. 나비처럼 나는 검이며, 호신용 비밀무기이기도 하다. 총이나 힘으로 감당 못 할 급박한 경우 소리 없이 쓸 수 있는 비검은 유일한 호신 무기가 될 수 있다. 그러나 너희가 비검을 쓰지 않게 되기를 나는 간절히 바라고 있다."

팔균이 받았다.

"스승님, 명심하겠습니다. 저희도 쓰지 않기를 바라면서 호신용으로 비검의 명수가 되겠습니다."

스승과 제자의 대화를 대장장이 문대성은 벌겋게 단 쇳덩이를 두들기며 들었다. 그 뒤부터 이들의 훈련장에 문대성이 따라다녔다. 임창무는 그저 모른 체하였고, 문대성은 온갖 뒷바라지를 하며 틈틈이 표창을 던지고, 자기가 만든 장검을 혼자 휘둘렀다.

봄이 되면서 임창무는 문대성을 제자로 받아들였다. 문대성은 무인의 기질이 있고 총명하였다. 키는 크지 않지만 힘이 장사였다. 임창무는 이들에게 무술을 가르치며 수뢰포 만드는 방법과 폭탄을 만드는 법도 가르쳤다. 폭탄을 만들려면 화약이 있어야 한다. 그런데 놀랍게도 문대성이 화약제조 원리를 알고 있었다.

화약의 원료를 염초焰硝라 하고, 염초의 원료는 흙이다. 흙이지만 보통 흙이 아니라 부엌 아궁이의 흙, 온돌방 밑의 흙, 마룻바닥 밑의 흙, 담벼락 밑의 흙인데, 그 맛이 짜고, 달고, 쓴 것이 혼합되어 화약 재료가 된다. 이러한 흙을 한데 모아 짚이나 나무를 태운 재와 숯과 인뇨를 섞어 반죽하고, 말똥과 소똥을 덮어 말린다. 마소의 똥이 마르면 불을 붙여 태운다. 이것이 염초다. 염초를 나무통에 넣고 물을 부어 섞어 용액을 우려낸다. 용액을 가마솥에 넣고 세 번을 끓여 식히면 결정이 생기는데, 그 결정이 화약인 초석이다.

문대성의 대장간은 할아버지 대부터 3대째 내려오는 대장간이었다. 대장간 주변의 흙이 질 좋은 염초의 원료였다. 달군 쇠를 식히고 담금질 한 물을 쏟은 흙, 풀무질로 쇠를 녹이고 달구는 화덕의 흙이 곧 염초였다. 그 흙을 돈 주고 사가는 사람도 있었고, 관에서는 강제로 공출해가기도 하였다. 호기심이 많은 문대성은 화약의 원리를 알고 직접 실험하여 화약을 만들어보기도 했었다.

임창무는 문대성을 문하생으로 받아들여 세 제자를 똑같이 지도했다. 문대성은 스스로 하인으로 자처하여 두 소년을 도련님이라 존칭하며 따랐다. 그렇게 3년이 지나며 문대성은 무인으로 거듭났다. 임창무는 경성으로 거처를 옮기며 문대성을 가족과 함께 데려와 마포나루 옆에다 대장간을 차려주었다.

만국평화회의

한일조약이 체결되자마자 일본은 외교관 및 영사관제도를 폐지하고 각국 영사와 공사들의 활동을 정지시켰다. 이어서 대한제국 군인의 정치참여를 금지하는 조서를 발표하며 대한제국 정부를 장악하기 시작했다.

1905년(광무9) 12월 21일, 일본은 마침내 경성에 통감부統監府를 설치하고 초대 통감에 이토 히로부미를 임명했다. 이토는 한국에 오자마자 이사청관제理事廳官制를 공포하고 주한일본공사관을 비롯하여 각국의 영사관을 폐쇄하였다. 잇달아 통감 이토는 전국 13개 도청에 이사청을 설치하고 식민지배의 기초공사에 착수했다.

12월 24일, 이토는 수원에 설치한 이사청을 시찰하기 위하여 일본공사 하야시 곤스케를 대동하고 열차 편으로 갔다. 열차가 안양역에 정차하자 이토가 탄 찻간으로 주먹만 한 돌 4개가 연이어 날아들어 이토의 왼쪽 어깨에 맞았고, 경호원 두 명이 머리가 깨지며 그 자리에 고꾸라졌다. 건너편 열차 홈에서 아수라장을 지켜보던 임형규와 문대성이 바람처럼 사라졌다. 돌로 창을 깨고 표창을 던져 적어도 두세 명은 죽일 수 있지만, 돌팔매로 통감 이토의 기를 꺾는 것이 좋겠다는 신팔균의 조언을 따른 결과였다.

안양역은 이내 삼엄한 경비를 하던 왜경과 헌병들이 쫙 퍼지며 수색했지만, 단서조차 찾지 못하였고, 기겁을 한 통감 이토는 열차를 돌려 경성으로 돌아갔다. 돌을 맞은 경호원 한 명은 병원으로 갔으나 죽었고, 한 명은 혼수상태에 빠졌다.

어깨에 돌을 맞고 치료차 일본으로 돌아갔던 이토 히로부미가 두 달 만인 3월 2일, 초대 통감으로 정식 부임했다. 이토는 부임하자마자 일본 헌병으로 하여금 사법경찰권과 행정을 장악하는 제도를 시행했다. 이에 분노한 표훈부원총제 심상훈의 밀명을 받은 군부 출신 기산도, 이근철, 김석항 등이 군부대신 이근택을 비롯한 한일조약 오적을 저격했으나 실패하여 체포되었다.

이즈음 전국 각지에서 의병이 들불처럼 일어났다. 전임 병조참판 민종식이 대흥군 광수에서 의병을 일으키고, 황제의 밀지를 받은 정환직, 정용기가 경상도에서 의병을 일으켰다. 6월 4일, 최익현과 임병찬이 전북 태인에서 의병을 일으켜 나흘만인 8일에 순창과 담양을 점령하고 군수를 체포했다. 이어서 28세의 젊은 장수 신돌석이 경상도 평해에서 의병을 일으켜 300여 명의 동지를 이끌고 영덕, 영해, 강원도 삼척과 양양까지 왜군을 휩쓸며 승승장구하여 의병들의 용기를 북돋웠다.

4월 15일, 미국 선교사이며 고종황제의 고문인 호머 헐버트가 황제와 독대를 신청했다. 헐버트는 1886년에 영어 교사로 초청되어 조선에 나와서 한성사범학교 교장이 되는 등 대한제국 교육의 고문으로 활동하고 있었다.

황제가 밝은 용안으로 헐버트를 맞이하며 말했다.

"고문께서 오랜만에 드셨습니다. 오늘은 무슨 말씀이 있으신지요?"

헐버트는 한국말을 한국 사람보다 더 정확히 한다. 외국의 새로운 소식을 늘 헐버트로부터 덜어온 황제는 매우 궁금하다는 표정이었다.

"폐하, 오는 7월에 네덜란드 헤이그에서 제2차 만국평화회의가 열립니다. 이 회의에 밀사를 파견하시어 일제의 강제조약을 세계만방에 알려야 합니다."

황제는 귀가 번쩍 띄었다. 이것은 일제의 만행을 세계에 알리는 절호의 기회가 될 수 있음이었다.

"그게 정말입니까? 대체 만국평화회의라니요?"

"그렇습니다. 이번 회의는 세계 각국 정상들이 참석합니다. 더 없이 좋은 기회입니다."

황제는 기쁘면서도 풀이 죽은 모습으로 말했다.

"통감부에서 보고만 있겠습니까? 헤이그에 간다고 해도 일본 총리도 참석할 터인데, 회의장 입장이 가능하겠습니까?"

"물론 어려울 것입니다. 폐하의 친서를 휴대한 밀사를 통감부 몰래 보내야 합니다. 저도 가겠습니다. 내일이라도 출국하여 현지의 상황을 살펴보고 밀사가 회의장에 입장하도록 주선해보겠습니다."

"아, 그렇습니다. 고문께서 그렇게 하여 주신다면 무에 걱정이겠습니까? 짐은 고문을 믿겠습니다."

"폐하, 최선을 다하겠습니다. 심려치 마소서."

"하면, 밀사로는 누구를 보내면 좋겠습니까?"

"적어도 세 사람은 보내야 합니다. 그러나 도성에서 외국어를 하는 외교관 세 명이 한꺼번에 떠나면 통감부에서 알아챌 수 있습니다."

"그럼 어찌하면 좋습니까?"

헐버트는 이미 계획하고 있었던 듯 이내 대답했다.

"전 평리원검사 이준李儁이 영어도 잘하고 능력이 있습니다. 그를 따르는 젊은 인재들도 많습니다. 그를 독대하시어 의견을 나누소서."

이준은 한성사범학교에서 헐버트에게 영어를 배운 제자였다. 황제는 용안이 밝아지며 말했다.

"그렇습니다. 이준이라면 결기가 있고 수완도 좋습니다. 이준을 부르겠습니다."

"그리하소서. 이준이 천거하는 인물을 쓰시면 좋을 것입니다."

"알겠습니다. 그리하지요."

이틀 뒤인 4월 17일, 호머 헐버트는 네덜란드로 출국했다. 사흘 뒤인 20일, 이준은 황제가 수결한 특사 신임장과 러시아 황제에게 보내는 고종황제의 친서를 휴대하고 열차로 경성을 떠나 블라디보스토크로 향했다. 이튿날 이준은 블라디보스토크에 머물던 이상설을 만났다. 이상설은 한일조약 당시 의정부 참찬이었는데, 오적을 처벌하라는 상소를 올리다가 추방되어 블라디보스토크에 숨어 있었다.

4월 22일, 이상설과 이준은 시베리아 횡단 열차를 타고 러시아 페테르부르크에 가서 이위종李瑋鍾을 만났다. 이위종은 아관파천을 주도한 이범진의 아들인데 일찍이 외교관인 아버지를 따라 여러 나라에서 공부를 하여 영어, 프랑스어, 러시아어에 능하여 러시아주재 한국공사관 참사관으로 있었다.

고종황제의 특명을 받은 세 사람은 러시아 황제 니콜라이 2세를 배알하고 고종황제의 친서를 전했다. 친서는 한국의 특사들이 만국평화회의에서 한국의 실정을 설명할 수 있게 도와달라는 내용이었다. 제2차 만국평화회의 의장국이 러시아이기 때문에 헐버트의 조언을 받아 러시아 황제에게 협조를 요청한 것이다.

6월 25일 헤이그에 도착한 3명의 특사는 중간급 호텔에 숙소를 정하였다. 이튿날 이들은 먼저 와있던 호머 헐버트를 만났다. 만국평화회의는 이미 5일 전부터 진행되고 있다고 헐버트가 말했다. 이들 네 사람은 작전을 세우고 평화회의 의장인 러시아 대표 넬리도프 백작을 찾아가 고종황제의 신임장을 제시하며, 회의에 참석하여 한일조약 파기 건을 의제로 올릴 수 있게 도와달라고 요청했다.

이에 넬리도프는 주최국인 네덜란드 승인 없이는 불가능하다고 말했다. 그러나 니콜라이 황제의 협조 건의를 무시할 수 없어 네덜란드 외무대신과 교섭해볼 것을 권하며 소개장을 써 주었다.

특사 세 사람은 소개장을 소지하고 네덜란드 외무성에 갔으나, 이미 일본 대표단은 한국 황제 특사가 헤이그에 왔다는 것을 알고 방해 공작을 한 뒤였다. 네덜란드 외무대신 후온데스는 개인적으로는 동정이 가지만 미국, 프랑스, 독일 등 각국 대표들은 이미 한국의 외교권이 일본에 이양된 것을 알고 있다고 말했다.

이에 격분한 헐버트는 기자회견을 자청하여 각국의 기자들에게 한국의 한일조약은 일본의 강압에 의한 것이며, 대한제국 황제의 뜻이 아니라고 역설했다. 이로써 세계 각국 신문에 헤이그 만국평화회의에 한국 특사파견 사실이 널리 알려지게 되었다.

헐버트의 기자회견에 용기를 얻은 한국특사들은 만국평화회의를 취재하기 위해 모여든 각국 기자들을 개인적 또는 소규모로 상대하며 일본탄압의 국제적인 여론 환기에 주력했다. 마침 7월 9일, 신문기자단 만국 기자협회가 각국 특사들을 초청한 자리에서 이위종이 발언권을 얻어 유창한 프랑스어로 '한국의 호소'라는 제목으로 연설을 하였다. 일본의 침략을 규탄하고, 한국의 주권회복을 위한 국제사회의 지지를 당부하는 이위종의 연설은 좋은 반응과 함께 회의에 참석한 45개국의 신문에 게재되었다.

평화회의 참석이 불가능해진 이튿날부터 이준은 울분을 삭이지 못하고 통곡을 하여 끝내 음식을 삼키지 못하는 지경에 이르렀다. 사흘이 지나며 몸이 회복되었지만 일체 음식을 끊었다. 이준의 몸은 점점 야위어가고, 동료 이상설과 이위종이 눈물을 흘리며 음식을 권했지만 입을 다물었다. 7월 14일, 창백한 얼굴로 죽은 듯이 누워있던 이준이 갑자기 벌떡 일어나 눈을 부라리며 외쳤다.

"대한제국을 도와주십시오! 일본이 우리나라를 짓밟고 있습니다!"

처절하게 외친 이준은 쓰러지며 그대로 자정自靖 순국하였다. 향년 48세였다.

헤이그에서 만국평화회의가 열리고 있던 7월 3일, 통감 이토가 고종황제에게 헤이그 특사파견을 강력히 항의했다.

"폐하께서 대일협약을 무시하고 일본에 적대적인 행위를 했으니, 일본은 한국에 대해 선전宣戰할 이유가 충분합니다. 해명을 바랍니다."

이는 전쟁도 불사하겠다는 선전포고 압박이었다. 마침내 일본 내각에서는 통감 이토에게 대한강경책을 펴라는 훈령을 내렸다. 그러잖아도 계획을 세우던 이토는 이완용을 닦달하여 황제에게 압력을 넣게 하였다. 이토의 명을 받은 이완용이 황제를 독대하여 양위를 강요했다. 이에 당황한 황제가 어전회의를 소집하여 이완용의 양위강요를 알리자, 장례원경 신기선과 내부대신 민병석이 양위반대 내용의 경고문을 통감부 이토에게 발송했다.

이에 격분한 이토와 일본 외무대신 하야시 다다스가 입궐하여 황제를 알현하고 헤이그 사건의 책임을 추궁했다. 전쟁도 불사하겠다는 강압에 고종황제는 마침내 황태자로 하여금 국사를 대리케 한다는 조칙을 발표하기에 이르렀다.

『(상략) 오늘부터 나라의 큰일을 일체 태자가 처결하라. 오늘 새벽에 천지와 종묘사직에 삼가 고하고 신하들과 백성들에게도 널리 알리는 바이다.』

통감 이토 히로부미는 고종황제의 대리청정 조칙을 양위로 받아들여 이튿날 7월 20일, 황제 양위 식을 총리대신 이완용에게 강요했다. 이미 이토의 꼭두각시가 된 이완용은 중화전에서 강제 양위식을 거행했다. 행사장은 통곡 소리가 낭자하였고, 전 중추원의관 이규응은 내각을 성토하고 현장에서 자결하였다.

일본 통감부는 전광석화로 한국조정을 몰아붙였다. 양위를 반대한 박영효, 이도제, 이갑, 김제풍을 체포하고 박영효는 제주도로 유배하였다.

이어서 7월 24일, 나흘 전에 황제위에 오른 순종황제를 겁박하여 한일신조약을 체결하고 비밀부대각서를 조인하여 공포하였다. 을미7조약乙未七條約이라고도 불리는 한일신협약韓日新協約은 한국정부를 일본이 접수한다는 협약이었다.

대한제국 황제의 특사 세 사람이 네덜란드 만국평화회의에 참석은 못 했지만, 이준의 죽음을 무릅쓴 활약으로 한일조약이 일본의 강압에 의한 것이었음을 세계만방에 알리는 계기가 되었다. 그러나 결국은 그 사건을 빌미로 고종황제의 폐위에 이어 대한제국의 망국을 앞당기는 계기가 되었다.

한일신협약韓日新協約
『일본국日本國 정부와 한국韓國 정부는 속히 한국의 부강을 도모하고 한국 국민의 행복을 증진시키려는 목적으로 이하의 조관

條款을 약정한다.』

제1조: 한국정부는 시정施政 개선에 관하여 통감의 지도를 받을 것이다.

제2조: 한국정부의 법령의 제정 및 중요한 행정상의 처분은 미리 통감의 승인을 거칠 것이다.

제3조: 한국의 사법사무는 일반 행정사무와 구별할 것이다.

제4조: 한국의 고등관리高等官吏를 임명하고 해임 시키는 것은 통감 동의에 의하여 집행할 것이다.

제5조: 한국정부는 통감이 추천한 일본 사람을 한국의 관리로 임명할 것이다.

제6조: 한국정부는 통감의 동의가 없이 외국인을 초빙하여 고용하지 말 것이다.

제7조: 명치 37년 8월 22일에 조인한 한일협약 제1항을 폐지할 것이다.

이상을 증거 하기 위하여 아래의 이름들은 각각 본국 정부에서 해당한 위임을 받아서 본 협약에 이름을 적고 조인한다.

광무光武 11년 7월 24일

내각 총리대신內閣總理大臣 훈2등 이완용李完用

명치明治 40년 7월 24일

통감統監 후작 이토 히로부미[伊藤博文]

한일신조약이 공포된 이튿날 25일, 왜군 보병 제12여단이 경성에 들어와 용산에 주둔했다. 이튿날 기병대 4개 중대가 증파되어 도성 안 곳곳에 배치되었다. 통감부는 이어서 한국의 경무청 관제를 폐지하고 보안법을 공포했다.

7월 31일, 통감 이토는 마침내 대한제국 군대해산 조칙詔勅을 발표했다. 조칙은 황제의 선지를 일반에게 널리 알리는 목적의 문서다. 대한제국 황제가 자국의 군대를 해산시키겠다는 조칙이었다.

망국의 통한

    이튿날 8월 1일, 대한제국군대 해산식이 훈련원 연병장에서 이루어졌다. 세계역사상 유례가 없는 군대 해산식으로 대한제국은 끝내 군대 없는 나라가 되었다. 이에 격분한 황제 시위연대 제1대대장 박성환 정령이 군대해산을 반대하며 자결하였고, 마침내 시위대와 왜군 간에 충돌이 벌어졌다. 총격전으로 시위대원 6명이 전사하고 왜군 4명이 사살되었다.

    이날은 음력 6월 21일이었다. 군대가 해산된 날 도심 곳곳에서 항거 시위가 일어나며 경성은 공포의 도가니였다. 궁궐과 4대문 안은 물론 성 밖의 마을까지 일본군과 경찰이 순찰을 강화하며 한국 사람들 두셋만 모여 있어도 해산시키고, 조금만 항의해도 무자비하게 구타하며 잡아갔다.

    초저녁 8시경, 스무하루 희미한 하현달이 서편 하늘에 걸려있다. 바람 한 점 없는 삼복의 무더운 밤이었다. 왜군 헌병순찰대 1 개 분대가 포승을 지른 한국인 여섯 명을 이끌고 흥인지문을 돌아 종로통으로 들어섰을 때, 말을 탄 조장이 '끄윽' 숨을 삼키는 소리와 동시에 앞으로 푹 엎어지고, 후미에 섰던 기마대장이 날카로운 비명을 지르며 말에서 떨어졌다. 그와 동시에 우왕좌왕하던 왜군 보병 여섯 명이 모두 비명도 지르지 못한 채 나뒹굴었다. 그때 바람처럼 나타난 두 사람이 여섯 명의 포승을 끊어주고 말했다.

"총이 필요하면 가져가시오. 총은 왜군을 사살하는 데만 써야 합니다."

두 사람은 도망치고, 어리둥절하던 네 사람이 총과 실탄을 챙겨 골목으로 사라졌다. 두 사람은 순찰조장 두 명의 허리에서 권총을 챙겨 바람처럼 사라지고 현장은 구경꾼만 하나둘 모여들다가 기겁을 하여 후다닥 흩어졌다.

비슷한 시각, 창덕궁 돈화문을 지나 종각 쪽으로 기마경찰 순찰대 3명이 말굽 소리도 한가롭게 앞서거니 뒤서거니 대화를 나누며 걷고 있었다. 말 한 필이 앞서고 두 필이 나란히 걷는데, 앞섰던 경찰이 돌연 옆으로 비스듬히 쓰러졌다. 영문을 모른 두 명이 다가서는 순간, 한 명이 '끄악!' 비명을 지르며 엎어지고 한 명은 말에 앉은 채 뒤로 자빠졌다. 경찰 3명은 말에서 떨어지고 말

세 필은 주변을 어정거릴 뿐 그저 조용했다.

　같은 시각, 청계천 수표교 쪽에서 헌병 1개분대가 순찰을 돌고 있었다. 말을 탄 조장이 하나 보병 7명이 조선인 4명 포승을 지우고 한 줄에 묶어 이끌며 가고 있었다. 순찰대가 수표교를 지나 청계천 변의 빈민촌 앞길로 들어설 때, 기마조장이 날카로운 비명을 지르며 말 등에 푹 엎어지고 연이어 보병 세 명이 짚단처럼 픽픽 나자빠졌다. 얼이 빠져 허둥대던 왜군이 내뛰었지만 두 명이 나뒹굴었고, 두 명은 총을 쏘며 빈민촌 골목으로 뛰어들었으나 한 명은 골목 입구에서 몽둥이에 맞아 쓰러지자 사람들이 달려들어 숨통을 끊었다. 어둠 속에서 나타난 두 사람이 나자빠진 기마병의 권총을 거두고, 한 사람은 묶인 사람들 포승줄을 자르며 말했다.

　"총이 필요한 사람은 거두시오. 한 놈이 달아났으니 어서 피하시오."

　빈민촌에서 건장한 사내가 나오며 말했다.

　"그놈 열 걸음도 못가서 몽둥이에 맞아 죽었소이다. 어서어서 총을 거둡시다."

　왜군 여덟 명의 무기는 모두 사라졌다. 포승에 묶였던 장정 하나가 왜병의 목에 꽂힌 표창을 뽑자 핏줄기가 분수처럼 내 품어 질겁을 하며 물러섰다. 표창수가 말했다.

　"비수를 뽑지 말고 어서 피하시오."

수표교 부근은 그저 아무 일도 없었던 듯 정적 속으로 묻히고 있었다. 밤은 소리 없이 깊어가고, 도성 사대문 안의 왜병 부대와 경찰은 발칵 뒤집혔다. 겁을 먹은 순찰대는 모조리 철수하였고 밤이 깊어가는 도성은 조용해졌다.

이튿날 8월 2일, 아침부터 비가 쏟아지고 있었다. 대한제국군 대가 해산되던 날 밤, 왜군 헌병 기마장교 소좌 2명과 위관장교 3명이 사살되었다. 기마병 하사관 조장 4명이 사살되고, 보병 17명이 사살되었다. 왜경 기마순찰대 1개조 3명이 사살되었다. 사살된 왜병과 왜경들의 총기 30여 정이 모조리 사라졌다. 기겁을 한 왜군 사령관 하세가와는 철저한 입단속 지시를 내렸다. 소문이 퍼지면 군과 경찰 사기가 떨어지고, 조선인들 사기는 충천할 것이다. 따라서 야간순찰에 차질이 올 것은 뻔하다.

왜군 수뇌부에서는 표창을 맞고 죽은 시신과 표창을 두고 정밀검사에 들어갔다. 3건의 사건은 거의 비슷한 시간대에 도심에서 일어났다. 표창은 모두 같은 곳에서 제조되었고, 표창수는 3명으로 확인되었다. 표창이 꽂힌 각도를 보아 한 명은 왼손잡이라고 판명되었다. 1905년 11월 16일, 종로 육조거리에서 일본 헌병 3명이 표창에 맞아 죽고, 30여 분 뒤에 남대문에서도 경찰 3명이 표창에 맞아 죽었다. 그 표창과 이번의 것이 동일하고, 찍어놓은 사진을 검색해본 결과 표창의 자국이 이번 사건의 왼손잡이로 밝혀졌다. 신출귀몰하는 표창수 검거에 한국 주재 전 왜군과 왜경에 비상이 걸렸다. 군과 경찰은 물론 일본인 그 누구도 표창수를 본 사람은 없었다.

홍인지문 부근에서 보병순찰대를 기습한 두 사람은 왼손잡이 임형규와 문대성이었다. 이들은 다시 수표교에서 순찰대를 기습하여 6명을 사살하였고, 2명은 빈민촌 장정들에게 맞아 죽었다. 돈화문 부근의 왜경 기마순찰대 3명은 신팔균이 사살하였다.

신팔균 부위는 황제시위대 제1중대장으로 낮에 군대 해산식장에 있었다. 연대장 박성환 정령(대령)이 단도로 복부를 찔러 자결하는 모습을 보았고, 시위대 제2중대와 왜군의 총격전을 보았다. 그는 끓어오르는 분노를 꺾어 눌렀다. '처신을 바로 하고 죽을 자리에서 죽어라.' 스승의 가르침으로 터지는 울분을 싸매고 또 싸맸다. 스승이 만들어 놓은 500여 자루 표창이 있다. 표창을 다 쓰기 전에는 죽을 수 없다.

8월 8일 밤, 신팔균의 집에 임형규와 문대성이 왔다. 군대는 해산되었지만, 황제시위대는 축소되고 일본군 소속이 되었다. 신팔균이 물었다.

"시중 민심은 어때?"

"겉으론 좀 조용해졌어. 그날 밤 상황이 벌어졌던 부근을 경찰과 헌병들이 이 잡듯이 뒤지는 걸 오늘도 보았다. 왜병 두 명이 몽둥이에 맞아 죽은 수표교 빈민촌을 밤낮으로 지키며 젊은이들 다섯 명을 잡아갔다. 시체를 끌어다 현장에 두었지만, 몽둥이에 맞아 죽었으니 그럴 수밖에. 우리 실수였다.”

문대성이 말했다.

“뒈진 놈 목에 표창을 박아둘 걸 그랬나?”

“그건 쓸데없는 짓이야. 표창이 박힌 것과 박은 것은 달라요. 앞으로 그런 실수 하지 않으면 돼요.”

팔균에게 통바릴 먹은 대성은 시무룩하다가 말했다.

“오늘 낮에 대장간에 세 놈이 왔었습니다. 민간인 복장인데 두 놈은 왜놈이고 한 놈은 조선 놈이었습니다. 대장간을 휘휘 둘러보더니 한 놈이 표창을 내보이자 조선 놈이 말했어요. 이거 여기서 만들었다는 거 알고 왔다며 동태를 살폈어요.”

두 사람이 머리를 들이밀며 재촉했다.

“그랬어?”

“가슴이 철렁했지만 첨 보는 물건이라고 잡아뗐죠. 그랬더니 이걸 만들 수 있겠느냐고 물어요. 호미, 낫이나 벼리는 대장쟁이가 그런 걸 어떻게 만드냐고 잡아뗐죠. 그랬더니 세 놈이 별안간 확 흩어지더니 대장간을 구석구석 뒤져요.”

문대성은 꼬투리를 잡힐 어리석은 사람이 아니다. 사복을 입은 경찰, 수사관, 헌병들이 조선인 보조원을 데리고 전국 대장간을 뒤진다는 것을 이들은 알고 있다. 대장간을 뒤지다가 의병들에게 사살되는 사건이 도처에서 일어나고 있었다.

형규가 말했다.

"수뢰포를 만들어야겠다. 항구에 정박한 군함에는 접근이 어렵겠지만 염창항이나 갑곶이 같은 포구에 정박한 배에는 해볼만하다고 생각한다."

팔균이 받았다.

"우리 병선처럼 목선이라면 가능하지만 왜적선은 밑이 철판이야. 수뢰포로는 꿈쩍도 안 할 거야."

수뢰포는 40년 전 1867년, 이들의 스승인 임창무가 훈련대장 신헌의 명을 받아 제작한 조선 최초의 수중폭탄이었다. 그러나 한 번도 실전에서 쓴 적은 없었다.

문대성이 말했다.

"부위님, 한 번 해봅시다. 폭탄을 더 크게 만들면 되지요. 배가 폭파되지는 않더라도 놈들 간뎅이는 놀래줄 수 있을 겁니다."

문대성은 이들을 이제 도련님으로 부르지 않고 군대 계급으로 부른다.

형규도 거들었다.

"시험 삼아 해보는 거야. 폭탄도 만들어야지. 높은 놈들이 탄 열차도 폭파하고 왜놈들 관공서에도 폭탄을 던져야지."

곰곰이 생각하던 팔균이 말했다.

"형, 지금 경비가 삼엄해, 좀 기다리는 게 좋을 거 같은데….”

"지금 당장 하자는 게 아니야. 화약도 만들어야 하고, 틈틈이 준비를 할 거야."

문대성이 자신 있게 나섰다.

"하겠습니다. 대장간에서 화약을 만들고 폭탄도 만들 수 있습니다."

대장간은 원래 마을에서 멀찍이 떨어진 개울가에 있다. 물을 많이 쓰기 때문에 마을 가운데서는 일을 할 수가 없다.

"이제는 염초를 태우지 않아도 화공약품으로 간단하게 화약을 만들 수 있어. 아재와 둘이 해볼 테니까 부위는 걱정하지 마."

두 사람은 나이가 20세 더 많은 문대성을 아재라고 부른다.

"조심해요. 같잖은 일로 꼬리가 잡히면 그걸로 끝이야."

"알고 있어. 매사에 조심해야지."

밤이 깊어간다. 야간순찰이 심해서 두 사람은 집으로 돌아갈 수 없다.

두 달 뒤인 10월 11일 밤 12시경이었다. 염창항에 정박했던 250톤급 일본 군함이 두 번의 폭음과 함께 옆으로 기울어지며 침몰하기 시작하였다. 잠자리에 들었던 수병들은 질겁을 하여 침실에서 기어 나오는데 배가 기울어지며 물이 들어차 가라앉기 시작했다. 수병들이 아우성치며 물 위로 솟구치자 옆에 정박했던 함정의 수병들이 구난 튜브와 밧줄을 던지는 등 한밤중에 아수라장이 벌어졌다.

수심이 깊지 않아 40여 분만에 구조작업이 끝나고 인원 점검을 했다. 침몰한 함정의 승무 요원은 70명이었지만 그날 함정에는 45명이 있었다. 그런데 구조된 수병은 37명이었다. 8명이 없으니 비상이 걸렸다. 잠수병들이 장비를 갖추고 침몰한 함정을 수색했다. 시신 5구가 나왔지만 3명은 찾지 못했다.

한밤중에 왜군 사령부는 특급비상이 걸렸다. 각 항구와 포구에 정박한 군함의 검사에 들어갔고, 잠수병들이 수중 탐사를 하며 날이 밝았다. 오전 10시경에 침몰했던 쇼오마루 함정을 건져 올렸다. 실종되었던 3명이 침실에서 죽었다.

통감 이토와 하세가와 사령관이 지켜보는 가운데 침몰함정 검사에 들어갔다. 점검한 결과 기뢰 두 발이 터졌고, 밑창 용접 부분이 찢어지며 움푹 찌그러졌고, 폭발에 의해 옆으로 기울어진 것으로 확인되었다. 통감 이토를 비롯한 전 왜군은 바짝 긴장했다. 전국의 항구와 포구에 정박한 해군 함정은 50척이 넘는다. 경비가 철통같이 강화되고 항구와 포구의 수중 탐사가 이루어졌다.

전국 각지에서 의병이 들고일어나 하루에도 수십 곳에서 기습으로 왜군과 교전이 벌어지지만 해군은 안전했었는데, 이제는 해군에도 비상이 걸렸다. 군함이 파괴되면 조선에서는 수리할 수 없다. 폐기하거나 일본 조선소까지 예인하여 수리해야 한다. 독이 바짝 오른 통감 이토는 전국의 일본군에게 비상을 걸고 의병들을 토벌하라는 특명을 내렸다.

조선의병대

　신팔균은 정위(대위)로 진급하여 황실경호대 제1중대장에 임명되었다. 황실경호대는 한국군이지만 일본군 사령부 직속이었다. 그는 군복을 벗고 고향 진천으로 내려가 동생 필균必均이 세운 학교에서 후세 교육에 헌신하며 제천에서 일어난 의병을 지원할 생각을 했었다. 그러나 정위로 진급이 되며 좀 더 상황을 지켜보기로 하였다.

　임형규와 문대성은 충북 제천의병장 유인석의 지원요청으로 제천에 내려갔다. 충주 일본군 수비대가 제천읍에 침입하여 의병과 내통했다는 죄목으로 제천읍과 청풍면을 초토화하고, 제천군수와 청풍면장을 현장에서 사살하고, 공무원 9명을 사살하였다. 이에 항의하는 민간인 17명을 무차별 사살했다.

참혹한 사태에 분노한 제천의병장 유인석이 신팔균에게 연락하여 지원군으로 임형규와 문대성을 보내라고 요청했다. 유인석의 의병에는 임형규와 신팔균의 고향인 충북 진천 사람들이 많았고, 팔촌형 신상균이 유인석의 막료였다.

8월 27일 새벽 3시경, 충주 왜군수비대 병영은 깊은 잠에 빠져 있었다. 부대 정문을 비롯한 곳곳에 초병이 보초를 서고 있었다. 이틀 전에 현장을 탐색한 임형규와 문대성이 바람처럼 다가가서 정문 앞 동초 2명의 목에 표창을 꽂았다. 보초가 비명도 없이 고꾸라지자 이상한 기미를 느꼈는지 초소 안에 있던 2명이 밖에 나와 기웃거리다 풀썩풀썩 앞으로 고꾸라졌다. 두 사람은 양쪽으로 흩어지며 막사 앞에서 순찰을 돌던 동초 2명을 소리도 없이 해치우고 막사로 달려갔다. 막사는 4개 동이었다. 각각 흩어지며 동초 2명의 목에 표창을 꽂았다. 표창을 가까이에서 맞으면 비명도 지르지 못한다. 동시에 의병 8명이 소리 없이 달려가 각각 흩어지며 막사에 사제폭탄을 던졌다. 무더운 날씨라서 창문을 열어두어 폭탄은 소리 없이 날아들어 폭발했다. 잠시 뒤에 불구덩이에서 벌거숭이 왜군이 총을 들고 쏟아져 나왔으나 어둠 속에 매복했던 150명 의병대 총격에 속수무책으로 쓰러졌다.

의병들은 왜군 중대를 완전 섬멸하고 항복한 왜군 12명을 제압하였다. 이어 무기고를 부수고 소총과 실탄, 수류탄, 기관총 4

문 등 엄청난 무기를 노획하였다. 항복한 포로들을 사살할 수는 없어 발가벗기고 포승으로 줄줄이 묶어 연병장에 앉혀놓고, 노획한 무기를 거두고 유유히 사라졌다. 기습작전에서 의병 3명이 적의 총탄에 팔과 다리를 맞는 가벼운 부상만 입은 완벽한 승전이었다.

이튿날 경성 왜군 사령부는 발칵 뒤집혔다. 충주 왜군수비대원과 헌병 등 155명이 사살되었다. 행정본부 막사를 비롯하여 막사 6개 동이 불타고 총기와 수류탄 등 무기 1,000여 점을 노획당했다. 이 전쟁은 왜군이 조선에 주둔한 이후 가장 큰 패전이었다. 일주일 전 충주 왜군수비대가 제천읍과 청풍을 초토화하고 사살한 조선인은 군수를 포함하여 34명이었다.

충주 수비군의 치욕적인 완패도 문제였지만 일본군 사령부는 초병 10명이 목과 심장에 표창을 맞고 죽은 사실에 더욱 공포와 분노에 떨었다. 밤중이라지만 소리 없는 무기 비검이 아닌 총격 기습이었다면 이런 참패는 없었을 것이다. 게다가 의병들이 막사에 던진 폭탄은 한강 염창항에 정박한 군함을 침몰시킨 기뢰와 같은 종류의 사제폭탄으로 밝혀지며 왜군 사령부와 통감부는 바짝 긴장했다. 통감 이토는 조선의 전 왜군과 경찰에 비밀지령을 내렸다. 특별한 이유 없이 조선의 지방기관을 습격하거나 적대시하여 공격하지 못하도록 하는 특별조치였다.

5일 뒤 밤 8시경, 정동 신팔균의 집에 임형규와 문대성이 왔다.

"두 분 참 대단합니다. 통감부를 비롯한 일본군 사령부는 결국 경성 표창수에 무릎을 꿇은 꼴이 되었습니다."

임형규가 받았다.

"이제 시작일 뿐이야. 이토의 심장에 표창을 꽂지는 못하더라도 발 뻗고 편히 잠들지 못하도록 괴롭힐 것이야."

문대성이 거들었다.

"경성뿐만 아니라 평양, 부산에 가서도 거사합시다."

"형, 나도 이제 나가야겠어. 답답해서 견딜 수가 없어. 마음 놓고 운동을 할 수 없으니 몸이 맘대로 움직여주질 못해요. 이러다가 무지렁이가 되고 말겠어."

형규는 잠시 생각하다가 말했다.

"내 생각엔 아직 좀 일러. 1년만 더 견뎌봐. 사태는 점점 악화되고 있어요. 상황을 파악하고 정보도 알아내야지."

"그것이 어려워. 전에 시위대는 그래도 활동 영역이 넓어 정보를 빼낼 수 있었지만, 황실 수비로 궁중에만 들어앉아 있으니 아무것도 알 수가 없어요. 게다가 최근 들어 놈들의 감시가 엄해졌어. 그래서 더 싫어졌어."

"그렇겠지. 생각해 봅시다."

문대성이 끼어들었다.

"제 생각으로는 정위님이 하루속히 나오시는 것이 좋겠습니다. 고향에 가서 후진 양성에 힘쓰시는 것이 옳다고 생각합니다."

"대성아재 말에도 일리가 있어요. 정위 생각대로 해요."

"알았습니다. 조만간 결정을 하겠습니다. 우리 오랜만에 술 한 잔합시다. 대성아재 목구멍이 간질거려서 못 견디겠다는 눈치야."

"으이구, 듣던 중 반가운 말이네요."

문대성은 말술을 마신다. 두 사람도 술을 좋아하지만 엄격하게 절제한다.

1908년 1월 20일, 정위 신팔균은 자진 퇴역서를 제출하고 황실 경호대에서 예편하여 귀향했다. 그의 나이 26세였다. 그의 향리 충북 진천군 이월면 노원리에는 작은 학교가 있었다. 1897년 팔균의 동생 필균과 육촌형 신재균이 사재로 세운 학교였는데 보통 학교 형식으로 아이들을 교육하고 있었다. 팔균은 고향에 오자마자 문중의 동의를 얻어 이 학교를 인수하여 보명학교로 개칭하고 문중적 기반으로 학교를 운영하기 시작했다.

교사는 신팔균 형제와 육촌 재균, 팔균의 무관학교 동기 박용선과 김기선 등 6명이었다. 학생들은 10세에서부터 17, 8세에 이르는 다양한 나이들이었다. 학생들을 능력별로 반을 편성하여 국어, 수학, 역사, 지리, 한문 등을 무관학교 교육방식으로 교육하였다.

임형규와 문대성은 경성에 남았다. 판삼군부사 신헌의 저택이던 정동의 집은 팔균이 처분하여 보명학교 운영자금에 쓰기로 하였고, 임형규와 문대성의 활동자금으로 일부를 넘겨주었다. 신팔균의 귀향으로 두 사람의 행동은 오히려 자유로워졌다. 이들의 행동은 그야말로 신출귀몰이다. 경성이나 경기도 일원의 악명 높은 헌병이나 왜경, 왜인 고관들은 지위 고하를 막론하고 이들의 표적이 되었다.

근래에 들어 표창을 맞고 죽은 왜인들 목에 표창이 없는 경우도 있다. 표창수는 주변에 사람이 없거나 시간이 있으면 표창을 뽑아 피를 시체의 옷에 닦고 사라진다. 헌병이나 경찰은 시신에 표창이 없는 경우에 더욱 공포를 느낀다. 표창을 뽑으면 엄청난 피가 쏟아진다. 표창에 묻은 피는 꼭 시신의 오른쪽 어깨에 닦는데, 그 광경을 볼 때마다 금방 목에 표창이 꽂히는 공포감에 떨지 않는 사람이 없다. 때로는 임형규와 문대성이 멀찍이서 그 현장을 보며 쾌재를 부르곤 하였다.

3월부터 5월까지 석 달간 경성과 경기 일원에서 표창을 맞고 죽은 왜군, 헌병, 악질 왜경과 기관원이 26여 명이 넘었다. 벌건 대낮에도 말을 타고 순시하던 경찰 간부며 고위공직자가 표창에 맞아 말에서 굴러떨어지는 경우도 자주 일어났다. 왜군 헌병이나 왜경 간부들은 말 타고 거들먹거리며 순시하는 것을 즐긴다. 그러나 이때부터 말 타고 순찰하는 헌병이나 왜경이 부쩍 줄었고, 왼쪽 가슴에 두꺼운 가죽이나 철판을 부착한 기마병이 늘어났다. 그러나 목에는 가죽이나 철판을 두를 수는 없으니 경성과 경기지방의 왜군과 왜경을 비롯한 기관들은 공포에 떨었다.

수사기관에서 알아낸 것은 단 한 가지, 표창에 녹 방지를 위하여 오소리 기름이 발라져 있다는 것뿐이었다. 그렇다면 표창은 최근에 만들어진 것이 아니라는 결론이 나온다. 하여 오소리가 많은 산골 지방의 대장간을 샅샅이 뒤졌지만 아무런 단서도 없었다.

6월 초였다. 고향 해주를 다녀온 문대성이 임형규에게 말했다.

"참위님, 해주로 갑시다. 황해도와 함경도에서는 아직 의병들 활동이 별로 없어요. 그래서 왜군과 왜경의 횡포가 잦고 악질적이라고 해요. 지난겨울에 해주에서 의병이 일어났는데, 의병대장이 나와 사냥을 같이 다니던 동무랍니다. 그는 총이 있는데 명사수였습니다."

형규는 부쩍 구미가 당겨 물었다.

"의병이 몇 명이나 된답디까?"

"자세히는 모르지만, 황해도 일대의 대장쟁이와 포수들이 모였다는데, 7, 80명은 된다고 합디다."

형규는 곰곰이 생각하다가 말했다.

"바람도 쐴 겸 일단 한번 가봅시다. 경성 일원에서는 이제 우리가 활동하기 어려워졌으니 지방으로 나갈 생각을 하기는 했어요."

문대성이 눈을 껌벅껌벅하다가 말했다.

"해주 의병이 어디서 활동하는지도 아직 모르잖아요. 일단 내가 가서 수소문하여 그들을 만나 의향을 들은 다음에 결정합시다."

"아재 말이 맞네요. 그렇게 해요. 난 그동안 진천에 다녀와야겠어요."

"잘됐네요. 그렇게 합시다."

이튿날 임형규는 고향 진천으로 가고, 문대성은 해주로 갔다.

임형규는 경성에서 내려오는 길로 진천의 보명학교로 갔다. 오후 3시경이었으니 학교는 수업 중이었다. 수업이 끝나고 교사들이 교무실로 들어왔다. 교무실에서 기다리던 임형규와 신팔균은 반가워 와락 그러안았다. 뒤이어 박용선과 김기선이 들어왔다. 이들 네 사람은 무관학교 동기들이었다. 네 사람은 얼싸안고 서로 등을 두드리며 반가워했다.

네 사람은 신팔균의 집에서 술상을 놓고 마주 앉았다. 이들이 이렇게 한 자리에서 만나기는 무관학교 졸업 이후 처음이었다.

박용선이 물었다.

"형규 자넨 경성에서 대체 뭘 하는가?"

이들은 일본인들 간담을 서늘케 하는 경성 표창수가 임형규라는 것을 모른다.

"이 난세에 내가 할 일이 뭐가 있겠는가. 그저 밥만 축내고 있을 뿐일세."

김기선이 나섰다.

"자네 고향이 여기잖아. 고향에서 아이들을 가르치는 것도 좋은 일 아니겠나?"

"그렇기는 하지만 내 성격에 훈장은 맞지 않네. 가족도 모두 경성에 있으니 귀향이 어려워. 학교에는 자네들이 있지 않은가?"

"아무래도 나는 고향으로 가야 할 것 같아서 하는 말일세. 고향 영천에도 소학교가 생겨서 나를 오라고 성화야."

팔균이 거들었다.

"제천에서 동생 친구가 오기로 했어. 자네 이제 걱정말고 고향으로 가도 돼."

"그래, 그거 잘됐네. 마음 편히 갈 수 있게 되었어. 게다가 형규 자네를 이렇게 만나고 가게 되니 기쁘네."

형규는 기선이 내민 손을 잡고 흔들며 말했다.

"나도 기쁘네. 우리 가끔 이렇게 만나세."

용선이 반가이 끼어들었다.

"그거참 좋은 생각이야. 종종 만나서 시국 이야기라도 나누세. 울화통이 터져서 견딜 수가 없어요."

젊은 동기생들은 밤이 깊도록 시국을 논하다가 헤어졌다.

임형규의 고향은 진천군 이월면 신월리였다. 신월리에는 그의 숙부와 당숙 등 친척이 있었다. 숙부에게는 4남매가 있었는데, 맏이와 둘째가 아들이고 셋째가 딸 수명이었다. 수명은 열다섯 살이었다.

형규가 예쁘게 자란 수명에게 말했다.

"수명아, 학교에 가서 공부할 생각은 없니?"

수명은 밝게 웃으며 말했다. 열다섯 살이지만 키가 크고 얼굴이 달덩이 같아서 처녀티가 난다.

"오빠, 나두 학교에 가고 싶어. 근데 아부지가 못 가게 해. 오빠가 아부지한테 잘 말해줘요."

"그래, 알았다."

형규는 숙부를 설득하여 허락을 얻고, 이튿날 수명을 데리고 보명학교에 가서 교장 신팔균에게 인사를 시켰다. 보명학교에는 학생이 80여 명이었는데 여학생이 25명 있었다. 학생 수는 항상 들쭉날쭉이다. 며칠 다니다가 그만두기도 하고 수시로 들어오기도 한다. 나이에 상관없이 개인 학습 성적에 따라 반이 나뉜다. 임수명은 한글을 깨우쳤으므로 3학년에 들어갔다.

임형규와 신팔균은 많은 이야기를 나누었다. 형규가 물었다.

"언제까지 훈장노릇 할 거야?"

"학교가 제대로 자리 잡힐 때까지는 해야 하지만 지금 안희제, 서상일 등과 접촉하고 있어. 국권회복 동지회를 조직하여 체계적으로 활동을 할 계획이야."

"그래야지, 우리가 언제까지 이러고 있을 수는 없어."

형규가 그동안 황해도에 가서 활동하겠다는 말에 팔균은 적극 찬성했다.

"잘 생각했어요. 북부지역에 의병 활동이 별로 없었는데, 형과 대성아재가 가면 활력을 얻을 것이야."

"내 의도가 그거야. 대성아재 고향이 해주고, 우리도 5년간 무예를 수련하던 곳이라 지리도 대충 알고 유리한 점도 많아."

"그렇지만 늘 조심해요. 해주는 바닥이 좁아 행동이 드러날 수도 있어."

"해주 의병과 밤에만 활동할 것이야, 걱정마."

임형규는 사흘 만에 경성 아현골의 집에 돌아왔다. 그가 사흘간 무료하게 집에서 어정거릴 때, 눈이 빠지게 기다리던 문대성이 왔다.

"의병대를 찾았어요?"

"그럼요. 본거지는 벽성군 통산리 박달봉에 있고, 재령군에도 있어요. 평시에는 60여 명이지만 작전이 있으면 집에 있던 포수들이 모여서 7, 80명이 되기도 한답니다. 그들도 경성의 신출귀몰하는 표창잡이를 알고 있어요. 그렇지만 의병장 유개동이에게만 우리 정체를 알렸어요. 대원들에게는 무관학교 출신 참위님이 오신다구 했더니 대환영이었습니다."

"잘했네요. 그럼 언제 출발할까요?"

"빠를수록 좋지요. 저는 내일이라도 출발하겠습니다. 참위님은 말을 타면 하루면 가실 수 있잖아요."

대성은 걸음이 빨라 하루에 150리를 걷는다. 이들은 총과 표창을 갖고 가기 때문에 촘촘한 검문을 피해야 한다.

"사흘 후 해주 송마산 우리 큰집에서 만나요."

"그렇게 합시다. 검문을 조심해요."

"걱정 마세요. 들길과 산길로 가면 하루 한나절이면 도착합니다."

사흘 뒤인 7월 19일 어둠이 깔리는 초저녁, 이들은 문대성의 형님 집에서 만났다. 두 사람은 저녁을 먹고 밤길을 떠나 새벽녘에 통산리 박달봉 골짜기에 있는 유개동의 의병 근거지에 도착했다. 의병장 유개동은 임형규와 문대성을 반가이 맞이하여 우선 잠자리에 들었다.

이튿날 아침, 유개동은 대원들에게 두 사람을 소개하고 의병대규모를 상세히 설명했다. 7월의 삼복더위라서 근거지는 허술하였고, 병력은 53명이었다. 사냥꾼 포수들 20여 명은 집에 있지만, 작전이 개시되면 집결한다고 하였다. 무기는 단발 구식장총이 21정, 권총이 2정, 장검과 투창이 30여 자루 있었다.

대원들의 연령은 19세가 2명에서 40대까지 총 75명이라고 했다. 유개동 의병대는 아직 왜군수비대나 경찰과 정면으로 전투를 한 적은 없었다. 재령군 신원면의 헌병파견소를 습격하여 헌병 2명과 경찰 2명을 사살한 것이 전과였고, 순찰을 도는 악질 왜경과 왜군 3명을 사살했다고 한다.

임형규는 의병장 유개동과 상의하여 악랄하기로 소문난 해주읍 왜군 헌병대와 수비대를 습격하기로 했다. 야간 습격은 달이 없는 밤이어야 한다. 임형규는 음력 6월 초엿새 자정 무렵을 기습작전으로 잡았다.

해주 왜군수비대 병력은 약 120여 명, 이중 헌병이 15명이라고 했다. 임형규는 유개동과 문대성, 해주읍 출신이라는 대원 2명을 데리고 해주 군청과 왜군수비대 막사 현장을 답사했다. 모두 농민 복장을 한 이들은 해주 읍내를 돌아보고 군청 쪽으로 갔다. 수비대는 해주 군청에서 북쪽으로 300여 미터 지점에 있었다. 막사는 7개 동이었는데 행정본부 막사와 헌병대 막사, 식당, 수비대 막사가 4개 동이었다. 철조망이 둘러쳐져 있고 정문과 후문이 있는데 후문은 잠겨있어 보초가 없다. 수비대 주변은 민가나 건물이 없다. 정문에서 막사까지는 20여 미터로 보였다.

경찰서는 군청 바로 옆에 있었다. 경찰서장은 일본인이었고, 왜인 경찰이 20명, 조선인 경찰이 10명이라고 한다. 경찰서 정문 왼쪽 100여 미터쯤에 경찰서장 관사와 헌병대장, 수비대장 관사 3개 건물이 나란히 있었다. 수비대와 경찰서 거리는 300여 미터로 보였다.

야간 기습작전

6월 6일 밤 자정이 넘은 2시경, 초승달은 지고 날이 흐려 짙은 어둠이었다. 가만 서 있어도 땀이 흐르는 무더위였다. 임형규와 문대성이 낮은 자세로 물 흐르듯이 달려가 수비대 정문 옆에 붙어 섰다. 남폿불이 켜진 정문 초소에 왜군 2명이 있고, 동초 2명이 집총을 하고 철조망 바깥을 순찰한다. 막사 밖에도 동초 2명이 막사를 돌고 있었다.

두 사람은 정문 좌우에서 서성거리는 동초에게 동시에 표창을 던졌다. 동초는 짧은 비명을 지르며 쓰러졌지만 정문 초소는 조용하다. 두 사람은 문이 열려있는 초소 앞으로 다가가며 표창을 날렸다. 의자에 앉아 꾸벅꾸벅 졸던 보초 두 명은 5미터 앞에서 던진 표창을 심장에 맞고 비명도 없이 앞으로 고꾸라졌다.

문대성이 정문 밖에 나가 손짓을 하자, 연병장에 납작 엎드렸던 의병 7명이 고양이처럼 소리 없이 달려와 초소 벽에 붙어 섰다. 두 사람이 허리를 굽히고 각각 동초에게 달려가자 인기척에 놀란 동초가 멈추는 순간 '끽!' 짧은 비명을 지르며 앞으로 엎어졌다. 어둠 속에서 7명이 달려가 각각 흩어지며 동시에 막사 안으로 폭탄을 던졌다. 연달아 폭탄이 터지며 수비대 막사는 아수라장이 되고 건물마다 불길이 치솟았다.

정문 초소의 불이 꺼지고 칠흑 같은 어둠 속에서 철조망까지 진격한 의병대원들이 어둠 속에 은폐하여 허둥대는 일본군을 정조준하며 쏘아 사살했다. 정문이 점령당한 것을 안 왜군이 후문으로 내뛰었으나 잠복하고 있던 의병대에 여지없이 사살되었다.

왜군수비대 막사가 불타고 있을 때, 부대에서 200여 미터 떨어진 경찰서에 비상이 걸리고 경찰 20여 명이 쏟아져 나왔으나 매복하고 있던 의병대장 유개동이 거느린 의병들의 집중 사격을 받고 10여 명이 쓰러지고, 나머지는 경찰서 안으로 뛰어 들어갔다. 뒷문으로 숨어든 의병대원이 사무실에 폭탄을 던졌다. 우왕좌왕하던 경찰 7, 8명이 픽픽 쓰러지고 통신실과 사무실이 불길에 휩싸였다. 의병들이 들이닥치며 넋이 나간 경찰들과 총격전이 벌어졌으나 이미 수적으로 열세인 데다 전의를 잃은 경찰은 도주하다가 사살되기도 했다. 같은 시각 비상 전화를 받은 일본인 경찰서장과 헌병대장 수비대장이 사택에서 나오다가 잠복 중이던 의병

5명의 집중 사격을 받고 3명이 즉사했다.

의병들은 산개하여 은폐물에 몸을 숨기고 경찰서를 주시하였다. 마당에 쓰러졌던 경찰 3명이 비틀거리며 일어서다가 여지없이 총을 맞고 쓰러졌다. 잠시 조용하더니 경찰서 안에서 머리에 손을 얹은 경찰 4명이 나오고 어둠속에서 5명이 손을 들고 항복했다. 의병 10여 명은 매복을 하고, 유개동과 조장 3명이 나가서 항복한 경찰을 꿇어 앉혔다. 조사를 해보니 5명이 왜경이었고, 4명은 조선인이었다.

경찰서를 완전점령한 의병대는 전과를 확인했다. 경찰 11명이 사살되고 3명이 부상하였고, 9명이 항복했다. 경찰서장, 헌병대장, 수비대장이 사살되었고, 조선인 경찰 4명은 그 자리에서 의병대에 지원했다. 이들이 살길은 오직 의병대뿐이다. 이들은 항복한 왜경 5명을 그 자리에서 쏴 죽이고 관사 3개 동에 불을 질렀다. 가족들은 이미 도주했는지 뛰어나오는 사람은 없었다.

의병대 중에 항복한 경찰 5명을 사살한 19세의 박창로라는 청년이 있다. 6개월 전 겨울이었다. 그의 집은 해주 읍에서 포목점을 했었는데, 대낮에 왜군 헌병 3명이 들이닥쳤다. 놈들은 다짜고짜 처녀 둘을 끄잡아 방으로 들어갔고, 헌병 하나는 안주인을 점포에서 쓰러뜨리고 옷을 찢어발기며 강간했다. 방으로 끌려간 두 처녀도 소리를 지르며 물어뜯는 등 반항했지만 여지없이 당하였다. 두 처녀는 자매간으로 언니는 21세, 동생은 16세였다. 그때, 외출에서 돌아온 집주인이 기함을 하고 소리를 지르자, 헌병은 그 자리에서 사살하고 어머니와 두 딸도 사살하였다. 헌병들은 집 안을 뒤져 돈과 귀중품을 도둑질하고 집에 불을 질렀다.

근방의 지물포에서 일하던 박창로가 집에 불이 난 것을 알고 뛰어왔으나 집은 불길에 휩싸여 손쓸 재간이 없어 발만 동동 구를 뿐이었다. 이웃 사람으로부터 왜군 헌병이 침입하여 불을 질렀다는 것을 알고 박창로는 기절해버렸다. 정신을 차렸을 때는 집이 잿더미가 된 뒤였다. 마을 사람들과 친인척들이 잿더미가 된 집터에서 처참한 시신 4구를 수습했다. 박창로와 사촌형 창구는 가족 시신을 거두며 통곡했다. 창로는 왜군의 만행으로 가족과 재산을 한꺼번에 잃었다.

박창로 어머니와 두 딸이 운영하는 포목점은 장사가 잘되어 해주에서 소문난 알부자였다. 게다가 딸 둘이 예쁘고 바느질 솜씨도 좋아서 딸 덕에 장사가 잘된다고 했었다. 그 포목점에 한 달 전부터 해주 헌병대장이 드나들었다. 교체병력으로 귀국이 얼마 남지 않았다면서 조선 비단으로 어머니 옷을 지어 달라고 치근대며 드나들었다. 결국 그것은 선천적으로 간사하고 야만적인 왜놈들 수작이었다.

박창로와 친인척이 즉시 경찰과 헌병대에 신고하였지만, 나흘 만에 나온 대답은 이렇다. 사건을 저지른 헌병대장(소위)과 군조(중사), 오장(하사)은 이틀 전에 귀국하여 본국에서 조치할 것이므로 해주에서 해결할 사건이 아니라는 것이었다.

분노에 떨던 박창로와 동갑내기 사촌형 창구는 그길로 유개동 의병대에 지원했다. 이들 사촌 형제는 왜군과 헌병이라면 이를 부득부득 간다. 그동안 이들 형제는 왜군 헌병 2명과 경찰 1명을 사살했다.

의병대는 항복한 조선인 경찰과 함께 텅 빈 경찰서에 진입하여 무기와 실탄을 노획했다. 장총 20정과 실탄, 권총 15정 실탄, 수류탄 55발을 노획했다. 식량과 숙소의 의복까지 소용되는 물품을 챙겨 항복한 경찰의 지휘로 경찰서 전용 2대의 마차에 실었다.

의병장 유개동은 병력 20명과 항복한 경찰 4명을 이끌고 수비대로 갔다. 왜군 수비대는 의병대에 완벽하게 점령하였다. 막사 7개동은 불길에 휩싸였고, 연병장에 항복한 왜군 23명이 발가벗겨진 채 앉아있었다. 왜군 포로를 본 창로와 창구는 그만 눈이 뒤집혔다. 다짜고짜 경찰서에서 노획한 총으로 난사해 10여 명이 나자빠졌다.

창고에서 전리품을 수습하던 임형규가 총소리에 놀라 달려왔다. 사로잡힌 왜군이 늘비하게 나자빠져 있고, 창로와 창구가 대원들에게 잡혀 악을 쓰고 있었다. 형규도 이들 형제의 왜군에 대한 증오를 안다. 그러나 항복한 적군을 현장에서 사살하는 것은 국제적 전법이나 인도적으로도 위배다. 형규는 두 젊은이를 타일렀다. 그러나 이들은 완강했다.

"참위님, 민가에 침입해 여자 셋을 강간해 죽이고 항거하는 가장을 쏴 죽이고 재물을 도둑질하고 집에 불을 지른 것은 전쟁 법에 허용됩니까? 저는 왜군들을 살려 둘 수 없습니다. 목숨을 걸고 쫓아다니며 죽이려는 놈들을 잡아놓고 살려 보냅니까?"

창로의 항의에 형규는 할 말이 없다. 대원들이 잠시 멍 하는 사이, 두 형제는 옆 대원의 총을 빼앗아 왜군을 사살했다. 지켜보던 대원 2명이 가세하여 왜군 23명을 모조리 사살하였다. 허탈하여 정신이 산만한 임형규 앞에 두 형제가 꿇어앉아 처절하게 말했다.

"참위님, 잿더미 속에서 부모와 오뉘 시신을 거두며 저는 맹세했습니다. 왜놈들은 눈에 띄는 족족 죽이겠다고 결심했습니다. 참위님 명령에 거역한 게 죄라면 저희 두 형제를 쏴 죽이십시오."

임형규는 비로소 정신을 차리고 외쳤다.

"뭣들 하는 겁니까? 빨리 전리품을 수습하고 철수합시다."

대원들은 지도자들의 지휘에 따라 수비대를 샅샅이 뒤져 무기며 식량, 피복까지 노획했다. 의병에게는 무기와 식량이 절대적 필수품이다. 자체조달하지 않으면 해산된다. 항복한 경찰 4명의 지휘로 마구간에서 말 4필을 끌어내 창고에 있던 마차 4대에 메어 전리품을 싣고 떠났다. 마차 여섯 대와 의병대는 유유히 어둠 속으로 흩어졌다. 유개동 의병대원들은 해주 출신이 많아 지리에 밝고 전리품을 숨기기에 걱정이 없다.

왜군이나 경찰의 지원을 막기 위하여 주요 길목마다 병력을 매복시켰는데, 3개 방면에서 왜군과 경찰 기마병들이 지원을 오다가 의병대와 교전이 벌어졌다. 그러나 어둠 속에 매복한 의병대에 대항을 할 수 없어 왜군은 도주하고 흩어져 해주 왜군수비대와 경찰서 습격작전은 의병대의 완벽한 승리로 끝났다. 아군은 단 한 명의 부상자도 없었다.

이튿날 해주 읍내는 발칵 뒤집혔다. 인접한 지역의 헌병과 경찰이 현장 검증을 하였다. 수비대 막사와 창고, 부속 건물까지 잿더미가 되었고, 수비대원 120명, 헌병 14명이 사살되었다. 부대에 남은 것은 잿더미 속의 취사도구뿐이었다.

경찰서도 주요 건물이 불타고, 경찰서장과 헌병대장, 수비대장을 비롯하여 경찰 16명이 사살되었다. 그뿐만 아니라 3개 방면에서 지원을 오던 왜군과 왜경이 습격을 받아 7명이 사살되고 말 3필이 총에 맞아 죽었다.

왜군과 왜경은 엄청난 피해에도 경악했지만, 경성 표창수가 해주에 나타난 사실에 더욱 분노하고 치를 떨었다. 표창수가 가세한 두 번의 군부대기습에서 왜군은 전멸하였고, 부대는 잿더미가 되었다. 게다가 무기를 깡그리 빼앗겼으니 적의 전력을 막강하게 무장시켜준 결과였다. 표창수가 몇 년간 지방과 경성을 휘젓고 다니며 군과 경찰을 사살해도 털끝만 한 단서도 잡지 못하였다. 또한 표창수는 화약을 제조하고 폭탄을 만드는 고도의 기술을 갖고 있다. 이번 해주 기습작전으로 조선의 전 왜군과 왜경은 공포에 떨었다.

해주 유개동 의병대는 이번 작전으로 완벽하게 신식무장을 갖추었다. 자동장총 160정, 권총 20정, 수류탄 570여 발, 엄청난 실탄, 150석의 쌀과 부식까지 챙겼으니 거렁뱅이 집단 같던 유개동 의병대는 부자가 되었다. 임형규의 주재로 작전회의가 열렸다. 대원들은 임형규와 문대성이 해주 의병대의 대장이 되어줄 것을 기대하고 있었다.

"나와 문대성 동지는 어디든 정착하여 활동할 수 없습니다. 꼬리를 잡힐 수도 있을뿐더러 전국에 왜군 부대와 경찰서가 있고, 국권 회복을 위한 단체도 늘어나고 있기 때문에 그들과 연계하여 활동해야 합니다. 이점을 이해하여 주시면 좋겠습니다."

유개동은 애초부터 임형규가 해주 의병대에 눌러앉을 사람이 아니라는 것을 알고 있었지만, 은근히 의심을 하던 차였다. 유개동은 무식하지만 용맹하고 생각도 제법 깊어 남의 밑에 있을 사람이 아니었다.

"그렇습니다. 임 참위님과 문대성 동지는 더 크고 많은 일을 하실 분입니다. 이제 우리는 참위님 덕분에 막강한 군세를 갖추었습니다. 어떠한 왜군이라도 상대할 용기를 얻었습니다. 참위님, 문대성 동지 감사합니다."

대원들은 모두 일어나 경례를 올렸다. 유개동은 문대성 보다 두 살 아래인 41세였다. 멸악산 포수라고 늘 자랑하는 마동수가 나섰다.

"참위님, 언제 가실지는 모르지만 평산읍 수비대를 치고 가시면 어떨까요? 거기 지리는 제가 손바닥 보듯 알고 있습니다. 저뿐만 아니라 멸악산 포수 세 명이 여기 있어 자신이 있습니다."

멸악산 포수뿐만 아니라 평산 출신 대원 다섯 명이 일어서서 평산 수비대를 치자고 나섰다. 마동수가 일어서서 말했다.

"험준한 멸악산맥 자락에 금동산이 있습니다. 금동산은 높지는 않지만 계곡이 깊고 험준합니다. 그 골짜기를 원적골이라고 합니다. 원적골 계곡 중간쯤에 스무남은 명이 숨어 지낼만한 동굴이 있습니다. 임진왜란 때 마을 사람들 50여 명이 피난을 했다는 동굴입니다. 동굴이 깊어서 우리 사냥꾼들도 겨울에 동굴에 기거하며 사냥을 합니다. 동굴에서 평산 읍까지 2십리 길입니다."

유개동이 거들었다.

"참위님, 마 동지는 전부터 해주는 병력이 너무 많아 위험하다면서 평산을 치자고 주장했었습니다. 참위님께서 오시지 않았으면 평산을 쳤을 것입니다. 평산 왜군수비대는 헌병을 포함하여 80여 명인데, 특히 헌병 놈들이 악질이라고 합니다. 부녀자들 겁탈을 예사로 하고, 밥술이나 먹는 가장들을 잡아다 없는 죄를 덮어씌워 노략질까지 한답니다."

임형규는 곰곰이 생각하다가 말했다.

"좋습니다. 일단 현지답사를 해보고 결정합시다. 달이 밝으면 기습작전에 불리합니다. 그믐께가 좋은데 아직 20여 일 시간이 있으니 생각해 보기로 합시다."

말단에 앉아 쭈뼛거리던 박창로가 일어서서 말했다.

"참위님, 저와 형에게 표창 던지는 법을 가르쳐주십시오. 꼭 배우고 싶습니다. 저와 형은 어려서부터 돌팔매질로 비둘기와 꿩을 잡았습니다."

문대성이 거들었다.

"참위님, 어제 저 두 놈이 하도 성화를 부려서 표창을 던져보라고 했습지요. 헌데 싹수가 보입니다."

젊은 대원들 대여섯 명이 일어서서 표창법을 배우겠다고 나섰다. 임형규는 장난삼아 실험을 해보기로 하고 말했다.

"표창 투법은 타고난 기질이 있어야 하고 힘이 있어야 합니다. 자신이 있는 대원만 나와 보세요."

젊은이 다섯 명이 나섰다. 문대성이 거리와 목표물을 정하고 차례를 정하여 던지게 했다. 먼저 어제 던져보았다는 박창로가 나섰다. 표창을 잡은 손과 자세가 그럴듯했다. 30보(9미터) 거리에서 던졌다. 중앙 목표에서 주먹 하나 아래쪽에 꽂혔다. 세 번을 던졌는데 하나가 정중앙에 맞았다. 창구가 던졌다. 두 개가 창로와 비슷하고 하나는 날아갔다. 다섯 명이 던졌으나 가능성이 있는 사람은 창로와 창구였다.

이튿날부터 문대성은 두 사람에게 표창 투법을 가르치기 시작했다. 어려서부터 돌팔매로 새를 잡았다는 두 사촌 형제는 덩치도 실팍한 데다 뚝심이 있고 특히 어깨 힘이 좋아 표창수로서의 자질이 있었다. 두 사람은 밤낮으로 연습을 했다. 왜인에 대한 적개심! 그들의 자질에다 적개심이 더하여 실력은 나날이 늘었다.

연습 보름이 지났을 무렵, 임형규가 보는 앞에서 실험을 해보았다. 30보 앞의 목표물에 표창 세 자루가 명중했다. 두 청년의 실력이 비슷했다. 이는 타고난 자질이었다. 표창 투척은 몸에 걸리적거리는 물건이 붙어 있으면 명중률이 떨어진다. 어깨에 총을 메고, 허리에 권총을 차고 던지는 연습도 해야 한다. 임형규는 이들의 실력을 인정하고 더 열심히 훈련하라고 격려했다.

그런데 표창이 문제였다. 임형규와 문대성이 갖고 온 표창은 30자루였다. 이것을 두 청년에게 주고 갈 수는 없다. 그렇다면 표창을 만들어야 한다. 의병대에는 문대성을 비롯하여 대장장이가 넷이나 있었다. 포수들은 자기가 쓰는 투창이나 칼을 대장간에서 직접 만들기도 하여 기술이 있다.

문대성의 주장으로 대장간을 설치하기로 하고 준비에 들어갔다. 대장장이가 넷이나 있어서 대장간은 사흘 만에 완성되어 표창을 만들기 시작했다. 표창은 쇠가 많이 필요하지 않다. 표창을 만들어본 문대성의 지휘로 표창이 완성되었다.

두 청년이 새로 만든 표창으로 실험을 해보았다. 그런데 명중이 되지 않는다. 문대성의 표창으로 던지면 명중이 되는데 금방 만든 것으로는 명중률이 많이 떨어진다. 문대성과 임형규가 던져보아도 그랬다. 크기와 모양은 똑같다. 저울에 달아보니 무게도 같다. 결론은 손에 익숙함이었다. 그날부터 두 청년은 새로 만든 표창으로 훈련을 했다. 사흘 만에 손에 익어 명중률이 높아졌다.

평양 표창수 탄생

　음력 6월 그믐께 해가 질 무렵이었다. 임형규와 문대성, 유개동, 평산 출신 마동수를 비롯한 의병대원 50명은 평산 원적골을 향해 출발했다. 박달봉에서 원적골까지 하루 밤길이었다. 무기를 소지하고 대낮에 갈 수는 없다. 며칠 전에 평산 출신 포수 마동수와 문대성이 원적골 동굴을 답사하고 대원들이 며칠 묵을 자리를 준비하고 왔었다.

　이들은 동이 틀 무렵에 원적골 동굴에 도착했다. 동굴은 은신하기에 완벽했다. 사람이 앉으면 사오십 명, 누우면 삼십여 명이 잠잘 수 있는 동굴이었다. 양쪽은 깎아지른 벼랑이고 동굴 밑에는 계곡물이 흐른다. 이들은 아침을 지어 먹고 늘어지게 잤다.

　해가 중천에 떴을 때 일어나 점심을 먹고 마동수를 비롯한 포수 4명과 임형규, 문대성, 유개동이 평산읍 왜군수비대 현장답사에 나섰다. 내려가는 길은 토끼길 같이 계곡 옆으로 있는데 계곡 물을 이리저리 건너며 한 시간쯤 내려가자 마을이 있었다. 마을에서 평산 읍내가 십 리라고 했다.

왜군수비대는 평산 군청에서 서쪽으로 500여 미터에 있고, 막사 3개 동에 창고, 식당을 겸한 취사장건물과 작은 부속 건물 2동이 있었다. 역시 주변에는 민가는 없고 철조망이 쳐져 있었다. 부대 구조는 해주 수비대와 같았다.

경찰서는 군청에서 왼쪽 200여 미터에 있는데, 일본인 서장과 왜경 10명과 조선인 경찰 5명이 있다고 한다. 경찰서 내에는 9명이 상주하고 왜경 6명은 영외에 거주한다고 했다. 날씨가 더워서인지 경찰서와 왜군수비대는 적막할 정도로 조용하고 길거리에 사람도 별로 없었다. 평산은 남천광산에서 구리가 나오고, 평산광산에서 형석이 나오는데, 일본인들이 경영하고 기술자도 일본인들이어서 일본인들이 많이 산다고 한다. 하여 경찰과 수비대원들이 낮에는 두 광산에 파견되어 경비를 선다고 하였다. 이들은 오후 새참 무렵까지 답사를 마치고 돌아왔다.

사흘 뒤인 음력 7월 초하루, 해주 의병대 50명은 원적골 동굴을 출발하여 해 질 녘에 마을 입구 산기슭에 집결했다. 주먹밥으로 저녁을 먹은 이들은 작전회의에 들어갔다. 이미 현장을 답사하고 치밀한 작전을 세웠던 터라 각자의 임무를 확인하여 숙지시키고 삼삼오오 조를 짜서 읍내로 출발했다. 조장은 마동수를 비롯하여 평산 출신 의병 5명이 맡아 인솔했다. 이들은 지름길과 인적이 드문 길을 잘 알고 있었다.

자정이 넘어 한 시경, 의병대는 속속 도착하여 부대 주변에 은신했다. 금방 비가 쏟아질 듯이 날이 흐려 칠흑 같은 어둠이었다. 임형규와 문대성, 폭탄을 소지한 4명이 낮은 포복으로 정문으로 다가갔다. 정문 양쪽으로 10여 미터 지점 철조망에 남폿불이 걸려있어 정문 주변이 대낮같이 밝은데, 보초 3명이 한 조로 2개 조가 정문 좌우를 돌고 있었다. 한데 이들 3명이 바짝 붙어서 큰 소리로 이야기를 나누거나 군가를 부르며 걷고 있었다.

임형규는 상상하지 못했던 경비태세에 난감해졌다. 정문 양쪽에 불이 있어 밝은 데다, 보초 3명이 저렇게 붙어 있으면 표창을 쓰지 못한다. 표창수가 4명이라면 가능하지만 2명이 6명을 동시에 해치우기는 불가능이다. 혼자서 2명은 거의 동시에 죽일 수 있다. 그러나 1명은 방법이 없다. 좀 더 다가가서 살펴보니 부대 막사 밖의 동초도 3명씩 6명이 좌우를 돌고 있었다. 임형규는 손짓으로 후퇴를 명했다. 굵은 빗방울이 후둑후둑 떨어지기 시작했다. 대원들의 은신처에 돌아온 임형규는 유개동과 조장들을 불러 모아 말했다.

"오늘 작전은 실패다. 정문 좌우에 남폿불이 있고 보초가 1개 조 3명씩 12명이다. 놈들은 한꺼번에 처치할 수는 없다. 게다가 비가 온다. 오늘은 철수한다."

천둥 번개를 동반한 소나기가 요란하게 쏟아지기 시작했다.

비는 이튿날까지 세차게 내렸다. 동굴은 사람이 앉아도 50여 명이면 꽉 찬다. 여름이라 밖에서도 잘 수는 있지만, 비를 맞으며 잘 수는 없다. 옆에 있는 큰 바위 밑을 대원들이 교대로 한나절을 파서 30여 명이 앉을 동굴을 만들었다.

한데 식사가 문제였다. 나무가 흠뻑 젖었으니 불을 피울 수 없다. 다행으로 바위산 계곡물은 비가 쏟아져도 흙탕물이 아니다. 물을 그릇에 퍼서 모래를 가라앉히고 쌀을 불려 생식을 해야 한다. 물에 불린 쌀에 된장을 풀면 생쌀 된장 죽이 된다. 그것이 또 찝찔하고 구수한 별미였다. 점심을 먹고 작전회의를 열었다. 임형규가 회의를 주재했다.

"놈들이 보초를 그렇게 강화할 줄은 미처 생각지 못했습니다. 이제 표창으로 동초를 제거할 수는 없게 되었습니다. 어찌하면 좋을지 묘안을 짜봅시다."

묘안이 있을 턱이 없다. 임형규가 주도한 세 번의 왜군수비대 기습작전 성공은 표창으로 동초를 소리 없이 사살한 결과였다. 아무리 밤중이라도 총을 쏘며 달려들어서는 승산이 없다. 모두 코를 빼 물고 묵묵부답이자, 박창로가 벌떡 일어나서 말했다.

"참위님, 저와 형이 하겠습니다. 저희 실력도 이제 자신이 있습니다. 단칼에 명줄을 끊을 수 있습니다."

문대성이 거들었다.

"참위님, 둘 다 아직 덜 여물기는 했지만 한번 써보면 어떨까요?"

임형규는 정색을 하고 받아쳤다.

"한번? 그 한번 실수에 우린 전멸할 수 있어요. 완벽이 아니면 불가능입니다."

창구나 일어나 말했다.

"참위님, 지금 비가 삐죽합니다. 나가서 저희 실력을 좀 보시지요."

모두 밖으로 나왔다. 두 청년은 여기에 와서도 밤낮으로 표창 연습을 해서 투척지점과 과녁이 만들어져 있었다. 전 대원들이 지켜보는 앞에서 먼저 창로가 표창 두 자루를 들고 나섰다. 투척 지점에 서서 표창을 잡은 오른팔을 들어 한 번 겨냥하고 힘차게 던졌다. 연이어 순식간에 왼손에 쥐었던 표창을 받아 던졌다.

대원들이 우르르 검착점으로 몰려갔다. 두 걸음 간격으로 나란히 서 있는 소나무 같은 높이에 표창이 깊숙이 꽂혀있었다. 대원들은 모두 감탄했다. 두 사람이 밤낮으로 표창을 던지고, 새와 다람쥐를 잡기는 해도 그저 그러려니 했었다. 임형규도 두 청년 실력이 이만한 정도로 늘었을 줄은 몰랐지만, 그저 묵묵히 지켜보기만 하다가 말했다.

"청로와 창구는 잘 들어라."

두 청년이 임 참위 앞에 차렷 자세로 섰다.

"표창을 과녁에 꽂는 것과 사람 목이나 가슴에 꽂는 것은 다르다. 살아있는 짐승을 잡으려고 총을 겨누어도 가슴이 떨리고 마음이 산만해진다. 하물며 살아 움직이는 사람 목숨을 끊을 표창을 겨누어 던지는 것은 어지간한 담력으로는 불가능이다. 한번 실수는 곧 아군 전체의 전멸을 의미한다. 자신 있느냐?"

청로가 자신 있게 대답했다.

"참위님, 저는 왜놈이라면 자다 일어나서도 이빨을 갑니다. 철천지원수 놈들을 죽이는 것이 제 삶의 목적입니다. 어찌 떨리겠습니까? 자신 있습니다."

창구가 나섰다.

"참위님, 왜놈들은 개돼지만도 못한 인간입니다. 사람을 해치는 짐승을 잡는 것은 당연합니다."

"참위님, 저희는 돌팔매로 고라니도 잡고, 꿩이며 까치 까마귀도 수없이 잡아먹었습니다. 먹고 살기 위해 짐승을 잡는 것은 죄가 아닙니다. 왜놈들은 우리가 살기 위해 죽이는 겁니다. 저는 총으로 왜놈을 겨냥하여 수십 명을 쏴 죽였습니다."

묵묵히 듣던 참위가 말했다.

"너희들 각오를 알겠다. 그러나 이것은 중대한 일이다. 거듭 말하지만 한 번의 실수로 우리의 패전이 된다는 것을 명심해야

한다. 문 동지, 동지가 며칠 잘 지도해 주세요. 밤에도 연습을 시
키세요. 밤이 더 중요합니다. 몸을 움직이는 기척으로 과녁을 잡
아야 하는 거 아시잖아요."

"어찌 모르겠습니까. 철저히 지도하겠습니다."

　나흘 뒤인 7월 초닷새 새로 두 시경, 의병대 60명이 평산 왜군
수비대 주변에 은신했다. 장맛비가 사나흘 내리다가 오늘은 멎었
지만, 잔뜩 흐려 짙은 어둠이었다. 9명이 낮은 포복으로 정문 앞
으로 기어갔다. 여전히 정문 양쪽의 남폿불이 대낮같이 밝다. 폭
탄을 소지한 5명이 연병장에 납작 엎드려 있고, 네 사람은 두 사
람씩 양쪽으로 멀리 갈라지며 어둠 속으로 사라졌다.

　잠시 뒤, 남폿불에서 멀리 떨어진 어둑한 양쪽 지점 철조망에
두 사람씩 붙어 섰다. 오른쪽에 임 참위와 창구, 왼쪽에 문대성과
창로였다. 보초 3명이 군가를 부르며 문대성 쪽으로 다가왔다.
20여 보 거리, 표창 두 자루가 날았고 2명이 '끽'하는 순간 나머지
하나도 '끅'하며 나동그라졌다.

　오른쪽 임형규와 창구는 어둑한 철조망에 숨을 죽이고 붙어
서 있다가 다가오는 보초를 향하여 표창을 날렸다. 3명이 거의
동시에 나자빠졌다. 천지가 조용하다. 양쪽에서 네 사람이 바람
처럼 빠르게 정문 쪽으로 달려가는 순간, 정문 안에 있던 초병 셋
이 한꺼번에 나왔다. 초병과 의병 네 명이 서로 눈이 마주치며 순

식간에 초병 셋이 짚동처럼 푹 엎어졌다.

막사 2개동 앞에 동초 3명 2개 조가 양쪽으로 갈라지며 역시 콧노래를 부르며 걸어 다니고 있었다. 남폿불이 막사 문 처마 밑에 달려있어 대낮처럼 밝다. 네 사람은 정문 초소 벽에 붙어 섰지만 밝은 연병장을 달려갈 수는 없다. 임형규의 수신호로 정문의 남폿불 세 등이 동시에 꺼졌다. 동초들이 어리둥절하는 순간 네 명이 쓰러지고, 두 명이 총을 쏘며 큰소리로 외쳤다. 그 순간 막사 처마 밑에 달린 남폿불이 표창에 맞아 꺼지고 5명이 어둠 속을 달려와 막사에 폭탄을 던졌다.

동시에 막사 뒤에서 동초를 서던 6명이 달려 나오며 사격을 했다. 폭탄 다섯 개가 터진 막사는 불길이 치솟았고, 의병대 50여 명이 달려오는 순간, 불타는 막사 뒤쪽에서 수많은 왜군이 달려 나오며 총격전이 벌어졌다. 그때, 왜군 쪽에서 야광탄 여남은 발이 하늘로 치솟으며 천지가 대낮처럼 밝아졌다.

임형규는 적과 아군의 수가 비슷하다고 생각했다. 그러나 하늘 높이 솟아오르는 야광탄을 보고 지원군이 몰려오면 필패. 그는 퇴각명령을 내렸다.

"퇴각하라! 산개하며 퇴각하라!"

의병대 일부는 정문 초소에 은폐하여 엄호하며 적의 추격을 막고, 일부는 부상병과 시신을 안고 업고 어둠 속으로 사라졌다. 한편 경찰서 습격은 성공적이었다. 경찰서는 불타고 경찰서장과 경찰 6명이 사살되고 조선인 경찰 5명이 항복하여 의병이 되겠다고 자원하였다. 무기고를 열고 장총 16정과 권총 8정, 실탄을 노획하였다.

의병대는 예정된 집결지인 산골짜기에 모였다. 전사자 5명에 부상자 12명이었다. 갑자기 비가 퍼붓기 시작하는데 왜군 부대 쪽에는 계속해서 야광탄이 오르고 있었다. 비가 쏟아지는 칠흑 같은 어둠이니 추격은 없을 것이다. 그러나 전사자를 업고 험한 밤길을 걸을 수 없다. 시신 5구를 가매장하고, 부상자 12명을 마동수의 집에 가서 응급처치한 뒤에 평산 출신 의병 5명의 집에 분산시키고 35명은 원적골로 돌아왔다.

이튿날도 비는 계속 내렸다. 한낮에 평산 출신 포수 2명이 원적골에 올라왔다. 간밤에 부상했던 대원 2명이 죽었다고 했다. 이번 작전은 참패였다. 경찰 5명이 동지가 되기는 했지만 참담한 패전이었다. 부상당한 10명도 다시는 전투를 할 수 없는 중상이라고 했다.

임형규는 대원들을 집결시키고 계획을 말했다.

"여러분, 그동안 잘 싸워주셨습니다. 전사한 동지들 영혼을 위하여 묵념을 합시다."

대원들은 모두 일어나 고개를 숙이고 눈물을 흘렸다. 임형규가 말했다.

"유개동 대장님은 전사한 동지들과 부상당한 동지들 인적사항을 기록해 두세요. 동지들의 죽음과 희생은 결코 헛되지 않을 것입니다."

대원들은 모두 분노를 씹으며 울었다. 임형규가 대원들을 진정시키고 말했다.

"해주 의병대는 이제 무기도 충분히 확보하였고 전력도 많이 증강되었습니다. 이제는 표창에 의한 야간기습은 어려워졌습니다. 적은 이제 동초가 4명씩을 늘어날 것입니다. 남폿불도 더 늘어날 것입니다. 또한 적들은 한 막사에 네다섯 명씩 취침하기 때문에 폭탄도 쓰기 어렵게 되었습니다. 이제 저와 문대성 동지가 더는 여러분과 함께 작전을 펼 수가 없습니다. 하여 경성으로 돌아가겠습니다."

웅성웅성 말들이 많아지자 유개동이 말했다.

"참위님 말씀은 우리 모두 보고 깨달은 것입니다. 이제부터 여타 의병들처럼 우리도 소규모 전투로 적을 섬멸해야 합니다. 참위님의 탁월한 지휘로 우리의 무력이 강화되었고 실전의 경험도 얻어 용기백배합니다. 참위님 고맙습니다."

박창로와 창구가 일어서서 울먹이며 말했다.

"참위님, 저희 형제도 데려가 주십시오. 참위님 곁에서 죽고 싶습니다."

임형규가 단호히 타일렀다.

"그건 아니다. 너희는 이제 완벽한 표창수가 되어간다. 더 열심히 염습하고 훈련하여 유개동 대장님을 보좌해야 한다. 너희 둘은 이제부터 각개활동으로 악질 왜군이나 왜경들을 암살해야 한다. 황해도뿐만 아니라 함경도 평양까지 넘나들며 작전을 수행해야 할 것이다. 자신 있느냐?"

두 청년은 비로소 깨닫고 힘차게 대답했다.

"자신 있습니다. 참위님 말씀 명심하고 거행하겠습니다."

"너희가 할 일은 또 있다. 왜군 주둔지마다 다니면서 그 위치며 경계상태까지 탐색하여 유개동 대장에게 보고하여 작전을 수행하도록 정보를 탐지해야 한다. 그러자면 행동이 민첩해야 한다. 산비탈을 뛰어오르고 건물 지붕에 뛰어오르는 연습을 해야 한다. 그것만이 너희 목숨을 보전하는 호신술이 될 것이다. 할 수 있겠느냐?"

두 청년은 힘차게 대답했다.

"하겠습니다. 왜놈들을 한 놈이라도 더 죽이기 위해서라면 그보다 더한 일이라도 할 것입니다."

임형규는 그동안 두 청년에게 쇠갈고리를 만들어 주고, 건물 지붕 서까래를 찍고 지붕에 뛰어오르는 호신술을 가르쳤다. 두 청년 등을 두드려주고 말했다.

"그래, 난 너희 두 사람을 믿는다. 우리가 언젠가는 다시 만날 수 있을 것이다. 나는 어디에 있든 너희들의 활약상을 보고 있을 것이다. 너희들 행동이 빛나면 소문은 저절로 퍼질 것이다."

임형규와 문대성은 대원들과 아쉬운 작별을 하고 원적골에서 내려와 해주로 향했다.

제2부·무반의 가문

별 하나 뜨다

1882년(壬午) 5월 19일 오시(정오). 한성부 정동 판중추부사判中樞府事 신헌申櫶의 별채에서 신생아의 우렁찬 울음소리가 고즈넉한 주변의 정적에 파문을 일으켰다. 이내 분주한 소란이 일고, 중년의 여인이 사랑체로 종종걸음을 쳤다.

사랑체 마당을 초조한 표정으로 거닐던 건장한 사내가 쪽문을 열고 들어서는 여인을 맞이했다. 관을 쓰지 않은 간략한 복장이며 손에 잡은 호신검으로 보아 전형적인 무인武人이었다.

"어찌 되었소?"

"울음소리가 우렁찬 도련님 탄생입니다. 난산이었으나 산모도 무양하십니다."

"참 다행이오. 어서 가시오."

사내는 돌아서는 여인의 손을 잡아주고 문을 닫았다. 여인은 사내의 아내였다.

섬돌에 올라선 사내가 문 앞에서 읍을 하며 고했다.

"장군, 울음소리가 우렁찬 도련님이 탄생하시었다 하나이다."

"음, 어서 들게나."

사내는 방으로 들어갔다. 보료에 비스듬히 기대앉았던 육척장신의 노장老將 신헌이 바로 앉으며 물었다.

"난산이라더니, 순산을 했다든가?"

사내는 선 채로 대답했다.

"난산이긴 했사오나 산모께서도 무양하시다 합니다."

"다행일세. 그리 앉게."

흐뭇한 웃음을 짓는 신헌의 얼굴은 병색이 완연했다. 그는 40여 일 전 조선과 미국의 수호회담 접견대관으로 임명되어 3차에 걸친 수호회담을 체결하고 지병이 심해져 쉬고 있었다. 마주 앉으며 사내가 말했다.

"장군, 길일 길시에 탄생입니다. 감축드립니다."

노장은 흐뭇하게 웃으며 받았다.

"임오壬午년 갑진甲辰일 오시午時라! 너무 거칠어. 하기는 거친 세상에 거칠지 못한 사내라면 살아남을 수 없기는 하지만……!"

사내는 돌연 골똘한 얼굴로 잠시 생각하다가 고개를 들고 말했다.

"장군, 사나운 적토마 옆에 날으는 용을 두겠습니다."

노장은 안석에서 몸을 일으키며 물었다.

"나는 용이라! 대체 그게 무슨 말인가?"

"소인의 막내가 경진庚辰생으로 오시에 태어났습니다. 세 살이지만 하는 짓이 꽤 쓸 만합니다."

노장은 다시 안석에 기대며 대꾸했다.

"하지만, 이제 세상은 많이 변해가고 있어. 그 아이들 시대가 오면 반상의 제도는 무너지고 천지개벽이 될 것이야. 의리는 지켜야 하지만 강요는 하지 말게나."

"소인도 느끼고 있습니다. 의리가 두터우면 우정이 됩니다. 소인이 두 아이를 지도하겠습니다."

"그야, 그리해야지."

"그리하겠습니다. 하옵고, 전라도에 기별을 해야겠지요?"

"아무렴, 오늘 사람을 보내게. 내가 미리 이름을 지어 두었지. 그 연상을 열어보게."

사내는 앞에 있는 연상 서랍을 열었다. 하얀 봉투를 꺼내자 노장이 말했다.

"열어보게나."

사내는 봉투를 열어 옥판선지를 뽑아 펼쳤다. '신 팔 균申 八 均' 굵은 글자 옆에 작은 글자의 해석이 적혀있었다. '조선 팔도를 고르고 평안하게 조화를 이루게 하다.' 신헌은 일찍이 추사 김정희로부터 시도詩道를 배워 무장이면서도 서예와 시서화에도 능하여 유장儒將이라 불리기도 했다.

사내가 감격하여 말했다.

"출생 기상에 맞는 작명이십니다."

"허허허⋯⋯. 그런가."

신헌은 오늘 첫 장손자를 보았다. 장남 신석희申奭熙는 이태 전 전라도병마사로 부임하여 해안변방을 지키고 있었다. 오늘 태어난 사내아이는 석희의 장남이었다.

"장군, 아호雅號는 제가 지어보았습니다. 괜찮겠습니까?"

"아호라! 좋지. 무엇이라 지었는가?"

"동천東天입니다. 해 뜨는 아침의 나라 동쪽 하늘⋯⋯. 어떻습니까?"

"동천이라⋯⋯! 좋아, 팔균八均에 걸맞는 아호야. 잘 지었네. 고마우이. 이름과 아호를 적어 전라도에 사람을 보내게."

사내는 일어나 허리를 깊이 숙여 예를 하고 명을 받았다.

"명을 시행하겠습니다."

신헌에 못지않은 육척장신의 사내, 72세의 신헌을 40세부터 곁을 지켜온 52세의 호위무사 임창무任昌武였다. 임창무의 아버지 임병호는 신헌의 할아버지 어영대장 신홍주申鴻周에게서 무예를 배워 무반의 가문 신씨가의 호위무사가 되었다. 13세부터 무예를 배운 임병호는 의주 도호부사를 지낸 신헌의 아버지 신의직申義直의 호위무사에서 신헌에 이르기까지 곁을 지키다 죽었고, 그 뒤를 이어 아들 임창무가 신씨가를 지키고 있었다.

무장 신헌申櫶

신헌은 1811년(순조11) 윤3월 25일 충청도 진천군 이월면 노원리에서 신의직과 해평 윤씨 사이에서 태어났다. 본관은 고려개국 일등공신 장절공 신숭겸申崇謙을 시조로 모시는 평산 신 씨다. 신헌은 어려서부터 기골이 장대하고 힘이 장사였는데, 가족들은 조부 신홍주를 빼닮았다고 칭송했다. 신홍주는 순조 11년에 좌우 포도대장으로 홍경래란이 일어나자 영변부사에 제수되어 반란을 진압하였다. 그 공로로 어영대장과 삼도 도통사를 거쳐 병조판서를 역임한 당대의 무장이었다.

신헌의 아명은 관호觀浩였다. 자는 국빈國賓, 호는 금당琴堂, 우석于石이다. 관호의 무예 스승은 임병호였다. 중인 가문인 임병호는 관호의 할아버지 신홍주에게 무예를 배워 가신이 되었는데, 관호가 10세 되던 해부터 무예를 가르쳤다. 타고난 무골의 기질인 관호는 15세에 이르며 무예이십사반을 익혀 스승 임병호를 능가하는 무인으로 성장했다.

신관호는 순조 27년(1827) 약관 17세에 음보蔭補(조부의 후광)로 별군직別軍職에 뽑혀 벼슬길에 올랐다. 무예가 뛰어난 관호는 이듬해 있은 무과에 장원으로 급제하여 훈련원주부로 정직 관직 활동을 시작했다. 훈련원 군관을 거쳐 함길도 회령 병마만호로 있을 때 1834년 11월 순조가 붕어하고 헌종이 즉위했다.

노론 가문 출신인 관호는 헌종이 즉위하며 임금의 신임을 얻어 종4품인 중화부사, 전라도 병마절제사 등 무반의 관직을 두루 거쳐 1849년 금위대장에 올랐다. 그러나 그해 7월 헌종이 급서하고 철종이 즉위하자, 노론파인 신관호는 정권을 잡은 안동 김씨 일파에 배척받아 파직되었다.

신관호는 헌종이 위독할 때 어명으로 탕제를 직접 다려 올리곤 했는데, 그가 사사로이 탕약을 조제 했다고 죄를 추궁했다. 헌종은 특히 신관호를 신임하여 수시로 알현하곤 했는데, 그것이 빌미가 되어 전라도 녹도에 유배되었다. 1849년 그의 나이 39세였다. 유배지에는 50세가 넘은 노비와 가신 청년이 있었다.

유배 3년이 넘었던 여름 어느 날 깊은 밤, 복면을 한 괴한 두 명이 관호의 유배지 우거에 침입했다. 한 명은 댓돌 밑에 서고 한 명이 방으로 들어갔다. 방에는 두 사람이 자고 있었다. 자객이 잠시 식별하고는 칼을 겨누는 순간, '챙강!' 칼이 부딪치는 날카로운 굉음과 함께 자객의 손에서 칼은 날아가고 자객은 벽에 머리를 박으며 나가떨어졌다. 댓돌에 서 있던 괴한이 방으로 머리를 들이미는 순간, 뒷덜미를 칼등으로 맞고 털썩 엎어졌다. 젊은이가 방 안에 나자빠진 자객의 멱줄기를 잡아 마당에 내던지자, 관호가 자리에 누운 채 조용히 말했다.

"그냥 보내거라."

기골이 장대한 젊은이는 마당에 나뒹군 두 자객을 보았다. 열사흘 달빛에 복면이 벗겨진 자객의 얼굴이 보였다. 정신을 차리고 일어나는 자객에게 젊은이가 말했다.

"가거라. 다시 오면 죽는다."

두 자객은 어물쩍거리는 듯싶더니 바람처럼 사라졌다. 제법 날렵한 무인의 행동이었다. 자객을 물리친 젊은이, 21세의 임창무였다. 만월에 가까운 달빛이 휘황한데, 댓돌에 두 사람이 나란히 앉아있다.

"그만 들어가시지요. 화살이라도 날아오면…….."

임창무가 돌연 칼을 쥔 팔을 후려쳤고, 옆에 앉은 관호는 댓돌 밑으로 내려앉았다. '쉬윗 탁!' 연이은 화살이 문설주에 박혔고, 임창무 앞에는 칼에 맞아 부러진 화살이 너부러져 있었다. 관호가 다시 댓돌에 앉자, 창무가 선 채로 물었다.

"끈질긴 놈들이군요. 짐작이라도 가십니까?"

"경쟁에서 밀린 자들이 어디 한둘이겠느냐. 공무상으로 원한을 품은 자들도 있을 것이야. 무인은 자리를 탐내고 정치를 해서는 아니 된다는 것을 새삼 깨닫는다. 무장은 오직 나라를 지킬 뿐이야."

머리를 끄덕이던 창무가 돌아서며 말했다.

"그만 들어가시지요."

관호도 일어서며 받았다.

"들어간들 잠이 오겠느냐. 바닷가로 가자꾸나. 바람이 시원할 것이야."

두 사람은 긴 그림자를 왼쪽에 거느리고 시원한 백사장을 걸었다. 바람은 불지 않아도 파도 소리가 시원했다.

8년간 녹도에서 유배 생활을 하던 신관호는 1857년 철종의 배려로 유배에서 풀려났다. 프랑스 군함이 충청도 장고도에서 가축을 약탈하고, 왜구가 전라도 해안마을에 침입하여 식량을 약탈하며 백성을 살상하는 등 외환이 끊이지 않자, 신관호 같은 무장이 절실하던 터였다.

1858년 4월, 관호는 왜구들의 약탈이 잦은 전라도 병마절도사로 두 번째 부임했다. 그는 부임하자마자 포구의 병영과 초소, 진지를 돌아보았다. 전라도 각 포구의 병영은 거지소굴이었다. 병영에는 군사가 없고, 해안 초소에는 초병이 없었다. 무기고에는 쓸 만한 병장기가 없고, 있는 것은 녹슬고 망가져 작동 불가능이었다. 9년 전 그가 병마절도사로 있으면서 구축해 놓은 해안 방어망은 흔적도 없이 사라졌다.

절도사 신관호는 기가 막혔다. 이것은 절도사의 능력만으로는 복구가 절대 불가능한 상황이었다. 중앙 조정에 지원을 요청해야 하지만 막막했다. 안동 김씨 세력이 틀어잡은 조정은 일개 무관이 접근할 수 없는 장벽이었다. 당연히 전임 절도사의 공금횡령과 토색질, 군수품 갈취를 고발해야 하지만 전임 병마절도사 김현칠은 안동 김씨 떨거지였다.

절도사 김현칠은 신임 절도사가 오기도 전에 인수인계도 없이 도성으로 올라가 버렸고, 종사관과 그 수하 서넛이 신임 절도사를 맞이하고 인수인계를 시작했다. 그러나 하나 마나한 짓거리였다. 종사관은 자기들이 부임했을 때부터 이 모양이었다고 발뺌하며 더 할 말이 없다고 했다. 병부 상의 병력은 980여 명이었는데, 집결한 군사는 60여 명이었다. 병장기는 자기들이 부임했을 때부터 없었고, 군사들은 조정에서 녹봉이 내려오지 않아 뿔뿔이 흩어졌다고 했다. 임창무는 넉살 좋게 둘러대는 그자를 첫눈에 알아보았다. 무인 임창무의 눈은 예리하다. 4년 전 녹도 유배지에 침입했던 두 명 중의 하나, 칼을 잡고 방에 들어왔던 자였다. 형식적인 인수인계를 마친 임창무는 관호에게 물었다.

"장군, 김현칠과는 어떤 관계였습니까?"

그는 물끄러미 마주 보다가 말했다.

"그걸 왜 묻느냐?"

"숨길 일이 아니어서 말씀드립니다. 종사관 그놈, 녹동에 침입했던 놈이었습니다"

"알고 있었다. 그자 이름이 오정균이다. 김현칠 아버지 대부터 가신이었다. 앞으로 많이 걸리적거릴 것 같아서 말하겠다."

김현칠은 신관호와 무과급제 동관으로 관호가 장원 그가 차석이었다. 나이는 세 살 위였지만 관직은 항상 신관호의 아래였고, 직속 부관이 된 적도 있었다. 음탕하고 탐욕스러워 부임지마다 부녀자를 희롱하고, 군량미를 빼돌리고 토색질을 일삼는 위인이었다. 그에 따라 신관호와 늘 마찰이 생겼지만, 워낙 인간 같지 않아 상대를 하지 않았다. 그런 성격일수록 무시당하면 더욱 사나워지고 앙심은 커지게 마련이었다. '저놈이 없어지면 내가 빠르게 클 수 있다'는 열등감과 우월감으로 못하는 짓이 없게 된다. 게다가 집권세력 안동 김씨 떨거지였으니, 신관호의 앞길은 순탄치 않을 것은 뻔하다.

듣고 난 가신이 말했다.

"언젠가 제게 말씀하셨듯이 정치는 하지 마시고 나라만 지키십시오. 소인이 장군을 지키겠습니다."

"고맙구나. 그리할 것이야. 나라는 점점 어려워질 것이다. 무관으로서 나라 한쪽 귀퉁이라도 지키는 것이 책무라고 생각할 것이다."

"장군 말씀 명심하겠습니다. 옳으신 신념에 따르겠습니다."

"고맙다. 이제부터 할 일이 산적해 있다. 어디서부터 손을 대야 할지 감이 잡히지 않지만 시작해 보자꾸나."

신관호는 전라도 수군절도사 정한목과 함께 전라도 해안병영을 재정비하고, 흩어진 군사들을 소집했다. 군사들 말에 의하면 절도사 김현칠은 한 달에 쌀 한 말씩 나오는 군사들 녹봉을 가로채니 먹고 살기 위해서라도 흩어질 수밖에 없었다고 했다.

군사들을 소집한 절도사는 우선 한 달치 녹봉을 주고 해안 초소와 보루를 증축하는 등 전력을 쏟았다. 수군절도사 정한목은 영의정 정완용의 인척이기도 하여 전라도 해안병영 실정을 상세히 보고하여 알량하지만 조정의 지원을 받아 3년에 걸쳐 형식적이나마 해안변방의 군세를 갖추어 놓았다.

1862년(철종12) 신관호는 전라도 병마절도사로서 진지와 초소를 구축하고 해안 경비체제를 확충한 공로로 삼도수군통제사(경상, 전라, 충청도 수군)에 제수되어 수군통재영인 경상도 통영으로 부임했다. 이때 신관호의 나이 52세였다.

수군은 육군에 비해 더욱 기강이 해이하고, 있으나 마나 한 군대였다. 군사는 통제영 직속의 군사 200여 명과 각도의 수군절제사 휘하의 직속 군사 100여 명이 군복을 입은 군사였다. 삼도의 수군 편제는 각도에 1천여 명씩 3천여 명이었으나 군선을 타고 해안을 경비하는 수군은 삼도 해안 어디에도 없었다. 군선이 낡고 부서져 바다에 띄울 수 없었으니 당연한 결과였다. 러시아와 일본, 프랑스 군함이 조선 해안에 드나들며 수심을 측정하고 지형을 염탐해도 저지할 방법이 없었다.

통제사는 삼도 수군의 실체를 세세히 조사하여 조정에 장계를 올렸다. 몸을 사리고 주저앉아있을 수 없는 상황이었다. 신관호의 장계로 조정은 발칵 뒤집혔다. 병조의 조사관과 사헌부의 감사관이 파견되어 조사했으나 형식적이었다. 전임 통제사와 각 도의 수군절제사가 권문세가 안동 김씨의 친인척이었다. 이들은 아예 수군을 해산하고 그 녹봉과 군수품 비용을 송두리째 잘라 먹었다.

영의정이 그들의 좌장 김좌근金左根이었으니 조사는 하나 마나였다. 그러나 사태의 심각성을 깨달은 좌의정 조두순의 특명으로 우선 수군을 소집하여 사역원에서 녹봉미를 조달하고, 병조에서는 병장기를 보충해주고, 군선을 수리하고 건조하는 비용으로 우선 5만 량을 지급하도록 조치했다.

이러한 모든 일에 통제사 신관호를 곁에서 그림자처럼 지키는 가신 임창무의 힘이 컸다. 임창무는 군졸은 될 수 있지만 군관은 되지 못한다. 그러나 그의 위상은 군관을 능가한다. 그것은 주인의 뒷배가 아니라 임창무 자신의 위엄이었다.

통제사 신관호는 3년간 혼신을 다하여 수군 3천 명의 기강을 세우고, 병선 50척을 수리하여 바다에 띄웠다. 또한 판옥선 5척을 새로이 건조하여 수군의 위용을 갖추는 데 성공했다. 이로써 삼도의 수군은 위용을 갖추고 따라서 왜구의 약탈과 타국 군선의 조선 해안 염탐도 훨씬 줄어들게 되었다.

신관호는 1864년 11월 삼도수군통제사 3년의 임기를 마치고 다시 함길도 병마절제사에 제수되어 함길도로 가게 되었다. 함길도는 조선반도 북쪽 끝 두만강 국경 지역이다. 남쪽 끝 통영에서 말을 타고 달려도 보름이 걸리는 거리였고, 마차나 보도로 걸어가면 한 달이 걸린다.

신관호는 11월 10일 통영을 떠나 열사흘 만에 만인 23일에 길주 병마절제사 관아에 부임했다. 그는 변방의 수장으로만 8년을 돌았다. 이제는 해야 할 일이 무엇인지, 조정에서 왜 자신을 변방 오지로만 보내는지 알고 있다.

지금 조정은 철종이 승하하고 열두 살 고종이 즉위한 지 11개월이 되었다. 대왕대비 조 씨가 수렴청정을 한다지만, 실권은 어린 임금의 아버지 홍선대원군 이하응이 잡았다. 안동 김씨에 이를 갈던 대원군은 외척 세도정치를 타파하기 시작하여 조정은 난

장판이었다. 이런 판국에 조정에서 먼 변방에 나와 있는 것도 보신의 한 방편일 수도 있음을 그는 알고 있었다.

신관호는 부임하자마자 노독을 풀 사이도 없이 우선 여진족과 경계를 이루고 있는 북방의 고을과 국경지대를 돌아보았다. 때가 겨울이라고는 하지만, 변방의 고을은 하나같이 삭막하고, 백성들의 삶은 눈으로 못 볼 지경으로 피폐했다. 추위와 허기에 지친 백성들은 신임절제사를 사나운 짐승 보듯이 눈치를 보며 피했다.

적을 막아야 할 변방의 목책과 성곽은 가정집 울타리나 담장에 다름 없었고, 병영의 군사들은 제대로 먹지 못해 누렇게 뜨고 지쳐있었다. 헐벗고 굶주린 군사들은 국경 경비는 뒷전이었고, 백성들 식량을 약탈하기도 하여 백성들 원성을 사는 등 그 관계가 바로 적대적이었다. 토색질을 하고 군비를 잘라 먹은 전임 절제사 김병수는 대원군이 실권을 잡으며 도성에 잡혀가서 곤장을 맞고 귀양을 갔다.

절제사 신관호는 한 달 동안 변방을 샅샅이 돌아보았다. 북방은 남쪽 해안변방과 판이하게 다르다. 언제든 사나운 여진족들이 쳐들어와 노략질을 할 수 있는 국경이다. 그는 함길도 길주의 절제사 관아와 각 고을과의 거리와 지세를 돌아보고, 고을과 고을 간의 거리를 측정해보았다. 길주의 절제사 관아에서 변방의 국경까지는 단신으로 말을 타고 쉬지 않고 달려도 하루 거리였다. 관아에 들어앉아 말로만 일을 해서는 이루어질 일이 하나도 없겠다고 생각했다. 생각다 못한 그는 절제사 관아를 아예 국경 지역인 부령도호부에 설치하기로 작정했다.

그의 곁에는 항상 임창무가 있다. 말을 타고 달리는 신관호 앞에 임창무의 말이 달린다. 함길도 절제사로 부임하며 그는 병조의 허락을 얻어 임창무를 종사관으로 임명했다. 하여 임창무도 이제는 녹봉을 받는다.

백안수소, 석막, 종성, 온성, 등 변방 순시를 마친 절제사는 함길도 전 지역의 호구를 조사하고, 각 관아의 병력 사항을 파악했다. 종사관 임창무가 담당 군관을 고을마다 풀어 20여 일에 걸쳐 조사를 마쳤다. 절제사는 앞으로 해나가야 할 사목事目을 조목별로 작성하여 조정에 장계를 올렸다.

「신 함길도병마절제사 신관호 상계하나이다. 신이 함길도에 부임하여 우선 북방의 변경지대를 순시한 결과, 두만강 국경지대인 경원부 영북진의 성벽 보수가 가장 시급하다고 보았나이다. 하오나 성벽을 보수할 병력이 턱없이 부족하여 손을 댈 수 없을 지경입니다. 각 관아에서 징발할 병력을 할당한 결과, 성벽 보수군과 함길도 관아의 본군을 포함하면 그 병력이 1천8백여 명이 되는데, 군량을 계산하면 8천여 석이 필요하나이다. 그러나 징발되는 관에서 군사의 수만큼 군량을 조발하여도 2천 석에 불과하여 부족량이 6천여 석에 달하나이다. 부족 되는 군량을 조정에서 충당해 주소서. 또한 군졸들의 군복이 턱없이 부족한 데다 낡고 헤어져 거렁뱅이에 다름 아닙니다. 군졸들을 저대로 국경의 초소에 번을 세운다면, 한 식경이 못 되어 모두 얼어 죽을 것입니다. 신이 함길도 절제사 관아인 길주에서 개척해야 할 변방지대를 순찰한 결과, 거리가 너무 멀어 축성병력과 군사를 통솔할 수 없을 것으로 보았나이다. 하여, 관찰사 관아를 부령도호부에 설치하기로 작정을 했나이다. 윤허하여 주소서.」

신관호의 장계를 읽고 대원군은 즉시 의정부에 내려 논의케 했다. 이것은 정권이 바뀌어 대원군이 집권했으니 가능한 일이었다. 외척 안동 김씨 시절이었다면 당장 허위보고 민심 교란죄로 잡혀가서 곤장을 맞고 귀양을 갔을 것이다. 중신들의 의견은 역시 분분했지만, 좌의정 조두순의 강력한 지지로 신관호가 올린 사목은 가감이 없이 그대로 채택되었다. 대원군의 명에 의해 조정에서 논의한 결과를 북방의 신관호에게 전지했다.

『함길도 절제사가 계달한 성벽보수군 모집은 그대로 시행할 것이며, 부족한 군량미는 본도의 길주 국고에서 3천 석, 함흥 국고에서 3천 석을 배정하여 충당할 것이다. 또한 군졸의 군복도 군사답게 헐벗지 않도록 조치할 것이다. 길주의 절제사 관아를 부령부로 옮긴다는 것은 경의 북방개척 업무의 통찰에 있어서도 매우 적절한 조치였다. 제반 경비를 조정에서 특별히 지원할 것이니, 경은 오직 성벽 보수와 각 진의 개척에만 전념하라.』

조정의 전지를 받은 절제사 신관호는 크게 용기를 얻어 작은 일부터 해결하기 시작했다. 우선 급한 것이 해이해진 군사들의 사기를 돋우는 일이었다. 임금이 내린 전지를 필사하여 각 관아와 군사들에게 알려 사기를 돋우는 한편, 군비를 풀어 민가로부터 돼지 200여 마리를 사들이고 술도가에 술도 주문했다.

며칠에 걸쳐 사들인 돼지를 한꺼번에 잡게 하고 잔치 음식을 장만했다. 잔치 준비를 마치고 아전들을 풀어 고을의 토호土豪와 유사儒士들을 부령부 관아에 초대했다. 초대된 토호와 유사들은 물론 소집된 군졸들도 영문을 몰라 어리둥절하며 눈을 두리번거렸다. 그도 그럴 것이, 보는 사람이 오히려 두려울 지경으로 고기와 술 등 음식이 상다리가 휘도록 차려진 잔치판이 마련되어 있었다.

자리를 잡고 앉은 손님들과 장졸들을 둘러보며 절제사 신관호가 말했다.

"관내의 유사들과 장졸들은 들으라. 본관은 주상전하의 지엄하신 명을 받잡고 함길도 병마사로 부임했다. 앞으로 두만강 변경에는 허물어진 성벽과 진지가 보수될 것이고, 황폐해진 농지가 개간되어 옥토로 변할 것이다. 따라서 오랑캐들의 침략과 노략질도 없어질 것이다. 그에 따라 굶주리는 백성들이 없게 될 것이며, 군사들 역시 좋은 환경 속에서 병영 생활을 할 수 있을 것이다. 자, 오늘은 내일을 위한 잔치 자리다. 초대된 토호와 유사들은 물론 장졸을 불문하고 고기와 술을 마음껏 먹고 마시라!"

군사들은 신바람이 났다. 한꺼번에 우–쑥 일어나 함성을 지르며 환호했다.

절제사가 군사들의 함성을 제지하고 거듭 말했다.

"관내의 토호와 유사들은 들으시오. 앞으로는 어떠한 경우라도 사적으로 백성들을 괴롭히거나, 백성들의 생업에 지장이 되는 개인적인 사역을 시키거나, 관의 지시에 따르지 않는 자는 반상의 유무를 막론하고 엄벌할 것이외다. 본관이 북방에 있는 한 오랑캐의 침략은 없을 것이니, 마음 놓고 생업에 열중하도록 백성들을 계도해 주기를 바라오."

절제사의 발언은 가히 폭탄적이었다. 그동안 수많은 관찰사와 절제사들이 변방을 거쳐 갔지만, 이런 절제사는 일찍이 없었다. 새로 부임한 관찰사나 절제사들은 유림과 토호들의 눈치 보기에 바빴고, 작당을 하여 백성들 고혈을 빨기에만 급급하다가 배를 채우고는 홀쩍 떠나면 그만이었다. 북방 변방은 완전한 딴 세상으로 관찰사와 절제사가 곧 임금이었다. 신관호의 폭탄성 발언에 토호와 유림들은 기가 죽었지만, 초대된 백성들 대표와 군사들은 열화같이 환호하며 반겼다.

대원군이 집권한 조정에서는 신관호를 믿었다. 그에 따라 북방에서 그가 조정에 건의하고 요구하는 사항과 군수물자는 거의 가감 없이 조달되어 함길도 국경의 방비는 세종시대의 김종서 북방개척 이후 230여 년 만에 국경의 면모를 갖추어가게 되었다.

조정이 혼란할수록 지방 관료들은 임기는 수시로 바뀐다. 그러나 신관호는 아니었는데 이변이 일어났다. 1866년부터 미국, 프랑스, 러시아 등 외국 선박과 군함들이 수시로 해안에 들어와 정박하고 통상을 요구하거나 약탈을 자행했다. 이에 조정에서는 신관호를 총융청摠戎廳(광주, 양주, 수원 등의 진무를 총괄하는 관청) 총융사에 제수하여 도성으로 불러들였다.

1866년 5월 5일, 총융사 신관호는 한강에서 도성으로 들오는 관문인 염창항 관사에 부임했다. 염창항에는 수군과 육군이 근무한다. 원리 원칙주의에 성격이 대쪽 같은 신관호의 눈에 도성의 중요 관문인 염창항 군사들은 오합지졸이었다.

고종 3년, 대원군 집권 3년 차였지만 아직 조정은 혼란스러웠다. 중신들이 대폭으로 개각 되고, 귀양 가고, 의금부에 잡혀가는 등 혼란스러운 상황에서 변방의 무장이던 그의 운신 폭은 좁았다.

총융사 신관호는 우선 군선의 상태부터 살펴보았다. 판옥선 5척과 작은 군선 5척이 있었지만, 훈련을 하지 않고 정비도 하지 않았으니 낡고 부서져 아예 띄울 수 없는 지경이었다. 한강을 타고 올라오는 적선을 방어하고 격퇴하자면 군선이 완벽해야 한다는 것은 삼도수군통제사를 역임한 신관호의 신념이었다.

신관호는 조정에 건의하여 군선을 수리할 경비를 요청하고 민간인 선박건조 장인을 모집하여 군선을 수리하였다. 또한 종사관 임창무로 하여금 육군과 수군 양 진영의 진장과 군관들을 독려하여 군사들 기강을 잡고 훈련을 강화하도록 하였다. 대완구를 비롯한 화포와 화승총 등 병장기를 정비하고 부족량을 확보하는 등 두 달이 채 못 되어 염창항은 거의 완벽한 방어망을 구축하기에 이르렀다.

그뿐만 아니라 신관호는 청동제 화포인 불랑기와 대완구가 고정되어있어 운반이 어렵고 따라서 위치가 고정되어있어 조준과 발사에도 시간이 걸리므로 이를 개선하기로 했다. 바퀴가 4개 달린 수레를 만들고, 수레에 화포 불랑기와 대완구를 탑재한 마반차馬般車를 제작했다. 마반차는 이동이 자유롭고 회전과 발사의 각도를 마음대로 조절할 수 있어서 화포의 위력을 배가하는 포차였다.

병인양요

훗날 병인박해丙寅迫害로 불리는 병인년 1월 21일부터 시작된 프랑스 신부와 조선 신도들의 처형에서 프랑스 신부 9명이 순교하고 조선인 1천여 명이 순교하였다. 베르뇌 신부 등이 처형될 당시 조선을 빠져나간 프랑스 선교사들이 본국에 돌아가 조선의 천주교 박해를 중앙정부에 보고했다.

조선에서 신부와 선교사 등 9명이 처형되었다는 보고에 프랑스황제 나폴레옹 3세는 대로했다. 황제는 즉시 북경주재 벨로네 공사를 통해 조선에 대한 선전포고 서한을 전했다. 이에 청나라는 사실을 조선에 알렸다. 서한을 받은 조선 조정은 프랑스가 아닌 청나라에 답신을 보냈다.

『조선은 불법으로 국경을 넘어와 백성을 현혹하고 반역을 꾀

한 자들을 사형에 처했으므로 선전포고를 받을 이유가 없다.』

9월 6일, 프랑스 동양함대 로즈 제독은 군함 7척과 군사 1,000여 명을 이끌고 조선을 침범했다. 이미 강화도 연안을 탐색했던 이들은 팔미도를 지나 곧장 갑곶진에 정박하고 육전대와 수병을 강화성 남문으로 상륙시켰다.

9월 8일, 조정에서는 시임대신과 원임대신, 병조판서, 각 영의 무장들을 인견하였다. 판중추부사 조두순이 아뢰었다.

"양이洋夷들이 창궐하면서 심지어 철저히 지켜 막아야 할 중요한 곳까지 침범하고 있는 것은 지극히 분개할 노릇입니다. 사태가 몹시 급하므로 대책을 세워야 할 것입니다."

대원군이 하교했다.

"양이들이 우리나라 근해에까지 침범해 들어오고 있으니 방비와 방어 대책은 오직 대신과 장신들만 믿는다. 잘 상의하여 방어의 조치를 취하는 데에 진력하도록 하라."

좌의정 김병학이 아뢰었다.

"강화도는 철저히 지켜 막아야 할 곳인데 이처럼 양이들이 제멋대로 날뛰고 있으니 훈련대장 이경하를 순무사로 제수하여 속히 군영을 설치하도록 할 것이며, 먼저 중군을 보내어 정예군을 영솔하고 그때그때 상황에 따라 대처하도록 하며 방비를 더욱 엄격하게 하소서."

병조판서 김병주가 아뢰었다.

"총융사 신관호는 지금 도성의 관문인 염창항을 지키고 있는데 병력이 부족합니다. 훈련도감의 기병과 보병을 합류시켜 영솔케 하여 강 연안을 순찰하도록 하겠습니다."

대원군이 하교했다.

"염창항은 도성을 지키는 관문이다. 병력을 증강하여 철저하게 방비토록 하라."

같은 시각, 제물진으로 상륙한 프랑스군은 강화부를 점령하고 방화와 약탈을 자행하고 있었다. 소문은 삽시간에 도성에 퍼져 꼬리에 꼬리를 물고 퍼져나갔다. '서양 오랑캐가 강화성을 함락시켰다면 도성이 무너지는 것은 시간문제다.' 백성들은 조정과 허약한 군세를 믿지 않았다. 마침내 피난 보따리를 이고 지고 도성을 빠져나가 시작하였고, 한나절이 못 되어 수천 명의 백성들이 도성을 버리고 피난길에 나섰다.

이에 조정은 발칵 뒤집혔다. 대원군의 특명으로 도성 4대문이 잠기고 백성들의 피난을 막는 경비가 강화되었다. 대원군이 마침내 양이보국책攘夷保國策을 내놓으며 항전의 뜻을 밝혔다.

『화친을 허락한다면 나라를 파는 것이며, 교역을 허락한다면 나라를 망하게 하는 것이고, 백성이 도성을 버리고 간다면 이는 나라를 위태롭게 하는 것이다.』

도처에 나붙은 양이보국책을 읽은 백성들은 비로소 안정을 찾기 시작했다. 60여 년간 안동 김씨 세도정치에 시달린 백성들은 집권 3년 차인 대원군을 믿었다. 그러나 그날, 강화성이 서양 외적들에게 점령당했다는 참담한 비보가 조정에 날아들었다. 조정은 발칵 뒤집혔으나 더이상 강화로 보낼 군대도 무기도 없이 속수무책이었다.

　9월 12일 오전 9시, 총융사 신관호가 방비하는 염창항 한강에 프랑스 군함 타르디프호와 데루레드호가 출현했다. 총융사는 이미 한 시간 전에 프랑스 군함 두 척이 갑곶진을 떠나 한강을 거슬러 올라오고 있다는 보고를 받았던 터라 방비 태세를 갖추는 중이었다. 5년 전 삼도수군통제사를 역임했던 그는 염창항에 군선 10척을 보유하고 있었다.

　총융사는 군선 열 척으로 한강을 가로질러 학익진을 쳤다. 염창항이 뚫리면 대궐까지는 반나절 거리다. 조선의 운명이 염창항 방어에 달려있었다. 마침내 프랑스 군함 두 척이 조선의 화포 대완구 사거리 밖에서 멈추었다. 조선 화포는 사거리가 700여 미터였다. 프랑스 군함에 장착된 160미리와 140미리 함포에 비하면 장난감이었다.

　프랑스 군함에서 상륙정이 내려지더니 쏜살같이 달려와 조선군 학익진 앞에서 멈추었다. 상륙정에서 사람은 보이지 않고 조선말로 외쳤다.

"지금부터 1시간 이내에 함대를 철수하지 않으면 함포로 모조리 박살을 내어 침몰시키겠다."

총융사 신관호가 대꾸했다.

"네 놈은 조선 놈이 아니냐? 박살이 나도 좋다. 우리는 시체가 되어서라도 양이의 군선을 통과시킬 수 없다."

프랑스 군함 두 척 중에 함포가 장착된 군함은 타르디프호였다. 잠시 뒤에 프랑스 군함에서 함포가 발사되었다. 160미리와 140미리 포탄이 우박처럼 쏟아졌으나 거리가 너무 가까워 반 이상은 조선 함대를 넘어 강물에 떨어졌고, 강 양안의 민가에도 떨어졌다. 조선의 학익진 함대는 중앙의 한 척이 박살이 나버렸고 두 척도 반파 상태였다.

마침내 총융사 신관호가 작전명을 내렸다.

"전 함대는 전진하라! 적의 함대를 향하여 돌진하라! 대완구를 쏘아라. 화승총과 불화살을 쏘아라!"

조선함대 7척이 적선을 향하여 돌진하자 프랑스 포함 타르디프호는 당황하기 시작했다. 다가오는 조선함대를 향하여 포를 조준하자면 시간이 걸릴뿐더러 너무 가까워 함포를 쏠 수 없다. 양국 수군 간에 총격전이 벌어졌다. 조선의 화승총과 불화살은 프랑스군에 비해 열세였지만, 강 양안의 조선 육군들이 화포를 쏘고 화승총을 쏘아대자 수적으로 열세인 프랑스 수군은 당황하기 시작했다. 한강의 작은 포구인 염창항을 대수롭잖게 생각한 프랑스 함대장 로즈제독은 기겁을 했다.

마침내 적 군함 두 척에 불이 나자, 뱃머리를 돌려 한강 하구로 달아나기 시작했다. 적의 화륜선을 노를 젓는 조선 군선으로는 추격할 수 없다. 조선 군사들은 승전의 만세를 부르고 함성을 질러 천지가 진동했다.

총융사는 전장戰場을 수습했다. 전사자 3명, 부상자 12명, 군선 1척 완파, 반파 2척이었다. 강 양안 민가에도 적함이 함포를 쏘았으나 총융사의 명으로 이미 피란을 시켜 가옥은 5채가 파괴되었으나 인명피해는 없었다. 적의 피해는 알 수 없지만, 대완구 포탄 여남은 발이 적함에 떨어지고 불이 났으니 피해가 클 것이다. 염창항이 뚫렸더라면, 도성의 군사 절반 이상이 강화부로 내려간 대궐은 아수라장이 되었을 것이다.

10월 2일, 프랑스군 해군 대령 올리비에가 수군 160명을 이끌고 정족산성을 공격했다. 산성에는 천총 양헌수梁憲洙가 540여 명의 군사를 거느리고 있었는데, 그중 360여 명이 황해도와 강원도, 경기도의 포수였다. 대원군의 특명으로 전국에서 소집된 포수들이었다.

오전 11시, 프랑스군이 2개 조로 나누어 동문과 남문에 줄사다리를 걸고 기어올랐으나, 성 밖에 매복하고 있던 조선군 포수들의 정확한 조준사격으로 성을 넘지 못하였다. 이때, 성루에 매복했던 조선군의 공격으로 프랑스군은 무너지기 시작했다. 오후 2시 프랑스군은 마침내 백기를 들고 항복했다. 이 전투에서 프랑스군은 6명이 전사하고 장교 5명을 포함하여 34명의 부상자를 내고 철수했다. 조선군은 1명이 전사하고 4명이 부상하는 완벽한 승리였다. 정족산성 전투로 전의를 상실한 프랑스군은 40여 일 만에 조선에서 도망치듯 철수했다.

프랑스 동양함대 사령관 로즈 제독이 군함 7척과 병력 1,000명을 이끌고 침입한 병인양요에서 조선은 막대한 피해를 입었다. 군사 15여 명이 전사하고 50여 명이 부상하고 민간인도 3명이 죽는 인명피해가 있었다. 강화성 일대의 행궁과 사당, 외규장각이 불타고 성내의 민가 절반 이상이 불타는 등 초토화되었다. 프랑스군은 강화성 행궁에 있던 금고에서 금은보화를 약탈하고 외규장각에 있던 조선시대 의궤儀軌 300여 권을 탈취하고, 수많은 병장기를 약탈해갔다.

그해 10월 24일, 신관호는 훈련대장에 제수되었다. 훈련원은 도성의 경비와 초급 군사들을 교육하고 기존 군사들을 훈련시키는 중추부 소속 군사기관이다. 그러나 교육시켜야 할 신병이 없고, 군사들은 기강이 서지 않고 상관들 눈치만 보며 비실거렸다.

군사들을 소집해도 절반이 응하지 않는다고 군관들이 말했다.

훈련대장 신관호는 우선 군사들 편제를 점검했다. 도성을 경비하는 훈련도감의 군사 1,200여 명, 훈련원 군사 1,000여 명으로 2,200여 명이었지만 소집해보면 700여 명도 모이지 않았다. 군사들 녹봉이 한 달에 쌀 한 말이었으니, 가족들을 먹여 살리려면 보부상 등짐이라도 져야 했다. 두 달간 훈련원 기강을 잡아가던 신관호는 이듬해 1월 16일, 조정에 4가지 조목을 진술하는 상소문을 올렸다.

「외람되게 신은 변변치 못한 사람으로 중임을 맡게 되어 밤낮으로 전전긍긍하며 어찌할 바를 모르고 있습니다. 여러 장수들과 의논한 결과 근래의 폐단 가운데에서 빨리 변통하여야 할 것과 먼저 강구 해야 할 것을 구명한 다음 네 조항으로 만들어 성상께 올리니 검토하여 결재해 주소서.

첫째, 도성의 군사를 묶어서 훈련 시키는 것입니다. 현재 군졸들은 정상적인 대오가 없어서 오합지졸과 같고, 무기는 녹슬어 못쓰게 되었으니 적이 쳐들어온다면 무엇으로 막겠습니까? 지금 지방에는 군사가 없는데 한성의 군영에 있는 군사조차 이 꼴입니다. 그러나 군총에 들어 있는 군사들조차 총 쏘는 법을 모르고 있습니다. 신이 부임하여 훈련을 시킨 결과 연습한 지 몇 달 만에 맞추는 자가 이미 많습니다. 따라서 소총을 많이 확보하고 소총수를 더 많이 훈련 시켜 정예병으로 만들어야 합니다.

둘째, 지방의 포수를 선발하도록 장려하는 것입니다. 지금 기예가 정밀한 자를 보면 포수만 한 자가 없습니다. 이들에게 급료를 후하게 주고 관직을 주어 출세할 수 있는 계제가 된다면 거의 모두가 즐겨 달려올 것입니다.

셋째, 북쪽 변경에 군사를 증강시키는 것입니다. 변경에 적의 침공이 있으면 어찌 매번 중앙의 군사를 멀리 내보내 방어하게 할 수 있겠습니까? 현재 변방의 걱정이 자못 절박하여 백성들이 동요하는 상황이니, 그들로 하여금 대오를 편성하여 변방을 방어하면서 스스로 지키게 하소서. 그 법은 다섯 집으로 통統을 만들고 열 집으로 패牌를 만들어 다섯 집에서 장정 한 명을 책임지고 내게 하는 것이니, 그렇게 하면 모두 당연히 건장하고 실한 사람으로 징발하여 변방을 지킬 것입니다.

넷째, 지금 백성들의 곤궁함이 극도에 이르렀습니다. 진실로 곤궁하게 된 까닭을 따져 본다면 관의 수탈에서 비롯되었습니다. 가렴주구로 백성들이 가난하여 국용國用이 부족하고, 국용이 부족하여 세금을 거두는 것이 법도가 없으니 지방 관료들의 수탈이 이루어집니다. 삼가 바라건대, 성상께서는 신의 상소를 조정에 내리시어 신속히 헤아려 처리하게 하소서.」

훈련대장 신관호의 구구절절한 상소에 임금이 비답을 내렸다.

『진달한 바가 매우 좋다. 묘당으로 하여금 충분히 상의하여 별단으로 품처稟處하게 하겠다. 지금 이 4개 조항은 모두 정식 규례로 정한 것인데 어찌하여 폐기한 채 시행하지 않았는가? 오로지 실심으로 대양하고자 하지 않은 탓이다. 지금 이렇게 상소하여 청하기까지 하니 개탄스럽다.』

조선반도 남쪽 해안 끝에서부터 북쪽 중국 국경 압록강까지, 러시아 국경 두만강에 이르는 변경의 수장으로 15년을 전전한 무장 신관호의 피를 토하는 절절한 상소에 조정을 거쳐 임금이 내린 비답은 한심스러웠다.

신관호가 제기한 4가지 조항은 조선의 국법이었다. 국법을 지키기는커녕 국고를 빼먹고, 백성의 재물을 약탈하고 고혈을 빨아먹은 벼슬아치들 그 누구도 책임지는 사람은 없었다. 훈련대장 신관호는 가슴을 치며 통탄했지만, 눈앞은 거대한 벽이었다. 그는 새삼 깨달았다. 무장은 오직 나라를 지키다 죽을 뿐이라는 것을……

수뢰포水雷砲

　　좌참찬 겸 훈련대장 신관호는 6년 전 삼도수군통제사 시절부터 가신 임창무와 수중에서 터트리는 폭탄을 연구하고 있었다. 도면만 그리고 착수하지 못했는데 그나마 함길도 절제사로 가게 되어 연구는 중단되었었다. 그 뒤에 작년 총융사로 염창항에 부임하며 '수뢰포'라는 명칭을 붙이고 다시 연구하기 시작했다. 그러나 신관호는 중요한 점에만 관여할 뿐 연구와 실험은 가신 임창무가 하고 있었다.

　　수뢰포가 완성단계에 들어간 것을 알고 있는 신관호가 임창무에게 물었다.

　　"그 일은 잘되고 있는가?"

　　"장군, 거의 완성 되었습니다. 화약이 큰 문제였는데, 소량이지만 화약을 제조하여 일단 지상에서 실험을 해보았습니다. 수중

118

에서도 성공하리라고 확신합니다."

임청무도 이제 서른두 살의 장년이었다. 그는 염초로 화약을 제조하는 기술을 익혀 화약을 직접 제조하였다. 화약은 민간인이 함부로 제조할 수 없고 사용할 수도 없다.

"지상과 수중은 많이 다르다. 수압에 의한 점화장치가 수중에서 가능한가?"

"동화모銅火帽가 없어 수중실험은 못 했지만, 대엿새 후면 동화모가 들어옵니다. 그때 장군을 모시고 가서 실험해보겠습니다."

"수고 많았다. 수뢰포는 대원위께서도 알고 계시니까 실수 없도록 해야 할 것이야."

"장군, 명심하고 있습니다. 심려치 마십시오."

동화모는 청나라에서 쓰는 포탄 뇌관이다. 포탄 뇌관은 군사 기밀병기로서 외국 유출이 금기였지만 무장 신관호였기에 구입이 가능했다.

엿새 뒤 8월 그믐날, 염창항 상류 살곶이에서 신관호가 지켜보는 가운데 수뢰포 실험이 있었다. 순군이 수뢰포를 수심이 적당한 곳에 고정하면, 일정한 시간이 지나면서 수압에 의해 뇌관에 불이 붙으며 폭발한다. 수압과 뇌관의 시간 관계는 폭탄의 표피 두께로 조절이 가능하다. 약간의 시간 간격을 둔 수뢰포 두 발을 강바닥에 묻었다.

신관호를 비롯하여 임창무, 수뢰포 제조에 협조한 군사 등 10여 명은 숨을 죽이고 기다렸다. 반 식경이 지날 무렵이었다. 수면에 물방울이 방울방울 숫구치더니, '꽝!' 천지를 진동하는 폭음과 함께 물기둥이 하늘로 치솟았다. 연이어 '꽝!' 물기둥이 치솟아 요란하게 쏟아지고, 사람들은 일어나 손뼉을 치며 환호했다. 화륜선 외국 군함을 폭파할 수 있는 수중폭탄 수뢰포의 대성공이었다. 신관호는 임창무를 와락 그러안았다. 말없이 등을 다독이는 표정이 태산처럼 근엄했다. 무장도 마음은 여리다. 임창무의 눈에 이슬이 맺혔다.

수뢰포의 핵심 기술과 장치는 세 가지다. 첫째, 일정한 시간이 지난 뒤에 폭발하는 시간 지연장치. 둘째, 화약과 점화장치에 물이 스며들지 않는 방수기술. 셋째, 폭파하게 하는 점화장치였다. 시간 지연장치는 일정량의 물이 포탄 내부에 스며들어 차면 수압에 의해 화약에 불이 붙어 뇌관에 점화된다. 방수는 들기름과 미세한 횟가루를 반죽하여 포탄을 감싼다. 시간 조정은 횟가루 반죽의 두께로 조절할 수 있다.

1867년(고종4) 9월 9일, 노량진 강변에 군막이 처지고 걸상이 즐비하게 놓였다. 사인교와 말을 탄 행렬이 백사장에 줄을 이었다. 대원군을 비롯하여 판삼군부사 이규철, 삼군부사 이경하, 병조판서 김병주, 등 무관직 고관과 장졸들 100여 명이 운집한 가운데 수뢰포 폭파실험이 거행되었다. 대원군은 병인양요 이후 신무기 개발을 독려하고 있었고, 신관호의 건의를 받아들여 화약제조에 중점을 두고 있었다.

마침내 한강 한가운데 폐군선 두 척 닻을 내려 고정하고, 잠수전문 수군이 수뢰포를 안고 물속에 들어가 고정시켰다. 초조한 시간이 흐르고 반 식경(약 15분), 수면에 물방울이 솟구치더니 마침내 '꽝!' 경천동지할 폭음과 함께 물에 떠있던 군선이 수면 위로 솟구치며 산산조각이 나서 우수수 강물에 쏟아져 내렸다. 이어서 '꽝!' 같은 광경이 펼쳐졌다.

대원군을 비롯한 무장들과 장졸이 우─쑥 일어나 함성을 지르며 환호했다. 조선 개국 이후 수중에서 폭발하여 군선을 폭파하는 무기는 없었다. 대원군의 명이었지만, 무장 신관호와 무인 임창무가 아니었으면 이루지 못했을 일이었다.

─고종 4년 9월 11일 辛酉 조선개국開國 476년

상이 전교하기를,

『수뢰포水雷砲의 규격이 비록 ≪해국도지海國圖誌≫에 나와서 우리나라의 군사 일에는 익숙하지 못하지만 이번에 이것을 모방하여 만들었고 시방試放해 본 결과 큰 배를 능히 격파할 수 있었으니, 외구外寇에 대하여 무엇을 근심할 것이 있겠는가? 은정恩情을 보이지 않을 수 없으니 훈련대장 신관호에게 특별히 가자加資

하도록 하라.』

    신관호는 수뢰포를 제작한 공로로 숭록대부崇綠大夫에 가자 되며 종1품 무장 최고의 반열에 올랐다. 고종 5년 4월 2일, 신관호는 형조판서에 제수되면서 이름을 신헌申櫶으로 개명했다. 그의 나이 58세였다. 이때부터 신헌은 판의금부사 겸 훈련대장, 병조판서, 어영대장 등 무장의 요직을 거쳤다.

    1873년(고종10) 11월 5일, 10년간 섭정을 하던 대원군이 실각했다. 고종의 연치 22세였다. 척사파이던 호조참판 최익현은 대원군의 쇄국정치를 지지하면서도 10년 세도정치 타파를 주장하며 대원군 탄핵 상소를 올렸다. 조정에는 일대 혼란이 일었다. 대원군을 지지하는 파와 이미 22세의 성인이 된 임금이 친정을 해야 한다는 세력 간의 치열한 공방이 벌어졌다. 그러나 최익현의 뒤에는 왕비 민씨 척족 세력과 대왕대비 풍양 조씨 세력이 있어 대원군은 끝내 실각하여 운현궁에 칩거하게 되었다.

    이에 따라 최익현의 처벌을 주장한 영돈령부사 홍순목과 좌의정 이각로, 우의정 한원용이 파직되었다. 반면 친정을 주장한 이용원이 영의정에 제수되고, 박규수가 좌의정에 제수되며 조정이 대폭 개각 되었다.

운양호 침입

고종12년(1875) 8월 21일, 영종도첨사 이민덕이 조정에 장계를 올렸다

「이양선異樣船 한 척이 난지도 앞바다에 정박하고 있습니다. 아침나절에는 징후도 없었는데 해 질 녘에 시찰해보니 낯선 배가 정박해 있습니다. 어찌 하올지 하교하소서.」

해가 지고 날이 저물도록 이양선에서는 아무런 징후도 없이 그저 조용히 그림처럼 바다에 떠 있었다. 비상 경계령이 내려진 각 포대의 포병과 경계병들은 어둠이 짙어지자 방심하면서도 불빛이 가물거리는 이양선 한 척에 경계를 한층 강화하고 있었다.

이튿날 오전 10시, 이양선에서 상륙정 두 척이 내려지고 사람

이 분승하여 초지진을 향해 다가오고 있었다. 초지진 진장 정희섭은 화포수와 화승총 사수들을 진지에 투입해 전투태세를 갖추었다. 이윽고 이양선의 상륙정이 육성 통화 거리까지 접근하자, 일본 군함으로 짐작하고 대기 중이던 통역관이 정지 명을 내렸다.

"정지, 정지하라!"

거듭 세 번이나 정지 명을 내려도 상륙정이 계속 접근하자, 역관이 경고했다.

"정지하라! 계속 접근하면 발포할 것이다."

마침내 상륙정이 일단 정지하더니 조선말로 대답이 들렸다.

"나는 대일본제국 해군 운양함 함장 이노우에 가오루 소좌다. 우리는 청국의 우장으로 항해 중인데, 식수가 떨어져 상륙하려 한다. 식수만 구하면 즉시 돌아갈 것이다."

초지진 진장의 명을 받은 통역관이 대꾸했다.

"식수는 얼마든지 줄 수 있다. 그러나 상부의 명을 받아야 하니, 돌아갔다가 정오에 다시 오라."

"우리는 그럴 시간이 없다. 상륙하겠다."

말이 떨어지기도 전에 상륙정이 움직이자, 진장은 당황하여 외쳤다.

"정지하라! 접근하면 발포하겠다."

상륙정은 아랑곳하지 않고 계속 접근하였고, 조선군은 거듭 경고했다.

"정지하라! 정지하라! 발포하겠다."

마침내 반응했다.

"상륙정에 게양된 대일본제국 국기가 보이지 않느냐? 국기에 발포하는 것은 대일본제국에 선전포고를 하는 것이다."

대꾸하며 계속 접근하자, 당황한 정희섭 군관은 마침내 발포명을 내렸다.

"방포하라!

타국 군함의 군사가 허가 없이 영토에 상륙하는 것은 침범이며 도발이었으니 발포하는 것은 진장에게 주어진 특권이었다. 초지진에서 마침내 포성이 진동하며 세 발의 포탄이 발사되었다. 포탄은 정조준이 아니라 경고였으니 상륙정 주변에 떨어졌다.

잠시 멈칫거리던 상륙정 두 척 중에 한 척이 돌연 훌렁 뒤집히며 사람 여남은 명이 바다에 빠져 허우적거렸다. 빠진 사람들이 이내 상륙정을 바로잡아 타고는 모함을 향하여 도주했다. 이를 지켜보던 초지진의 병사들은 손을 들어 만세를 부르며 승리감에 들떴다.

진장이 상부에 보고하기 위하여 막사로 돌아가고, 병사들은 긴장을 풀며 포대를 이탈하는 등 평상의 경계태세로 방심할 때였다. 일본 군함에서 연달아 포성이 진동하며 초지진 포대에 포탄이 우박처럼 쏟아지기 시작했다. 기함을 한 병사들은 각자 포대에 뛰어들어 포를 쏘았으나, 조선군의 동포 대완구는 사거리가 고작 700여 미터에 불과하여 일본 군함에 미치지 못하고 모조리 바다에 떨어졌다.

반면 일본의 군함은 영국에서 건조한 최신식 250톤 급 함정으로, 160mm 전장포 1문과 140mm포 1문이 장착되었는데, 명중률은 물론 포탄의 위력이 조선군으로서는 감히 상상도 못하던 경천동지할 파괴력이었다. 포성은 천지가 진동하고, 불꽃과 파편이 어지러이 튀었다.

혼비백산한 조선군은 쏘아봐야 헛일인 화포를 팽개치고 쥐구멍이라도 찾아 숨기에 급급하였다. 초소와 군막은 순식간에 불길에 휩싸였다. 해안의 작은 진지 초지진은 30여 발의 포탄에 초토화되었고, 부상당한 군사들은 사방에 나뒹굴어 비명을 질러댔다.

일본군의 포격이 멎자, 진장 정희섭은 정신을 차리고 파발마를 영종진에 띄우는 한편 군사들을 독려하며 진지에 배치하고 부상자들을 지하 군영에 집결시켰다. 다행으로 전사자는 없었으나 중상자를 포함하여 부상자가 23명이었다.

초지진을 30여 발의 포격으로 초토화한 일본 군함은 다섯 척의 상륙정으로 상륙을 시도했지만, 초지진 앞바다의 수심이 얕아 상륙을 포기하고 금방 어디론가 사라져버렸다.

이튿날 8월 23일 상오 9시, 강화도 영종진 앞바다에 일본 군함 운양호가 나타났다. 어제 초지진을 초토화하고 사라진 운양호는

만 하루 동안 강화도 연안을 보란 듯이 배회하다가 항산도와 영종진 앞바다에 정박한 것이다.

영종진첨사 이민덕은 강화도호부에 상황을 보고하고 전 포대와 진지에 비상령을 내렸다. 이미 초지진의 참패를 전해 들은 화포수와 소총수들은 진지에 투입되어 숨을 죽인 채 경계했으나 적선은 미동도 않은 채 한나절을 보내고 있었다.

오후 1시경, 적선 굴뚝에서 연기가 펑펑 솟구치더니 영종진을 향하여 접근하기 시작했다. 첨사 이민덕은 군사들을 독려하여 진지에 투입하고 적선을 주시했다. 적선의 빠르기는 그야말로 쏜살같았다. 거침없이 눈앞으로 닥치는 적선에 당황한 이민덕은 발포명을 내렸다.

"방포하라! 전 포대는 방포하라!"

포대에서 20여 발의 포탄이 발사되었지만, 적선에는 미치지 못하고 모조리 바다에 떨어졌다. 4년 전 초지진에서 미국 함대와의 전쟁을 겪었던 이민덕은 군함의 함포위력을 알고 있었지만, 쏘아봐야 헛일일망정 발포 명을 내리지 않을 수 없었다.

적선이 일단 멈추자, 이민덕도 발포중지 명을 내리고 지켜보았다. 잠시 뒤에 적선에서 마치 옆에서 듣는 듯이 또렷하고 우렁찬 조선말이 들렸다.

"나는 대일본제국 해군 운양함 함장 이노우에 가오루 소좌다. 똑똑히 보아라! 운양함 함수에 대일본제국 국기가 게양되었다.

너희는 어제도 대일본제국 국기가 게양된 상륙정에 대포를 발포하였고, 지금도 운양함에 게양된 국기에 발포하였다. 이는 대일본제국에 대한 명백한 선전포고이며 도전이다."

잠시 뒤 적선에서 불빛이 두 번 번쩍하더니, 눈 깜박할 순간에 천지가 진동하는 포성과 함께 영종진 포대 두 진지가 박살이 나 버렸다. 뒤이어 우박처럼 쏟아지는 적의 포탄에 영종진은 아수라장이 되었다. 쏟아지는 포탄에 속수무책이던 첨사 이민덕은 일단 피하고 보자는 생각으로 퇴각 명을 내리고는 부상자와 전사자들을 업고 안고 진지에서 퇴각했다.

영종진 포대며 진지를 함포로 초토화한 왜적선 함장 이노우에는 상륙정 다섯 척으로 육전대 40여 명을 이끌고 상륙했다. 왜병들은 산개하며 소총 사격을 퍼부었으나 조선군 진지에서는 화승총소리 한방 들리지 않았다. 왜군들은 마침내 텅 빈 조선군 포대와 진지에 난입하여 동포와 화승총을 닥치는 대로 노획했다. 포대와 진지에는 전사한 군사들의 시체가 여기저기 널려있고, 부상당한 군사들이 신음하고 있었지만 거들떠보지도 않고 창고에 있던 군량미를 거두어 상륙정에 실었다. 육전대의 상륙 성공을 지켜본 적선에서 다섯 척의 상륙정이 후발대로 영종진 포구에 진입했다.

텅 빈 군막과 창고에 불을 지른 왜적은 진지 주변의 민가에 침입하여 식량과 닭, 돼지 등 가축까지 약탈하였고, 초소에 숨어 있던 군졸과 민간인 등 16명을 사로잡아 상륙정에 태웠다. 일부 왜병들은 군막이며 민가에 닥치는 대로 불을 지르고는 유유히 철수했다.

영종진 조선군 패잔병들의 반격을 염려하여 신속히 철군한 적선은 이웃 섬인 항산도로 뱃머리를 돌려 함포 사거리까지 접근하여 함포 네 발을 쏘았다. 포대는 물론 진지도 없이 감시초소 서너 군데만 있던 항산도 초병들은 이미 영종진이 점령된 것을 보고 있다가 적선이 접근하자 도주했으므로 저항이 있을 턱이 없었다.

항산도에 상륙한 왜적들은 민가에 침입하여 식량이며 가축을 약탈하고 부녀자를 희롱하며 집집마다 불을 질렀다. 아무런 저항도 없는 항산도 진지마저 쑥대밭을 만든 왜적은 철수했다. 이틀에 걸쳐 강화도 초지진과 영종진, 항산도를 초토화시킨 운양호는 석양빛을 받으며 유유히 대해로 사라졌다.

이 전쟁은 임진왜란 이후 일본의 침략에 의한 가장 큰 피해였다. 1875년 8월 21일, 일본의 강화도 침략은 그 이후 조선과 일본이 1945년 8월 15일까지 70년 동안 전쟁을 치르게 되는 서전緖戰이 되었다.

이튿날, 조정 조회에서 경기감사 민태호가 올린 장계를 받은 삼군동지부사 조영하가 보고했다.

"어제 밤늦게 경기감사 민태호가 장계를 올렸습니다. 장계에 의하면, 영종첨사 이민덕이 등보謄報를 올렸는데, 일본 군함 한 척이 21일에 초지진을 포격하여 파괴하고 사라졌다 합니다. 그 왜함이 이튿날에는 영종진 앞바다에 나타나 접근하므로 정지 신호로 화포를 쏘았으나, 적은 함포로 영종진을 무차별 포격하여 포대며 진지가 모조리 파괴되었다고 합니다. 왜군은 이어 육전대를 상륙시켜 신식 소총으로 공격하며 군막이며 관사까지 불을 질렀는데, 도저히 대항할 수 없어 첨사 이민덕은 전패殿牌(殿자를 새긴 임금을 상징하는 나무 패)만 모시고 토성으로 퇴군하였다고 합니다. 적의 포격으로 군사 35명이 전사하였으며, 16명이 왜군에 잡혀가고 부상자는 100여 명에 이르며, 화포 35문과 화승총 130정을 빼앗겼다고 합니다."

조영하의 보고에 임금은 물론 중신들 얼굴이 하얗게 질렸다. 임금이 미처 할 말을 잃자, 중신들이 납작 엎드려 죄를 청했다.

"전하, 망극하옵니다. 신 등의 미숙한 대처를 벌하여 주소서."

임금이 그제서 정신을 차리고 말했다.

"대체 이 일을 어찌하면 좋겠습니까? 저들이 무슨 연유로 이런 만행을 저지른단 말입니까?"

우의정 김병국이 아뢰었다.

"전하, 너무 심려치 마소서. 지난 5월과 6월에 부산과 남해 연안에서 무력시위를 했던 저들의 행위로 보아 이번 사태도 문호를 개방하라는 압력으로 보입니다. 만행을 문책하는 통신사를 보내

잡혀간 군사들을 송환하게 하고, 만행의 책임과 연유를 묻는 것이 우선일 것입니다."

조영하가 격앙되어 말했다.

"전하, 그보다 급한 것은 패전의 원인과 책임을 묻는 것입니다. 순식간에 500여 군사가 방어하던 요충지 강화성이 초토화되었으니, 강화유수는 물론 진을 방어하던 수장까지 파직하고 압송하여 그 죄상을 추국케 하소서."

좌의정 이최응이 받아 아뢰었다. 이최응은 대원군의 형님이며 임금의 큰아버지인데, 중전 민씨 일파가 대원군을 실각시키고 방패용으로 좌의정 자리에 앉힌 인물이었다.

"전하, 그러하옵니다. 5백의 군사로 40여 명의 적을 막아내지 못한 것은 오직 무능했기 때문입니다. 그 책임을 엄히 물어야 할 것입니다."

임금이 침통한 어조로 말했다.

"그렇게 하세요. 그리고 경기감영에 명하여 피해 상황을 상세히 조사하여 보고하도록 하세요."

제2차 침략

운양호 함장 이노우에 소좌는 예상 밖의 큰 전과를 올리고 귀국하여 조선에서 거둔 성과와 전공을 낱낱이 보고했다. 보고를 받은 일본 정부는 절호의 기회라는 것을 국책으로 정하고 제2차 조선 침략계획을 세우기 시작했다. 일본 정부는 즉시 조선에 파견할 전권단全權團을 조직했다.

전권변리대사에 육군중장 겸 참의 구로다 기요다카[黑田淸隆]. 부사에 이노우에 가오루. 수행원으로 외무대승 미야모도 쇼이치[宮本小一]와 모리야마 시게루[森山茂]. 근위대와 문무 수행원 30명. 육군과 해군 혼성여단 정예병력 800명. 출병할 군함 일곱 척이었다. 이노우에는 몇 달 전 조선 강화도에서 세운 전공으로 특진하여 중앙 조정의 대신이 되었고, 막강한 세력을 형성한 이토 히로부미의 신임을 얻어 일약 전권부사로 조선에 파견되었다.

고종13년 1월 2일, 동래부사 홍우창洪祐昌이 올린 장계가 조정에 도착했다.

「지난 12월 19일 일본의 사신 배 일곱 척이 오륙도 앞바다에 정박했는데, 이튿날 네 척은 강화도를 향하여 떠났고, 세 척이 아직 그곳에 머물고 있습니다. 이에 왜관의 서기와 대화한 구두 진술서를 등본謄本으로 작성하여 올립니다.」

[대일본국 조정에서 변리대신을 귀국에 파견하는 문제에 대해서는 전번에 우리 외무경이 이사관을 파견하여 이미 알린 바입니다. 이제 우리 특명전권변리대신 육군중장 구로다 기요다카와 특명부 전권변리대신 이노우에 가오루가 귀국의 강화도로 가서 귀국 대신과 만나 의논하려고 합니다. 나와서 접견하지 않으면 곧바로 경성으로 올라갈 것입니다.]
상기 내용을 귀국 조정에 전해 주시를 바랍니다.
명치 9년 1월 15일.(양력)
관장대리 외무4등서기생 야마노죠 유조

동래부사 홍우창이 12월 23일에 발송한 장계가 열흘이 걸려 1월 2일 조정에 도착했다. 조정에는 이미 12월 26일부터 경기도 연해에 이양선이 드나든다는 보고가 올라오기 시작하였고, 1월 1일에 올라온 장계에는 이양선이 경기 연해에 머무른 지가 여러 날인데, 300여리 밖의 해상에 정박하여 직무를 수행할 수 없다는 보고가 올라오기도 했었다.

  1월 4일, 조정의 명을 받은 경기도 판관 박제근이 강화부 남쪽 바다에 정박한 이양선을 조사하기 위하여 군관 고영주와 통역관 이응준, 호위군 10명을 대동하고 병선 한 척으로 출진했다. 병선이 내해로 나가자, 멀리 이양선 선단이 정박한 쪽에서 한 척이 마주 보고 달려 나오고 있었다. 화륜선은 눈 깜박할 사이에 조선 병선 앞에 들이닥쳤다. 판관 박제근이 갑판에 나가 외쳤다.

  "나는 조선국 주상전하의 명을 받고 이양선을 조사하러 나온 경기도판관 박제근이다. 일본 선박이 무슨 일로 왔기에 우리 해역에 며칠째 정박하고 있는가?"

  통역관 이응준이 판관의 말을 일본말로 통역했다.

  일본 해군장교가 잠시 조선 병선을 내려다보다가 대꾸했다.

  "나는 이 군함 맹춘호 함장 해군소좌 가사마 고오슌이다."

  박제근이 말했다.

  "본관은 조선국 주상전하의 명을 받은 경기도 판관 박제근이다. 귀관은 일본 선단의 대표로서 조선국 주상전하의 명을 받을 수 있는가?"

장교가 잠시 주춤거리다가 대꾸했다.

"나는 귀국 국왕전하의 명을 받을 수 없다. 다만 묻는 말에는 대답할 수 있다."

"좋다. 그러면 본관이 귀 선박으로 올라가 하명 받은 용건을 말하겠다."

"귀관과 통역관만 오겠다면 허락한다."

"본관은 부사관과 통역관을 대동하겠다."

"좋다. 세 사람만 올라오라."

일본 군함에서 줄사다리가 내려졌다. 일본 군함에 비교하자면, 상륙정보다 조금 더 큰 조선 병선이 군함 옆구리로 다가가 군관 고영주가 먼저 줄사다리를 타고 올라가고, 이응준의 뒤에 박제근이 뒤따라 올라갔다. 세 사람은 일본 해군을 따라 계단을 내려가 어느 방으로 안내되었다. 그 방에는 함장이라던 해군 장교가 아니라 민간복장 차림의 한 사람이 앉아있다가 일어서며 맞이했다.

"어서 오시오. 대일본국 군함 맹춘호 방문을 환영합니다."

"귀함의 방문을 허락해 주어서 감사합니다. 갑판에서 우리와 담화 하던 함장은 어디 있소이까?"

"그분은 맹춘호 함장이오. 본관은 대일본국 외무성역관 아비루 유사쿠입니다. 지금부터는 공식적으로 본관이 귀관을 상대하겠소."

박제근은 조선말이 유창한 통역관 아비루를 뜯어보며 말했다.

"반갑소이다. 조선말이 유창하니 대화가 쉽겠소이다."

아비루가 여전히 능멸하듯이 웃다가 말했다.

"그래, 귀국 국왕전하의 질문이 무엇이오?"

박제근은 거만한 아비루를 쏘아보다가 물었다.

"지난번에 우리나라 동래부에서 전해온 보고를 보니, 지난달 27일과 28일에 우리 동해 앞바다에 일본국 선박 일곱 척이 정박했다고 했습니다. 귀 선박은 그때 동해에 정박했던 선박 중의 한 척이 맞습니까?"

"그렇소이다."

"우리 영해에 선단이 들어와 동해와 서해를 드나드는 것은 무엇 때문이오?"

"우리나라에서는 특명전권변리대신인 구로다 기요타카를 파견하여 장차 귀국 경성에 들어갈 것이오. 그러자면 대함대가 움직여야 하는데, 군함들이 당진포에 집결하기 위하여 탐색 선인 맹춘호와 군함 세 척이 먼저 해로와 수심을 측량하고 있는 중이오."

판관 박제근은 얼굴이 벌겋게 달아오르도록 흥분하여 말했다.

"남의 나라 해안과 포구를 무단으로 침입하여 탐색하는 것이 불법인 것을 모르시오?"

아비루도 정색을 하고 받았다.

"불법이라니요? 우리는 분명 부산 앞바다에 정박하여 함대 일곱 척이 서해를 거처 강화도 해역으로 올라간다는 계획을 귀국 조정에 통보했소이다. 그것이 20여 일 전인데 어찌하여 무단침입이란 말이오?"

"그것은 일방적인 통보였소이다. 우리 조정에서 해안과 포구를 탐색해도 좋다는 허락을 한 것은 아니었단 말이외다."

"난 그런 것은 모르오. 다만 우리 해군성의 명을 받은 함장 가시마 고오슌 소좌가 수행하는 임무라고 상각하오."

"좋소이다. 그럼 언제 돌아갈 것이오?"

"앞으로 사흘간 더 수심을 측량하고 다시 당진포로 내려가 전권대신이 타고 있는 공사선公事船과 호위군함을 인도하여 일곱 척의 함대가 강화도 앞바다에 정박할 것이오."

박제근은 깜짝 놀라며 반박했다.

"우리나라 법에는 외국 선박이 영해에 마구 들어오는 것을 금하고 있소이다. 아무리 전권대신이라지만, 군함을 일곱 척이나 이끌고 조선 영해에 들어오는 것을 우리 주상전하께서는 용납하지 않을 것이오."

"그 문제라면 본관은 대답할 수 없소이다. 더 할 말이 없으니 돌아가시오."

박제근도 난감했지만, 달리 할 말이 있을 턱이 없다.

"본관은 우리 조정의 뜻을 분명히 전했소이다. 그만 돌아가겠소.”

“귀국 조정의 뜻은 알겠소이다. 본관도 상부에 그리 전하겠소
이다.”

아비류는 여전히 앉은 채 말했다.

“부관은 조선국 손님을 정중히 안내하도록 지휘하라.”

이튿날, 경기판관 박제근이 의정부에 들어가 일본군함 맹춘호
에서 있었던 내용을 상세히 보고했다. 보고를 받은 조정에서는
중신들을 긴급 소집하여 편전에 입시했다. 영의정 이최응이 아뢰
었다.

“강화도 앞바다에 정박한 일본 군함에 승선하여 상황을 알아
보았나이다. 일본은 자국 국왕의 명이라 하며 전권대신을 파견했
다고 합니다. 저들이 군함을 일곱 척이나 이끌고 와서 우리 조정
대관을 만나겠다고 하니 대책을 세우지 않을 수 없겠나이다.”

우의정 김병국이 받아 아뢰었다.

“전하 그러하옵니다. 그들의 소원대로 무슨 말을 하는지, 만나
서 들어보는 것이 좋을 것 같습니다.”

임금이 못마땅한 듯이 말했다.

“대체 전권대신이 뭔데, 군함을 일곱 척씩이나 끌고 와서 이런
소란을 피운단 말입니까? 아직 그 이유를 알지 못한다는 말입니
까?”

일본인들을 직접 상대한 박제근이 아뢰었다.

"전하, 황공하옵게도 그들의 진심이 무엇인지 알아내지 못하였습니다. 다만 며칠 후에 강화도 앞바다에 선단이 정박할 것이라고만 말했사옵니다."

임금이 답답하다는 듯이 말했다.

"저들이 막무가내로 그렇게 하겠다면 대책을 아니 세울 수가 없겠습니다. 어찌하면 좋을지 중론을 모아보도록 하세요."

김병국이 진언했다.

"전하, 접견대관으로 판부사 신헌을 내려가게 하고, 접견 장소는 상황에 따라 편리한 대로 정하는 것이 좋을 것입니다."

"정사로 판부사 신헌이라면 괜찮겠지만, 부사가 없어서 되겠습니까?"

삼군부사 이원희가 주청했다.

"전하, 당연히 부사가 있어야 하나이다. 부총관 윤자승이 적임일 것입니다. 통역관으로는 왜인들과 접촉이 많았던 훈도 현석운을 보내는 것이 좋을 것입니다."

중신들이 하나같이 이들을 추천하여 임금의 윤허를 받았다.

이튿날, 접견대관 신헌과 부관 윤자승이 강화부에 도착했다.

강화유수 조병식이 그간의 상황을 보고했다.

"우리 병선이 그동안 일본 선단을 감시했었는데, 저들이 어제 아침에 당진포 쪽으로 내려갔습니다. 저들 말대로라면 사나흘 안으로 일곱 척의 선단이 강화도 앞바다에 들어올 것입니다. 저들의 선단을 어디에 정박시킬 작정이십니까?"

"강화도에는 저들 선단이 정박할만한 포구가 없지 않은가. 저들이 해안과 수심을 측량했을 것이니 두고 볼 수밖에, 만약을 대비하여 해안 경비에 만전을 기해야 할 것이야."

"알겠습니다. 그 문제는 소관의 책임이니 안심하십시오. 먼길에 오시느라 고생이 자심하셨을 테니 그만 안으로 드시지요. 주안상을 마련해 두었습니다."

윤자승이 거들었다.

"날도 이미 저물어가니 그리합시다."

계략

1월 17일 상오 10시, 강화도 앞바다에 일본 함대가 나타났다. 일곱 척의 함대는 일자진으로 접근하더니 영종진 앞바다에서 멈추었다. 함대에서 가운데 선박이 앞으로 나오더니 흰 연기를 내뿜으며 영종진을 향하여 달려오고 있었다. 강화유수 이교익과 훈도 현석운, 역관 이응준이 접근하는 선박을 지켜보고 있었다.

일본 군함은 영종진 한 마장 앞에서 멎었더니, 상륙정 두 척이 내려졌다. 저들은 영종진 포구가 얕아 군함이 들어올 수 없다는 것을 이미 알고 있다는 증거였다. 이윽고 상륙정이 다가오는데, 수병 외에 두 사람씩 타고 있었다.

상륙정이 선착장에 닿자, 조선 군사들이 잡아 고정시켰다. 어제 회담 절차와 일정을 통보하던 모리야마 시게루가 전권대사이지 싶은 콧수염이 짙은 거구의 고관을 부축하며 내렸고, 그 뒤를 두 사람이 따라 내렸다.

모리야마와 회담 절차를 상의했던 강화유수 이교익이 맞이했다.

"전권대사 각하, 어서 오십시오. 소관은 강화유수 이교익입니다. 험한 항로에 노고가 많으셨습니다."

고관은 점잖게 받았다.

"고맙소이다. 자, 어서 갑시다."

일행은 준비되었던 말을 타고 강화성으로 향했다.

접견대관 신헌은 강화성 연무당 접견실에서 일본 사신을 맞이했다. 양국 대표단은 수인사를 나누었고, 이어서 다과를 베풀었다. 조선 측에서는 접견대관 신헌, 부관 윤자승, 종사관 서찬보, 훈도 현석운, 역관 이응준 등이 참석했다.

일본측에서는 전권변리대신 구로다 기요타카, 외부대신 이노우에 가오루, 수행원 미야모도 쇼이치, 모리야마 시게루 등이 참석했다. 다과 시간을 마친 뒤에 회담장인 연무당으로 자리를 옮겼다. 자리가 정해지자, 일본 수행원들은 들고 온 가방에서 무엇인가를 꺼내더니 구로다의 앞 탁자에 세웠다. 그것은 삼각다리가 달린 두 자尺 높이의 깃대였는데, 비단으로 장식한 작은 상자에서 일본 국기를 정성스레 꺼내 긴장되고 경건한 표정과 몸짓으로 국기를 깃대에 매달았다.

선 채로 사뭇 경건한 몸짓으로 지켜보던 구로다가 무게를 잡으며 외쳤다.

"대일본제국 국기에 대하여 경례!"

일본 관리 넷 중에 구로다와 이노우에는 거수경례를 하였고, 수행원 두 사람은 왼쪽 가슴에 손을 얹었다.

신헌을 비롯한 조선 관리들은 난생처음 보는 저들의 행위가 이상하면서도, 무형의 어떤 단단한 형체가 가슴이며 머리통을 마구 두드리는 듯한 강한 충격을 받았다. 대체 저 작은 깃발은 무엇이란 말인가! 저들의 의식이 끝났을 때, 신헌은 손바닥에 땀이 배도록 움켜쥐었던 손을 풀며 긴 숨을 토해냈다.

의식을 마친 일본 관리들은 자리에 앉아 각자의 가방에서 서류를 꺼내 탁자에 놓았고, 마침내 회담이 시작되었다. 전권변리대신 구로다 기요타카가 먼저 말을 시작했다.

"두 나라에서 각각 대신을 파견한 것은 곧 큰일을 처리하기 위한 것이고, 또한 이전의 우호 관계를 다시 회복하기 위한 것입니다."

접견대관 신헌이 받아 말했다.

"300년간의 오랜 우호 관계를 다시 회복하여 신의를 보이고 친목을 도모하는 것은 참으로 두 나라 간의 매우 중요한 일입니다."

구로다가 말했다.

"우리 군함 운양함이 작년에 우장으로 가는 길에 귀국의 영해를 지나가는데, 귀국 군사들이 포격을 했으니 이웃 나라 간에 어찌 이럴 수가 있는 것입니까?"

신헌은 속이 불끈했지만 찍어 누르며 대답했다.

"남의 나라 국경을 함부로 침범하는 것은 불법입니다. 작년 가을에 왔던 배는 애초에 어느 나라 배가 무슨 일로 간다는 것을 먼저 통지도 하지 않고 곧바로 방어 구역으로 들어왔을 뿐만 아니라, 작은 배를 내려 무조건 상륙하려 했으니 변경을 지키는 군사들이 포를 쏜 것은 당연한 조치였습니다."

"운양함에 있는 세 개의 돛에는 모두 국기를 달아서 일본의 군함이라는 것을 표시하는데 어째서 알지 못하였다고 말합니까?"

"그때 우리 초지진에서는 귀국의 배가 무작정 접근하므로 정지 신호로 공포를 쏘았을 뿐입니다. 그런데도 귀국의 군함은 초지진을 대포로 공격하여 파괴하고, 아무런 저항도 없던 영종진에 느닷없이 들이닥치며 함포를 쏘아 군사 주둔지를 모조리 태워버리고 많은 전상자를 냈으며, 대포며 무기를 약탈하고 군사와 백성들을 사로잡아갔습니다. 이것이 이웃 나라 간의 의리라고 할 수 있습니까?"

구로다는 잠시 멀쑥했으나 이내 아무렇지도 않게 대답했다.

"국기는 그 나라를 상징하는 것이며, 군함은 그 나라 국토의 일부입니다. 그러므로 국기와 군함을 공격하는 것은 전쟁을 선포하는 것이나 다름없소이다. 우리 해군은 귀국의 공격을 당하였으니 정당방위를 했을 뿐입니다.”

신헌은 뻔뻔한 궤변에 어처구니가 없지만, 그 국기라는 깃발의 의미를 자신도 알 수 없으니 달리 할 말도 없다.

“그렇더라도 미리 양해를 구했더라면 그런 불상사는 없었을 것입니다. 이번처럼 우리 동래부에 먼저 통보하여 우리 해안을 거쳐 중국으로 가겠다는 것을 알렸더라면, 어찌 귀국의 군함에 대포를 쏘겠습니까?”

구로다는 딴에도 면구스러운지 엉뚱하게 말을 돌렸다.

“이번에 우리들의 사명에 대하여 두 나라의 대신이 직접 만나서 토의 결정하려 하는데, 일의 가부를 귀 대신이 마음대로 처리할 수 있습니까?”

신헌은 잠시 생각하다가 대답했다.

“귀 대신은 봉명奉命하고 조선에 나왔으므로 보고하고 시행할 수 없기 때문에 전권이라는 직책을 가졌지만, 우리나라로 말하면 국내에서 전권이라는 칭호를 쓰지 않습니다. 본관은 다만 제기되는 사항을 보고하여 명령을 기다려야 합니다.”

부관 이노우에가 나섰다.

“귀 대관의 뜻을 알겠습니다. 오늘은 이미 늦었으니 더 토론할 수 없겠습니다. 만약 양국 두 대신께서 면담하지 못하게 될 때는 수행원들을 시켜 서로 통지할 것입니다.”

부관 윤자승이 받아 말했다.

"좋소이다. 그것이 무방할 것입니다."

신헌은 비로소 긴장을 풀며 긴 숨을 내쉬었다.

이튿날 1월 18일, 제2차 회담은 강화성 진무영의 집사청에서 열렸다. 일본 관리들은 어제처럼 대관 앞 탁자에 국기를 세우는 의식을 행하고 회담을 시작했다.

구로다는 새삼 무게를 잡으며 말했다.

"이번에 귀국과 종전의 우호 관계를 회복하는 것은 실로 두 나라의 다행한 일입니다. 신의와 친목을 강구하는 데서 특별히 상의해서 결정할 문제가 있으니 우리가 기초한 13개 조목의 조약을 상세히 열람하고 귀 대관이 직접 조정에 나가 품처해 주기 바랍니다."

구로다는 부관이 서류 가방에서 꺼내놓은 서류를 앞으로 당겨놓았고, 신헌은 의아해서 물었다.

"조약이라면, 무슨 조약을 말합니까?"

"귀국 지방에 관館을 열고 함께 통상하자는 것입니다."

신헌은 너무 뜻밖이라 잠시 생각하다가 말했다.

"귀국과는 지난 몇 년간 정치적 외교는 단절상태였지만, 300여 년간 통상은 계속했었는데 무슨 통상을 말하는 것입니까?"

구로다는 알 수 없는 미소를 흘깃 보이고는 말했다.

"지금 세계는 각국에서 인적 통행은 물론 항구를 개방하여 통상을 확대하고 있습니다. 우리 일본에서도 또한 각국에 관을 열어놓고 통상을 추진하고 있습니다."

신헌은 조정의 정책을 아는지라 함부로 말할 수 없다.

"우리나라는 삼면이 바다에 둘러싸여 있어 단 한 곳도 물품이 집결되는 곳이 없습니다. 수백 년 동안 이미 실행해오던 동래부 왜관에서 교역하는 것만으로도 충분할 것으로 생각합니다."

구로다는 노골적으로 비웃으며 말했다.

"두 나라의 관계가 그간에 막혔던 것은 바로 조례가 분명하지 못하였기 때문이었소이다. 조약을 체결해서 규정을 정한다면, 두 나라 사이에는 다시 교류가 끊어질 일은 없게 될 것입니다. 이것은 지금 세계 각국에서 통용하는 만국의 공법입니다. 우리 양국도 그 예에 따르는 것이 좋을 것입니다."

신헌은 머리가 복잡해졌다. 세계 각국의 공법이라니? 일본은 이미 세계 여러 나라와 통상을 하고 있다는 말이 아닌가! 그렇다면 더더욱 일본과의 통상을 확대할 수 없겠다는 생각이 들었다.

"지금 관을 열어 통상하자는 논의는 우리나라에서는 아직 있어 본 적이 없는 일이며, 우리 조정이라 하더라도 즉시 승인하기는 어려울 것입니다."

"그럼 좋습니다. 우리 측 13개 조약은 원본뿐이니, 기록관을 보내어 필사하여 귀국 조정에 올려 검토해 주시기 바랍니다."

"그리하겠습니다. 그럼, 오늘 회담은 이것으로 마치겠습니다."

무장의 분루憤淚

네 번째 수호회담은 조선 측의 요청에 따라 1월 26일 연무당에서 계속되었다. 일본 측이 국기에 대한 예를 마치고 회담을 시작하며 전권대신 구로다가 말했다.

"귀 대관께 여담 삼아 말씀드리겠습니다. 우리가 회담 때마다 국기를 게양하고 의식을 거행하는 것은 국기가 곧 국가를 상징하기 때문입니다. 한데, 국가 대 국가의 수호회담에 귀국의 국기가 없으니, 본관은 처음부터 의아하고 민망스럽기도 하였습니다. 이제 앞으로는 우리 대일본국과 자주 회담이 있을 것인즉, 귀국에도 국기를 제정하여 의식에 사용하는 것이 옳을 것 같아서 감히 고언을 드립니다."

신헌을 비롯한 조선 측 관리들은 오히려 민망하고 얼굴이 뜨거워 고개를 들 수 없을 지경이었다. 구로다의 전에 없던 공손한

말투는 여지없는 빈정거림이었다.

신헌은 부끄럽기도 하고 아니꼽지만 구로다의 말에 정중히 대답했다.

"고마운 말씀입니다. 우리나라는 지금까지 외국과 국가적 정식회담을 한 적이 없었기 때문에 국기의 개념이 없었으나, 이제는 국기가 있어야 한다는 것을 절감하고 있었습니다. 조정에 돌아가면 주상께 상주할 것입니다."

구로다는 비죽이 웃으며 받았다.

"반갑습니다. 다음 회담부터는 귀국의 국기를 볼 수 있기를 기대하겠습니다."

신헌이 조정에서 내려온 서류를 내놓으며 말했다.

"자, 이제 회담을 시작하겠습니다. 이 서류는 우리 조정에서 일본국 전권변리대신에게 전하는 수호조약의 비준 서술 책자입니다. 검토해 보십시오."

구로다는 밝게 웃으며 받았다.

"감사합니다. 검토하겠습니다."

구로다가 서류를 펼쳐보기 시작하면서 장내는 분위기가 차분하게 가라앉았다. 구로다는 지금까지 있은 세 번의 회담에서 매번 꼬투리를 잡아 빈정거리고 위협을 가하기도 했었다. 비준서류를 미리 검토해 보았던 신헌은 아무래도 마음에 걸리는 것이 있어 불안했다. 한마디도 언급이 없는 운양호 문제를 그냥 넘길 구로다가 아니었다. 아니나 다를까, 비준 책자를 읽는 구로다의 표정이 굳어지고 눈동자가 번득였다. 마침내 서류를 검토한 구로다가 의외로 침착하게 말했다.

"비준서류를 잘 검토했습니다. 설마 이것이 다는 아니겠지요?"

신헌은 이미 그럴 줄 알았으니 여유 있게 대답했다.

"그게 무슨 말씀입니까? 비준서류가 두 권일 수는 없지요."

구로다는 여전히 느긋한 표정으로 신헌을 잠시 노려보다가 말했다.

"그렇다면, 귀국 조정에서는 이번 수호조약의 가장 귀중한 대목을 망각했습니다. 설마 귀 대관께서도 그 문제를 모른다고는 말하지 않겠지요?"

신헌은 비로소 긴장하면서도 애써 느긋하게 받았다.

"우리 조정에서 언급이 없는 일을 본관이 어찌 알겠습니까? 대체 무엇을 망각했다는 말씀입니까?"

구로다는 노골적으로 비웃으며 말했다.

"불과 몇 개월 전에 있었던 두 나라 간의 포격전을 벌써 잊었단 말입니까?"

신헌은 정색을 하고 대답했다.

"잊다니요. 그 엄청난 사변을 어찌 잊겠습니까? 그러잖아도 우리 조정에서는 귀국의 어떤 조치가 있을지 지켜보며 기대하고 있습니다."

구로다는 마침내 얼굴이 변하도록 발끈하며 대들었다.

"기대하다니, 그게 무슨 말입니까? 그 사건은 귀국이 도발해서 벌어진 전쟁이었습니다. 귀국이 선전포고 없이 공격한 도발인데, 무엇을 기대한단 말입니까?"

신헌도 지지않고 반박했다.

"도발은 귀국이 했습니다. 남의 나라 영해에 무단 침입하였고, 정지 신호를 하고 육성으로 경고해도 상륙을 시도했습니다. 그것이 명백한 도발입니다."

옆에 앉았던 이노우에 가오루가 당당하게 나섰다.

"그 대답은 당시 운양호 함장이었던 본관이 하겠습니다. 본관은 당시 그 상륙정에 타고 있었고, 식수가 필요하다고 분명히 말했습니다. 그런데도 귀국 진지에서 포격을 개시했습니다. 게다가 우리 상륙정에는 국기가 걸려있었습니다. 포격으로 우리 상륙정 한 척이 전복되었고, 수병 네 명이 부상했습니다. 그중 한 명이 함상에서 전사했습니다. 이 명백한 사실을 도발이 아니라고 말할 수 있습니까?"

조선측에서도 부관 윤자승이 나섰다.

"남의 나라 영해에 무단 침입한 것부터가 도발이었습니다. 지난해 6월에도 함대를 이끌고 우리 동해와 서해 연안을 염탐했습니다. 그 지휘를 귀 부관이 하였습니다."

이노우에는 잠시 머쓱하였으나 이내 능청맞게 대꾸했다.

"그렇습니다. 본관이 함대장 겸 사신으로서 우리 군함 세 척을 이끌고 부산 앞바다에 정박했습니다. 본관은 우리 천황폐하 국서를 받들고 왔으므로 동래부에 국서를 전하고 그 회답서를 받기 위하여 정박하고 있었습니다."

구로다가 말했다.

"우리나라 해군 함대가 조선 영해에 들어온 이유가 무엇이었습니까? 지난 5월에 우리 천황폐하의 국서를 전했을 때 즉시 회답을 보냈더라면 그런 불상사는 없었을 것입니다."

신헌은 속으로 분노가 끓어올랐다. 일본이 지난해 5월부터 지금까지 의도적으로 조선의 약점을 잡고 비위를 긁어 사태를 유리한 쪽으로 형성해놓고는 마지막으로 목줄을 죄고 있는 형국이었다. 그것을 번연히 알면서도 이론상으로는 꼬집어 반박할 수 없는 것이 분하고 안타까워 환장할 노릇이었다.

"지난해 8월의 그 사건으로 우리는 엄청난 피해를 보았습니다. 그런데, 우리 조정에서 무엇을 어떻게 하라는 말씀입니까?"

"그야 당연히 도발한 쪽에서 정식으로 사과하고 보상을 해야지요. 그런데도 귀국 조정에서는 그 사건에 대해서는 한마디 언급도 없으니, 이는 우리 대일본국을 끝까지 무시하는 태도가 아니고 무엇이겠습니까?"

신헌은 답답했다. 같은 말이 끝없이 계속될 상황이었다.

"그러면 어떻게 하자는 것입니까?"

"귀국 국왕전하께서 그 사건에 대하여 우리 천황폐하께 정식으로 사과하는 문서를 본관에게 내려 주신 다음에 수호조약을 토론할 것입니다."

신헌은 불같이 화가 났지만 애써 찍어 눌렀다. 이것은 곧 항복을 하라는 것과 같은 말이었다.

"그것은 수호회담에서 할 수 있는 말이 아니라고 본관은 생각합니다. 귀국 국왕께서 수호조약 문건에 그 사건을 언급하셨다면, 당연히 우리 조정에서도 그에 대한 답변이 있었을 것입니다."

구로다가 돌연 벌떡 일어나며 소리쳤다.

"이것 보시오. 국왕이라니! 감히 대일본제국 천황폐하를 수호회담장에서 국왕이라고 폄하해!"

신헌도 재빨리 대꾸했다.

"천황은 귀국 내에서만 천황일 뿐이오. 우리 조선국이 인정한 천황은 아니란 말이외다."

구로다는 물론 일본 사신들이 모두 벌떡 일어나 각기 제나라 말들로 외쳐댔고, 구로다가 삿대질을 하며 소리쳤다.

"대일본국은 일찍이 막부정권을 끝내고 유신체제를 이룩하며 천황제를 세계만방에 선포하였고, 영국과 미국을 비롯한 세계열강들이 인정한 황제군주국이란 말이오. 어찌 감히 조선의 접견관이 그따위 망발을 하는 것이오! 회담은 끝났소이다. 조선과의 회담은 이제 영원히 없을 것이오."

구로다의 말이 끝나기도 전에 일본 수행원은 국기를 접었다. 구로다는 뒤도 안 돌아보고 횡허케 회담장을 나가버렸다.

일본인들의 뒤를 꼬나보던 신헌은 주먹으로 탁자를 내리쳤다. 억제할 수 없는 분노가 그대로 드러나는 일그러진 얼굴에 눈물이 주르르 흘러내렸다. 하릴없이 관사로 돌아온 신헌은 분루를 삼키며 조정에 올릴 장계를 썼다.

「신의 무능과 불찰로 인하여 수교회담이 결렬되었나이다. 일본 전권대관의 무리한 요구를 신의 재량으로서는 도저히 용납할 수 없었고, 용납해서도 아니 될 망언이었나이다. 저들은 수호조약에 대한 토의에 들어가기도 전에 운양호 사건으로 트집을 잡아 주상전하의 정식 사과와 피해 보상을 요구하였으니, 이는 신의 전결권을 벗어난 사안으로 어찌 가납할 수 있겠나이까. 게다가 신의 용렬한 생각으로 저들이 천황이라 존칭하는 임금을 '국왕'이라 칭하여 회담이 결렬되었으니, 접견대관으로서 신의 재량이 미치지 못하는 바입니다. 신을 체임 하여 벌하시고 유능한 대관을 속히 임명하시어 수호조약이 원만히 이루어지도록 하소서.」

신헌의 장계와 보고서를 접한 조정에서는 긴급 어전회의가 열렸다.

임금이 하교했다.

"저들이 운양호 사변에 대하여 과인의 사과를 요구한다니, 대체 이런 적반하장이 어디 있단 말입니까? 피해와 보상을 말한다면 우리 측 피해가 저들의 1백 배가 넘는데, 도리어 보상을 하라니 하늘 아래 이런 법이 어디 있단 말입니까? 경들이 잘 논의하여 슬기롭게 넘기는 방법을 모색해 보도록 하세요."

영의정 이최응이 아뢰었다.

"저들의 수교조약 초안에는 운양호 사건에 관한 내용은 전혀 없었습니다. 저들이 회담을 시작하면서 그 문제를 거론하며 주상 전하의 사과를 요구한 것은 조약의 토론에 있어서 주도권을 잡겠다는 의도였을 것으로 생각됩니다. 그런 데다, 접견관이 저들의 천황을 국왕이라 폄하했으니 이는 불에 기름을 부은 꼴입니다. 우선 신헌의 실책을 물어야 할 것입니다."

판중추부사 박규수가 받아 반박했다.

"그것은 신헌의 실책이 아닙니다. 우리 조정에서도 아직 일본 국왕을 천황으로 존칭해야 한다는 결론이 난 것은 아니었으니 신헌은 당연한 말을 했을 뿐입니다."

우의정 김병국이 거들었다.

"그러하옵니다. 지금 이러한 상황에서 신헌의 책임을 묻는다거나 교체를 해서는 아니 되며, 전하의 사과나 피해 보상도 할 수 없습니다."

임금이 답답하다는 듯이 말했다.

"과인도 신헌의 책임을 묻는다거나 교체를 할 수는 없다고 생각합니다. 다만 저들의 요구를 어떻게 처리하면 좋을지 논의해보라는 말입니다."

영의정 이최응은 아뢰었다.

"신헌의 대책이 미흡했던 것은 사실입니다. 저들이 그 문제로 회담을 결렬시킨 이상 적당히 넘어가지는 않을 것입니다. 수호조약에 우리 측이 받아들일 수 없었던 몇 종목을 명기해서 양보하는 조건을 제시하고, 신헌으로 하여금 국왕으로 폄하한 말을 사과하게 하고, 앞으로는 우리 조정에서 저들의 임금을 천황으로 인정하겠다는 것을 의정부의 공식문서로 제시하는 것이 옳을 것이옵니다."

대사간 이재경이 거들어 아뢰었다.

"이제 일본과의 수교가 재계 되면 우리 조정에서 어차피 저들의 천황 제도를 인정하지 않을 수 없습니다. 신 역시 영의정의 진언이 가할 줄로 압니다."

이유원이 비분강개하여 아뢰었다.

"지금까지 우리가 왜국의 서계를 받아들이지 않은 것은 저들의 천황제를 인정할 수 없었기 때문이었습니다. 하온데, 이제 받아들일 수 없는 수교조항까지 양보하면서 저들의 천황을 인정해야 한다니 통탄스럽기 한이 없나이다."

장내는 이내 무거운 침묵이 흘렀다. 조선은 사대 명분상 오래

전부터 중국의 번국藩國임을 자처하고 있었는데, 이제 일본의 황제국을 인정한다면 조선은 왕국으로서 국격이 한 단계 낮아지는 결과가 되는 것이다.

영의정 이최응이 아뢰었다.

"전하, 이는 이미 돌이킬 수 없는 대세이옵니다. 통촉하소서."

임금이 조금 밝아진 용안으로 말했다.

"이런 상황에서 영상의 계책이 통한다면 좋겠지만, 과연 저들이 우리 측 제안을 받아들여 회담을 계속하겠습니까?"

박규수가 진언했다.

"지금 상황으로는 오직 그 방법밖에는 없습니다. 저들도 수교하여 통상을 여는 것이 주된 목적이 분명하니 우리 제안을 무시하고 소득 없이 돌아가지는 않을 것입니다. 만약에 그래도 주상 전하의 사과와 피해 보상을 요구한다면, 청국에 운양호 사건을 국서로 보고하여 중재를 요청하겠다는 것을 천명할 수도 있겠나이다."

임금이 비로소 밝게 말했다.

"우상의 말이 옳습니다. 즉시 그대로 시행하도록 하세요."

중신들이 명을 받고 물러가자, 임금이 동부승지 이용원에게 하교했다.

"접견대관에게 비답을 내릴 것이니 승정원에서는 준비하라."

병자수호조약

2월 초하루, 강화성의 접견대관 신헌은 임금이 내린 비답과 의정부에서 일본 전권대신에게 보내는 공식문서를 받았다.

『조정의 대임을 받은 대관으로서 사명이 중한 것이야 어느 때인들 그렇지 않았겠는가마는 이번에 일본 사신이 온 것이 비록 수호 때문이라고는 하지만 나라의 안위에 관계되는 바가 없지 않다. 경은 문무의 재주를 갖추고 일찍부터 명망이 드러났기 때문에 조정의 논의가 모두 경이 아니고서는 처리할 사람이 없다고 했던 것이다. 경이 조정에 제시한 돌발사건은 묘당에서 다시 의논해서 타산을 세우고 돕도록 하여 사신의 일이 무난히 마무리되도록 하였으니, 경은 막중한 임무를 사양치 말라. 과인은 경을 장성長城 같이 믿고 있으니, 과인의 지극한 뜻을 체득하라.』

이튿날, 조선 측 요청으로 제5차 회담이 열렸다. 신헌이 먼저 말했다.

"전일 회담에서는 본관의 실언이 심했음을 사과드립니다. 앞으로는 귀국의 천황폐하에 대하여 그런 발언을 하지 않겠음을 조선의 접견대관으로서 약속드립니다."

구로다는 여지없이 경멸하는 표정으로 신헌을 꼬나보다가 말했다.

"귀관의 그와 같은 망발은 실로 혼자만의 관념이 아닐 것이오. 귀국 조정에서도 우리 천황폐하를 인정하지 않기 때문에 지금까지 수차 서계를 배척하였고, 그로 인하여 300년간의 우호 관계가 단절되었던 것입니다. 이번 회담에서는 우선 그 문제부터 풀어야 수호조약이 체결될 수 있음을 분명히 밝히는 바이오."

신헌은 이미 조정에서 내려온 공문서를 보았던 터라 흔쾌히 받아 말했다.

"물론입니다. 우리 조정에서 대관께 보내는 공식문서가 내려왔습니다."

구로다는 다소 긴장된 표정으로 신헌이 내놓는 문서를 받아 읽기 시작했다. 회담장은 잠시 무거운 침묵으로 가라앉았다.

거의 무표정하게 문서를 읽고 난 구로다가 여전히 그런 얼굴로 말했다.

"귀국 정부가 대일본국을 황제군주국으로 인정하여 천황폐하로 받들겠다는 결정은 인정하겠소이다. 또한 귀국 조정에서 운양호 사건에 대하여 공식사과하는 것으로서 국왕전하께서 사과하는 것에 가름하겠소이다. 그러나 우리가 증인으로 잡아간 포로 16명을 송환하라는 문제에 대해서는 귀국에서 우리의 요구대로 피해 보상을 해주면 송환하겠소이다."

신헌은 그럴 줄 알았으므로 짐짓 느긋하게 받아 말했다. 서둘러서 될 일도 아니고, 서둘면 약점을 잡혀 끌려갈 것이 뻔했다.

"운양호 사변의 원인제공에 대하여는 우리 정부와 귀국 정부의 주장이 서로 상충하니 결정을 내릴 수는 없소이다. 그러나 원인이 어느 쪽에 있든 간에 상호 간의 충돌에서 우리 측 피해는 귀국의 피해에 비해 1백 배가 넘소이다. 그런 엄청난 손해를 감수하면서까지 수호를 재개하고, 조약의 불리한 조목을 양해하면서도 체결에 임하겠다는 우리의 조건을 받아들이지 않겠다면 본관도 더이상 양보할 수 없소이다."

구로다는 매우 복잡한 표정을 짓더니, 이내 느긋하게 웃으며 말했다.

"우리도 피해 보상을 양보할 수 없소이다. 귀국의 피해가 우리의 1백 배라고 했는데, 그것은 스스로 입은 자해自害에 불과한 피해일 것입니다."

신헌은 마침내 불같이 폭발했다. 자해라니! 왜국에서 말종 중의 말종을 골라 보내지 않고서야 이런 망나니 사신이 없을 것이라는 생각으로 치가 떨렸다. 그렇다고 표정을 드러내 반박하면 기 싸움의 패배일 터였다. 분노를 씹으며 속으로 심호흡을 하고 말했다.

"본관은 참으로 이해할 수 없소이다. '자해'라는 말을 대일본국 전권변리대신의 말이라고 믿어지지 않기 때문입니다. 그렇다면 과연 어느 편이 자해를 했는지 가려보는 수밖에는 다른 방법이 없겠소이다."

구로다는 흠칫하는 표정으로 옆자리의 부관을 돌아보고는 말했다.

"좋소이다. 어디 가려봅시다."

신헌은 느긋하게 받았다.

"당사국 대표가 마주 앉아 어느 편이 자해를 했는지 가릴 수는 없지요. 본관은 조선국 접견대관의 자격으로 양국 수호회담을 2개월 유보할 것을 건의합니다."

구로다가 흠칫 놀라며 물었다.

"회담을 유보하다니, 그게 무슨 뜻이며 이유가 무엇입니까?"

신헌은 당당하게 말했다.

"양 당사국으로서는 가해와 피해를 가릴 수 없으니, 외국에 중재 요청을 하겠소이다. 우리는 오랜 우방국인 청국에 운양호 사변을 상세히 알려 중재를 요청하겠으니, 귀국도 어느 나라 우방국에 사실을 알리고 중재를 요청해주시기 바랍니다."

구로다를 비롯한 일본 사신들은 서로 마주 보며 얼굴빛이 변했다. 생각지도 않았던 암초에 부딪힌 듯 그들은 당황하는 빛이 역력했다. 잠시 눈짓을 주고받은 구로다가 금방 딱 잘라 말했다.

"그럴 수는 없소이다. 조건이 맞지 않으면 회담은 결렬되는 것이외다."

신헌은 자신 있게 반박했다.

"양국 정부에서 이미 조약을 비준한 이상 어느 한쪽이 극히 사소한 문제로 회담을 결렬시킬 수는 없소이다. 양국의 수호회담은 귀국 측에서 먼저 청국에 알렸던 사실이었으니, 우리 정부는 그 결과를 우방국인 청국 정부에 알릴 의무가 있소이다. 그러므로 회담이 결렬된 이유가 운양호 사변임을 알리는 것은 당연한 일입니다."

구로다는 가당찮다는 얼굴로 신헌을 노려보다가 말했다.

"좋소이다. 귀 대관의 말에도 일리가 있소이다. 우리도 상의해 볼 문제가 있으니, 오전 회담은 이것으로 끝내고 오후에 계속하는 것이 어떻겠습니까?"

신헌은 그럴 줄 알았다는 듯 여유 있게 받았다.

"좋습니다. 그렇게 합시다."

신헌은 오전 회담 내용을 상세히 적고, 구로다의 반응에 따라 접견대관의 판단으로 회담을 2개월 유보할 수도 있겠다는 내용의 장계를 파발마로 띄웠다.

오후 회담장에 나온 구로다의 표정은 밝았다. 형식적인 여담을 주고받은 뒤에 구로다가 말했다.

"귀국 조정의 제안과 귀 대관의 뜻을 인정하고 받아들이겠습니다."

신헌은 이미 이렇게 될 줄 알았으므로 흔쾌히 받았다. 운양호 사건이 외국에 알려진다는 것은 그야말로 일본의 자해행위일 터였다.

"좋습니다. 귀 대관의 폭넓은 결정에 경의를 표합니다."

"감사합니다. 그럼 우선 양국 정부에서 비준한 수호조약을 교환하여, 각 조항을 검토하고 토론하여 수정할 부분과 개정할 부분을 서로 지적해보도록 합시다."

"그렇게 합시다."

양국 대관은 정부에서 비준한 조약 초안을 서로 바꾸어 검토하기 시작했다. 검토가 끝난 뒤에 서로 지적한 조항에 대하여 토론하고 수정과 개정 과정을 거쳐 일본 정부의 조약은 거의 그대로 통과되어 협상이 끝났다.

협상을 끝내고 신헌이 말했다.

"귀 대관을 비롯한 여러분들의 장기간 토론과 검토에 수고 많으셨습니다. 이는 피차간에 역사에 기리 남을 업적이 될 것입니다."

구로다도 흔쾌히 받았다.

"그렇습니다. 양국의 수호는 앞으로 영원할 것이며, 상호간 나라의 번영에 기초가 될 것입니다. 20여 일간 계속된 연속회담에 수고 많으셨습니다."

구로다가 먼저 일어나 악수를 청하였고, 양국 관리들이 모두 일어나 서로 손을 잡아 흔들고 자리에 앉았다.

신헌과 구로다는 마지막으로 작성된 조약 책자를 서로 교환하여 확인하였다. 상호간 이상이 없음을 인정하며 조·일 수호조관修好條款 2책册에 서명날인 하며 5차에 걸친 회담을 끝마쳤다.

훗날 병자수호조약丙子修好條約 또는 강화도조약江華島條約으로 불리는 조선과 일본의 최초 조약은 29년 뒤인 1905년 을사보호조약乙巳保護條約으로 이어져 나라를 빼앗기다시피 넘겨주는 계기가 되는 치욕적인 조약이었다. 병자수호조약은 1875년 8월 22일, 운양호에 게양된 일본 국기에 조선군이 대포를 발포한 사건이 계기가 되어 일본의 억지와 강제로 맺어진 조약이었다.

조·미 수호조약

고종19년 3월 15일, 청국에 파견된 영선사領選使 김윤식이 올린 서보가 조정에 들어왔다. 통리기무아문統理機務衙門(고종17년 12월 21일, 조선은 의정부를 폐지하고 청나라 관제를 받아들여 통리기무아문을 설치하고 영의정을 총리대신으로 개칭했다). 총리대신 김병국이 서보를 임금께 올렸다.

「청국사신 정사 정여창丁汝昌과 부사 마건충馬建忠이 미국사신 슈펠트Shufelat. R.W와 함께 미국 군함 스와타라호를 타고 천진을 출발하였습니다.」

서보를 읽은 임금이 말했다.

"미국 사신은 처음 들어오는데, 이들을 어찌 맞이하면 좋겠습니까?"

경리아문사經理衙門事 민영익이 아뢰었다.

"경리사 조준영을 반접관으로 임명하고, 역관 이응준을 사역원에서 파견하소서. 그들이 묵을 객관은 인천관사로 정하는 것이 옳을 것입니다."

임금이 윤허하였고, 이어서 총리대신 김병국이 진언했다.

"미국 사신과 회담할 접견대관을 미리 임명하여 대비하는 것이 옳을 것입니다."

임금은 잠시 생각하다가 말했다.

"일본과의 수호회담은 신헌이 잘 해냈는데, 이번 미국과의 우호조약에는 누가 적임일지 경들이 추천해보세요."

중신들이 몇 사람을 추천했지만 임금은 마음에 들지 않아 직접 낙점하여 말했다.

"이번에도 일본과 회담 경험이 있는 신헌을 접견대관으로 삼았으면 하는데 경들의 의견은 어떠하십니까?"

조영하가 아뢰었다.

"판중추부사 신헌은 지병으로 등청을 못한 지가 여러 달인데, 과연 어떠할지 저어되나이다."

경리아문사 이재면이 주청했다.

"신이 알기로는 최근 들어 많이 좋아졌다고 들었습니다. 아직 날짜가 있으니 신헌으로 대관을 삼고 부관으로는 김홍집을 삼는 것이 어떠하시겠습니까?"

임금은 기꺼이 윤허했다.

"과인도 신헌의 병세를 듣고 있습니다. 신헌을 경리통리기무아문사經理統理機務衙門事로 삼아 접견대관으로, 경리사 김홍집을 부관으로 삼을 것입니다."

경리통리기무아문사는 정승급이다. 신헌은 마침내 정일품 정승의 반열에 올랐다. 병자수호조약을 체결한 신헌은 몸이 허약해져서 노량진 강변에 작은 정자를 짓고 휴양하고 있었다. 이를 알게 된 임금이 정자의 이름을 은휴정恩休亭으로 지어 하사했었다. 신헌은 이때부터 관직을 사직하고 은휴정에서 요양하고 있었다.

고종19년(1882) 3월 28일 상오 11시, 인천부에서 조·미조약 예비회담이 열렸다. 조선 측에서는 접견대관 신헌과 부관 김홍집, 종사관 서상우, 통역관 이응준이 입장했다. 미국 측에서는 전권대신 해군총병 슈펠트와 보좌관 2명이 입장하여 자리를 잡고 수인사를 나누었다. 이어서 양국 대표 앞에 탁상용 국기가 게양되었다. 미국 대표들은 국기에 대한 예를 행하였지만, 조선 대표들은 그냥 서 있다가 자리에 앉았다. 의자를 당겨 앉은 슈펠트가 조선국기를 이윽히 보다가 고개를 갸웃거리며 물었다.

"저 국기가 조선의 국기입니까?"

이응준은 신헌을 돌아보고는 속으로 쾌재를 부르며 터지는 감격의 웃음을 참느라고 얼굴이 벌겋게 달아올랐다.

신헌이 이응준을 힐끗 돌아보고는 대답했다.

"그렇습니다만, 어찌 물으십니까?"

슈펠트는 일어나 늘어진 조선국기를 잡아 펴보고는 자리에 앉으며 말했다.

"저 국기는 청나라 국기 모양이 아닙니까?"

신헌은 상황이 계획대로 진행되자 마음이 놓여 느긋하게 대답했다.

"모양은 청국 국기지만, 빛깔은 다릅니다."

슈펠트는 표정이 굳어지며 말했다.

"조선국은 저 국기를 언제부터 사용했습니까?"

신헌이 미처 대답을 못 하고 어물거리자, 김홍집이 나섰다.

"전권대관 각하, 죄송합니다. 우리 조선은 국제간의 회담이 없었기 때문에 국기의 필요성을 느끼지 못해서 아직 국기가 없습니다. 그리하여 청국에서 자국의 국기에 동방의 색인 청룡을 그린 기를 조선의 국기로 사용하라는 청국 조정의 건의로 오늘 처음으로 회담장에 게양한 것입니다."

슈펠트는 비로소 이해 간다는 듯 고개를 끄덕이다가 말했다.

"조선은 자주독립국입니다. 독립군주국에서 남의 나라 국기를 색깔만 달리하여 국제적인 회담에 사용한다는 것은 있을 수 없는 일입니다. 그럼 묻겠습니다. 대조선국 국왕전하께서는 청룡기를 조선국기로 인정하신 것입니까?"

김홍집이 이응준과 눈을 맞추고는 대답했다.

"전권대신 각하, 그것은 아닙니다. 우리 국왕전하께서는 아직 국기를 제정하여 반포하신 적은 없습니다. 청룡기는 다만 조선의 국기가 아직 없기 때문에 임시로 사용하고자 했을 뿐입니다. 그리하여 우리 대표들은 국기에 대한 예를 하지 않은 것입니다."

슈펠트는 마침내 빙긋이 웃으며 받았다.

"이제 이해가 됩니다. 본관은 대조선국과 수호회담을 하는 것이지, 대청국과 회담하는 것이 아니기 때문에 청나라 국기에 대하여 이의를 제기한 것입니다. 아메리카합중국은 자주독립국 대조선국과 우호조약을 하므로 청룡기를 조선의 국기로 인정하여 회담을 할 수 없다는 뜻이었습니다."

일본과의 수호조약에서 국기로 인하여 망신을 당한 적이 있는 신헌은 이번 조·미 회담에는 반드시 조선국기를 써야 한다는 임금의 특명을 받았었다.

김홍집이 말했다.

"다음 본회담에는 조선의 국기를 게양하겠습니다. 오늘은 예비회담이니 국기 문제는 접어두고 그대로 진행하는 것이 어떠하겠습니까?"

신헌은 임금의 당부를 떠올리며 자신 있게 말했다.

"그렇습니다. 본회담에는 본관이 책임지고 조선국기를 게양하겠습니다.”

슈펠트도 그제서 웃으며 말했다.

“좋습니다. 오늘 회담은 그대로 진행합시다. 그러나 저 청룡기는 그대로 둘 수 없으니 내리는 것이 좋겠는데, 어찌 생각하십니까?”

이야말로 고소원이나 불감청이었다. 김홍집이 얼른 받았다.

“지당하신 말씀이십니다. 그럼 내리겠습니다.”

이응준은 감격에 겨워 말이 떨어지기도 전에 벌떡 일어나 청룡기를 집어 들고 밖으로 나가 대기 중이던 수행원들에게 기를 내주었다. 이어서 시작된 예비회담은 순조로웠다. 양국이 합의한 14개 조항을 검토하고 조율하여 자구字句를 수정하는 등 회담은 오후 3시에 끝났다.

미국 사신과 청국 사신이 인천부에 들어온 이튿날이었다. 임금이 접견부관으로 임명된 김홍집과 통역관 이응준을 탑전에 불렀다. 임금은 침울한 용안으로 말했다.

“이제 며칠 후면 조·미 수호회담이 시작됩니다. 회담에 관한 문제는 접견대관 신헌이 경험도 있는 데다, 부관이 있어 마음이 놓입니다. 하지만 국기가 문제인데, 청국 사신 정여창은 틀림없이 청룡기를 회담장에 사용하라고 강요할 것입니다. 그리되면 우리 국기는 영영 청룡기가 되고 말 것인데, 경들은 어찌 생각합니까?"

2년 전에 임금 앞에서 조선국기를 그린 역관 이응준이 당당하게 아뢰었다.

"전하, 아니 되옵니다. 청국의 국기가 어찌 조선국기로 될 수 있겠나이까?"

국기에 대한 내막을 자세히 알고 있는 김홍집이 거들었다.

"그러하옵니다. 그리되어서는 아니 됩니다."

임금은 답답하다는 듯이 말했다.

"영선사 김윤식의 보고에 의하면 회담장에는 반드시 청룡기를 게양해야 한다는 이홍장의 다짐이 있었다고 합니다. 그러니 답답하다는 게지요. 대체 어찌하면 좋을지 대책을 세워 보세요."

이응준이 단호히 진언했다.

"전하, 그렇더라도 회담장에 청룡기를 사용할 수는 없나이다."

김홍집이 거듭 나섰다.

"그러하나이다. 신이 역관 이응준과 대책을 세워 보겠나이다."

잠시 생각하던 임금이 윤허했다.

"그리하세요. 과인은 경들의 뜻에 따를 것입니다."

그날 오후 정동 김홍집의 집에 이응준과 두 사람이 마주 앉아 김홍집이 물었다.

"일이 잘 풀리겠다고 했는데, 대체 어떻게 풀린다는 말인가?"

이응준은 싱글싱글 웃으며 대답했다.

"우리는 정여창의 말이 사실이든 아니든 청나라 황제의 명이라는 것을 거역할 수는 없습니다. 그러니 일단 청룡기를 회담장에 꽂아놓고 미국 대표의 거동을 보는 겁니다. 슈펠트는 청국에 자주 드나들며 회담도 여러 번 했을 것이니, 청국 국기 황룡기를 알고 있을 것입니다."

이응준이 일단 말을 끊자, 김홍집은 답답하다는 듯이 짜증을 냈다.

"기를 꽂으면 그것으로 그만인데 무엇을 어쩌자는 것인가?"

이응준은 자신 있게 말했다.

"외교관은 누구나 자국의 국기는 물론 상대 나라의 국기도 소중히 여깁니다. 특히 우리는 미국과 첫 회담이니까, 회담장에 게양된 상대국 국기를 눈여겨볼 것입니다. 만약 그가 우리 측 기를 청국 국기로 알아본다면 틀림없이 어떤 반응이 있을 것입니다. 제 생각으로는 미국 사신은 청룡기를 조선국기로 인정하지 않을 것입니다. 우리는 그때 청룡기를 들고나오게 된 동기를 부끄럽지만, 사실대로 말하는 겁니다."

"그래서, 어쩌자는 것인가?"

"사실대로 말해 양해와 협조를 구하고, 본회담에서는 틀림없이 조선국기를 게양하겠다고 약속하는 겁니다."

김홍집은 별무신통이라는 듯이 시큰둥하게 받았다.

"슈펠트가 청룡기를 알아보지 못하면 어쩌겠는가?"

이응준은 호기 있게 대답했다.

"그때는 영감께서 나서야 합니다. 게양된 기는 청나라 국기에 빛깔만 달리한 기인데, 양국 수호회담에 이런 기를 사용하게 돼서 미안하다고 그쪽을 유도해야 합니다."

"그리고는 사실대로 말한다, 이건가?"

"그렇습니다. 우리가 청국의 강요에 의해서 어쩔 수 없이 청룡기를 들고 나왔다고 하면, 슈펠트는 틀림없이 조선국기로 인정하지 않을 것입니다."

"그렇겠지. 그리되면?"

"조선국기가 미처 준비되지 않았지만, 본회담에는 조선국기를 게양하겠다고 다짐을 하는 겁니다."

김홍집은 아무래도 미심쩍다는 듯이 받았다.

"그러면 정여창이 가만있겠는가? 당장 들고 일어날 것이 뻔하단 말일세."

이응준은 스스로 흥분하여 언성을 높였다.

"참 답답하십니다. 회담 당사국인 미국 대표가 청룡기를 조선국기로 인정할 수 없다고 해서 쓰지 못했는데, 정여창이 아니라 황제라도 뭐라고 하겠습니까? 설사 말썽이 생긴다고 해도 이번 기회에 우리도 강력하게 대응해서 태극문 기를 우리 국기로 인정하도록 해야 합니다."

"그리만 된다면 좋겠지만, 청국 황제가 내린 명이라고 억지를 부리는데, 과연 우리 뜻대로 될는지 걱정이란 말일세."

이응준은 자신 있게 말했다.

"미국 대표는 일본이나 청국 관리들과는 다를 것입니다. 미국은 서양에서도 가장 민주적인 국가라서 남의 나라를 존중할 줄 아는 나라라고 알고 있습니다. 게다가 우리와는 아직 백지상태이므로 우리도 청국과 아무런 관계도 없는 자주 국가임을 강조할 필요가 있습니다. 미국은 오히려 우리가 청국의 종속국이라는 것을 달가워하지 않을 것입니다."

김홍집은 이응준의 논리 정연한 사상에 새삼 놀라며 멍하니 바라보다가 비로소 결심하며 스스로에게 다짐하듯이 말했다.

"자네 생각이 맞네. 내가 슈펠트를 설득해서라도 청룡기를 배척하고 우리 태극문 기를 조선국기로 인정해 달라고 부탁할 것이야. 일단 부딪치고 보세."

"그렇습니다. 달리 방법이 없습니다. 일단 본회담까지 국기 문제는 비밀에 부쳤다가 본회담에서 우리 국기를 사용하고, 나중에 정여창이 알고 문제를 일으키면 슈펠트로 하여금 무마하게 하는 방법도 있을 것입니다."

김홍집은 거듭 놀라는 표정으로 이응준을 바라보며 말했다.

"자네 참, 대단한 계책을 생각했네. 이로써 조선의 국기는 정해졌네."

이응준은 겸연쩍은 얼굴로 받았다.

"궁하면 통한다고 합니다. 이 판에 무슨 생각인들 못 하겠습니까?"

"그렇기는 하네 만은 참 대단한 생각을 한 것이야. 이것이 곧 이이제이以夷制夷(오랑캐로 하여금 오랑캐를 제어하게 함)가 아니겠는가!"

이응준은 너털웃음을 웃고는 받았다.

"이이제이라! 영감 말씀 듣고 보니 그도 그렇습니다."

"어찌 아니겠는가. 어서 입궐하세. 전하께서도 기뻐하실 것이야."

두 사람은 그 길로 입궐하여 임금께 이이제이의 계책을 보고하였다. 듣고 난 임금도 크게 기뻐하며 그대로 시행하라고 윤허했었다.

고종19년(1882) 4월 6일(양력 5월 22일), 조·미 수호통상조약 본회담이 제물포항에 정박한 미국 군함 스와타라호에서 열렸다. 조선 측 대표들이 먼저 입장하였고, 이어 미국 전권대관 슈펠트가 두 명의 종사관을 대동하고 입장했다. 출입문으로 들어선 슈펠트는 정면의 단상에 게양된 양국의 국기를 보고는 걸음을 멈추었다. 잠시 서서 국기를 바라보던 슈펠트가 감탄하여 말했다.

"오! 조선국 국기, 참으로 아름답습니다."

양국은 이틀 전의 제2차 예비회담에서 양국 국기를 회담장 정면의 단상에 나란히 게양하기로 합의했었다. 그날도 슈펠트는 조선국기가 없다고 실망했다. 김홍집은 국기를 제작 중이라 미처 준비를 못 했지만 본 회담에는 국기를 게양할 수 있다고 양해를 구했었다. 그러나 사실 조선국기는 이미 제작되어 있었는데, 청국 사신 정여창의 간섭을 피하기 위하여 본회담까지 연막전술을 썼던 것이다.

슈펠트는 그렇다면 자국의 국기도 탁상에 게양하지 않겠다면서, 본회담에는 대형의 양국 국기를 단상에 나란히 게양하자고 제의했었다. 신헌은 슈펠트의 제안을 받아들였고, 제2차 예비회담은 순조롭게 진행되어 본회담에 이르게 되었다.

회담 좌석으로 들어와 서로 손을 잡고 인사를 나눈 뒤에 슈펠트가 말했다.

"저렇게 아름다운 국기를 갑자기 구상하여 제작하지는 않았을 것 같은데, 이미 준비를 하고 있었던가요?"

김홍집이 받았다.

"그렇습니다. 일본과의 강화도 수호회담 때 국기의 필요성을 절감하고 우리 국왕전하의 특명으로 조선의 국호에 맞는 국기를 구상하기 시작했습니다. 그리하여 몇 번의 수정을 거쳐 마침내 조선국기를 완성하게 되었습니다."

슈펠트는 비로소 이해가 간다는 듯이 말했다.

"이제 알겠습니다. 조선국 국기를 최초로 우리 성조기와 나란히 게양하고 수호조약을 체결하게 되어 본관은 매우 기쁩니다."

신헌도 감격하여 말했다.

"본관도 기쁘고 감격스럽습니다. 앞으로 조·미 우호 관계는 더욱 발전하여 돈독할 것입니다."

조미조약에 사용된 조선국기는 2개월 뒤인 7월 19일, 미국 해군부 항해국이 제작한 『해상 국가들의 깃발: flags of maritime nations』에 실려 조선이 최초로 조미회담에서 국기를 사용했음이 밝혀졌다. 이것이 조선 개국 이래 최초로 국제회담에 사용된 조선국기였다. 이 국기가 박영효의 국기보다 2개월 먼저 사용된 이응준의 『태극기』였다.

양국 대표들은 국기에 대한 의식을 거행하고 회담에 들어갔다. 2차에 걸쳐 예비회담을 하였으므로 본회담은 조인만 하면 끝나게 되어 있었다. 양국은 영문과 한문으로 작성된 조약 문서를 서로 바꾸어 검토하고 조인함으로써 역사적인 조·미 수호통상조약은 끝났다. 이날 체결된 조약은 14항목이었다. 이로써 조선 개국 491년 만에 미국과 수교를 맺으며 서양에 문호를 개방하는 계기가 되었다.

노장의 낙향

　1882년 6월 5일, 선혜청에서 무위영 소속군사들이 난동을 일으켰다. 13개월 만에 한 달 치 급료로 쌀 한 말씩을 주는데, 그 쌀이 문내가 나도록 뜨고 등겨와 모래가 섞여 있었다. 그러한 쌀을 급료로 받은 군사들이 군관에게 항의하자, 군관이 군졸을 때리면서 군사들이 대항하며 난동이 벌어졌다. 끝내 선혜청 고지기와 말잡이 네 명을 군사들이 피투성이가 되도록 두들겨 팼다. 선혜청 낭관들이 나섰지만 감당을 못하고 도주하자 군사들은 선혜청 문짝을 부수고 건물을 파괴하는 지경에 이르렀다.

　이튿날 조정에서 난동의 주동자를 잡아가는 등 과격하게 진압하자 군사들의 난동은 끝내 군란으로 번졌다. 700여 명으로 늘어난 군사들은 훈련도감 무기고를 열고 총으로 무장하였고, 의금부로 쳐들어가 옥을 부수고 어제 잡혀간 동료 일곱 명을 구했으나

178

이미 초죽음이 된 상태였다.

성난 군사들은 훈련원으로 난입하여 신식훈련을 받던 별기군 100명을 해체하고 일본제 무라다소총 100여 정을 탈취하였다. 이에 항의하는 일본인 교관 호리모토 레이요 소위를 그 자리에서 때려죽였다.

성난 군사들이 곧바로 일본 공사관으로 몰려가자 공사 하나부사는 총을 쏘며 접근을 막으려 했으나, 조선 군사들이 무라다소총으로 대항하자 공사관에 불을 질러 비밀 서류를 태우고 뒷문으로 도주했다.

또 한패의 군사들은 영돈녕부사 이최응의 집에 난입하여 집을 때려 부수고 달아나는 이최응을 붙잡아 그 자리에서 짓밟아 죽였다. 군사들에게 지급할 세곡은 전라도에서 올라온 갓 찧은 쌀이었는데, 이최응과 경기감사 김보현의 창고를 거치며 문내가 나는 썩은 쌀로 둔갑을 했다. 대원군의 형님이며 임금의 큰아버지로 영의정을 지내며 막강한 권력으로 뇌물을 받고 재물을 탐하던 이최응의 최후였다.

이에 당황한 조정에서는 역전의 노장 신헌을 좌우포도대장에 임명하였으나 신헌은 지병이 깊어져 나갈 수 없었다. 병도 병이지만 군사들의 난동 5일 만인 6월 10일에 신헌의 둘째 아들 신정희가 어영대장에 제수되었으니 난처한 상황이기도 했다.

군란은 걷잡을 수 없이 커져서 왕비를 등에 업고 가렴주구를 일삼던 병조판서 민겸호와 경기도관찰사 김보현이 어전회의가 열리던 선정전宣政殿에서 군사들에게 끌려 나와 그 자리에서 짓밟혀 죽었다. 흥분한 군사들은 마침내 대조전으로 난입하여 민 왕비를 지밀에서 끌어내리려는 지경에 이르렀다. 그러나 민 왕비는 대조전 지밀에 없었다. 군사들은 다시 선정전으로 몰려가서 임금에게 중전을 내놓으라고 아우성쳤다.

끝내 대원군이 입궐하며 사태는 수습되었지만 엄청난 사건이 벌어진 뒤였다. 대원군은 입궐하여 중전을 찾았으나 그야말로 하늘로 솟았는지 땅속으로 꺼졌는지 흔적이 없었다. 대원군은 마침내 왕비 국상을 나라에 선포하고 조정은 국상 절차에 돌입했다.

사태가 수습되며 책임론이 거세게 일었다. 군란을 조기 진압하지 못한 훈련대장 이경하는 고금도로 유배되었고, 대궐을 지키지 못한 어영대장 신정희는 임자도로 유배되었다. 대원군은 집권 시에 신임했던 신헌을 호위대장에 제수하여 불렀으나 지병을 이유로 사임했다. 군란을 진압하지 못한 둘째 아들 어영대장 신정희가 섬으로 귀양을 갔으니 조정에 나갈 수 없는 처지이기도 했다. 대궐을 지켜야 할 어영대장이 반란군을 제압하지 못해 군사들이 범궐을 하고, 근정전 뜰 밑에서 병조판서와 경기관찰사가 반란군에 짓밟혀 죽었다. 그뿐만 아니라 군사들이 내전에 침입하여 왕비가 쥐도 새도 모르게 사라져 국장이 선포되었으니, 어영대장 신정희는 참형을 면치 못할 중죄인이었다.

대원군이 왕비의 국장을 선포하고 장례를 진행하고 있지만, 신헌은 왕비가 살아있다는 것을 알고 있었다. 실각했던 대원군이 9년 만에 실권을 잡았지만, 철천지 원수지간인 왕비가 살아있다면 조정은 다시 피바람이 몰아칠 것을 알고 있었다.

신헌은 가신 임창무를 불렀다.

"향리로 갈 것이다. 준비하여라."

임창무는 신헌의 귀향을 1년 전부터 권했었다. 하기는 병세도 그렇거니와 이제는 모든 상황이 도성에서 견딜 수 없는 지경에 이르기도 했다. 신헌은 향리인 충청북도 진천군 이월면 노원리로 낙향했다. 1882년(고종19) 6월 28일, 신헌의 나이 72세였다.

이듬해 8월 10일, 신정희는 1년여의 임자도 유배에서 방축향리放逐鄕里(삭탈관직당하고 고향으로 유배됨)되었다. 이는 임금의 배려였다. 신헌의 병세가 깊어졌지만, 장남 석희가 전라도 병마절도사로 재임 중이므로 유배 중인 차남을 방축시켜 아버지를 돌보게 했다.

병중에도 자나 깨나 차남 걱정이던 신헌은 비록 유배이긴 하지만 고향으로 돌아온 아들을 맞으며 비로소 안심했다. 낙도 유배지에서 고향으로 방축 되었다는 것은 참형은 면했다는 뜻으로 감형이었다.

정희는 부모의 간병에 정성을 다했다. 아버지보다 한 살 위인 어머니 정경부인 유 씨도 부군의 깊어지는 병세와 아들에 걱정에 자리보전하던 상태였는데, 노부부가 걱정을 덜어서 병세가 호전되고 있었다. 비로소 집안에 화기가 돌고 웃음꽃이 피었다. 이들 가족이 이렇게 한 집에 모여 살기는 30여 년만이었다.

1884년(고종21) 10월 17일, 조정에서는 갑신정변이 일어났다. 당시 조정은 5개 계파로 갈라져 권력투쟁을 하고 있었다. 급진개화파, 온건 개화파, 민 씨 수구파, 대원군 수구파 등으로 분화되어 있었는데, 급진 개화파 김옥균, 박영효, 서재필, 서광범이 청국과 결탁한 민 씨 수구파에 대항하여 일으킨 권력 정치투쟁이었다.

조정의 생태를 잘 알고 있던 신헌은 정변 소식을 듣고 좌불안석이 되었다. 신헌은 무장으로서 어디에도 속하지 않은 중도였지만, 대원군을 지지하는 온건 개화파에 뜻을 두고 있었다. 이러한 난마 같은 조정에서 임금이 축출되는 상황이 벌어진다면 나라가 망할 지경에 이를 수도 있는 상황이었다. 생각다 못한 신헌은 입궐을 결심하고 아들 정희와 가신 임창무를 불렀다.

"내가 입궐한 것이다. 채비를 서둘러라."

병세가 좀 호전되기는 했어도 장거리 이동은 무리였다. 그러나 신헌의 결심은 누구도 거스르지 못한다. 이튿날 새벽에 길을 떠나 험한 길은 말을 타고, 넓은 길은 마차를 갈아타며 밤이 깊어 정동 본가에 도착했다.

이튿날 이른 아침 신헌은 입궐하여 임금을 알현했다. 3일천하 정변이 진압되고 이튿날인 10월 20일이었다. 노장 신헌은 임금 앞에 부복하여 눈물을 흘렸다.

"전하, 옥체 무양 하심에 신은 감격하나이다. 지근에서 보필하지 못한 신을 용서치 마소서."

"고맙습니다. 먼길에 불편한 몸으로 입궐하여 과인을 위로하니 그 충심을 고맙게 받겠습니다."

"전하, 정변을 빠르게 진압하셨으니 사직을 위해서라도 다행이었나이다. 이제부터라도 간사한 무리를 내치시고 정의롭고 결기 있는 인사들을 요직에 두시어 나라를 반석 위에 올리소서. 늙고 병들어 능력이 없는 신의 간절한 소망이옵니다."

"충성스런 진언을 잊지 않겠습니다. 부디 속히 쾌차하여 과인의 곁에 있어 주기를 바랄 뿐입니다."

조정에 충신은 차고 넘친다. 병든 노장의 말을 그저 귓등으로 들으며 귀찮아할 뿐 난국의 수습이 발등의 불이었다. 노장 신헌은 쫓기듯이 대궐을 나왔다. 정동 본가에서 하루를 묵은 신헌은 진천 생가로 돌아왔다.

병든 몸으로 상경하여 임금의 안위를 확인하고 위로한 신헌의 어려운 걸음은 헛걸음이 아니라 아들 정희를 살리는 길이었다. 갑신정변이 정리된 뒤에 임오군란의 숙청이 다시 시작되었다. 죽었던 왕비가 되살아나 대원군을 중국 텐진으로 귀양보내고 다시 권력을 잡으며 군란의 주동자와 동조자들 100여 명이 이미 처형되었지만, 숙청은 계속되었다.

훈련대장으로서 훈련원 군사들을 진압하지 못한 이경하와 어영대장으로서 궐문을 지키지 못한 신정희의 논죄가 다시 시작되었다. 민 씨 척족 세력이 두 사람의 처형을 강력히 주장했지만, 원로대신 박규수와 이유원 등이 두 사람의 그동안 공적을 인정하고, 두 무장의 능력을 평가하여 처형을 반대했다. 임금은 두 대신의 건의를 받아들여 이경하와 신정희를 사면하였다. 뒤이어 11월 15일, 신정희를 우변포도대장에 제수했다.

신정희가 우변포도대장으로 임명되어 상경한 지 한 달여 뒤인 12월 10일, 당대의 무장 신헌이 졸卒하였다. 갑신정변으로 임금을 알현한 뒤 두 달 만이었다. 신헌은 임종 시에 밭은 숨을 고른 뒤에 말했다.

"창무는 내게 갑옷을 입히라."

〈임무를 다하지 못한 무장은 와석종신臥席終身을 수치로 여긴

다.〉

평소 무장 신헌의 신념이었다. 임종을 지키던 가족들과 명을
받은 임창무도 놀라 멍해졌다. 무인 임창무는 이내 알아차렸다.
별실 옷장에 걸린 갑옷을 내와서 단정하게 앉은 노장에게 입혔
다. 갑옷에 투구까지 쓴 노장 신헌은 안석에 기대앉아 조용히 숨
을 거두었다. 향년 74세였다.

제3부·광야의 별

무심한 세월

고종 30년(1893) 11월 3일, 조정에서는 좌변포도대장 신석희
申奭熙를 황해도 병마절제사에 제수했다. 신석희는 가족을 대동
하고 나흘 만에 황해도 해주 감영에 부임했다. 부인을 비롯하여
직계가족 여섯, 가신 임창무 부자까지 여덟 식구였다. 할아버지
신헌이 이름을 지어준 석희의 장남 팔균은 열한 살이었다. 아버
지 석희와 숙부 정희도 무인으로서 기골이 장대한 육척장신이지
만 이제 열한 살인 팔균도 어른 덩치보다 크고 훤칠한 소년이었
다.

팔균이 형이라 부르는 열세 살 소년이 있다. 임창무의 막내아
들 임형규다. 임오壬午년 갑진甲辰일 오시午時, 신헌의 맏손자가
태어나던 날, 가신 임창무가 신헌에게 말했었다.

"장군, 사나운 적토마 옆에 날으는 용을 두겠습니다."

경진庚辰년 갑진일 오시에 태어난 임형규와 임오년 갑진일 오
시에 태어난 신팔균. 이들은 형제처럼 닮았다. 어릴 적부터 한솥
밥을 먹으며 자랐으니 닮을 수도 있을 것이다. 신헌은 임종 시에
도 가신 임창무에게, 두 아이를 형제처럼 지도하라고 당부했었
다. 임창무는 사서삼경에도 통달하여 두 아이에게 문무文武를 겸
하여 가르친다.

황해도 해주에 온 뒤부터 임창무는 두 아이에게 본격적으로
무예를 가르치기 시작했다. 해주 감영에서 말을 타고 한 식경만
달려도 산자락에 넓은 들판이 있고, 예성강 강변이 있다. 두 소년
은 말을 잘 타고 마상무예를 즐겨 배운다. 한성에서는 마음 놓고
말을 달리고, 전념하여 무예를 배울 장소가 마땅찮다. 넓은 들판
과 확 트인 강변은 말달리기와 마상 무술 6기, 무예십팔기를 연마
하기에 좋은 장소였다.

어느 날, 열한 살 팔균이 스승에게 물었다.

"스승님, 총으로 수백 보 밖의 사람을 쏘아 죽이고, 대포로 십
리 밖의 진지를 폭파하는데, 무예이십사반이 무슨 소용입니까?"

스승 임창무가 아들 형규에게 물었다.

"너도 같은 생각이냐?"

"그렇습니다. 균이와 그런 말을 했습니다."

스승은 잠시 생각하다가 말했다.

"무예이십사반은 무인의 기본이다. 총을 쏘는 소총수도, 대포를 쏘는 포수도 무기를 다루는 무인이다. 그러나 총을 아무리 잘 쏘고 대포를 잘 쏘는 명사수라도 무예를 배우지 않으면 그저 기술이 좋은 군졸이다. 무장은 그런 군사를 지도하고 이끄는 장수다. 무예를 모르는 장수는 휘하군사를 지도하고 이끌지 못한다."

팔균이 또 물었다.

"그럼 우리도 총을 쏘고 대포를 쏘는 기술도 배워야 합니까?"

"그야 당연하지. 명사수에 완벽한 포수가 되어야 한다. 총도 여러 종류가 있지만, 대포도 크고 작은 여러 종류가 있다. 너희는 이제 그 모든 것을 배워야 한다. 그러자면 우선 무예이십사반을 완벽하게 익혀 몸과 마음을 닦아야 한다. 무예는 굳건한 정신과 올바른 사상을 닦는 수련의 과정이다."

형규는 말이 없는 성격이기도 하지만 아버지를 어려워한다. 반면에 팔균은 궁금한 것을 참지 못하고 알 때까지 캐고 묻는 집요한 성격이다.

팔균이 물었다.

"그럼 우리는 언제부터 총 쏘는 법을 배웁니까?"

"이제 신식 소총을 구입할 것이고, 육혈포라고 하는 권총도 곧 구입할 것이다. 너희는 아직 어리다. 일 년간 무예를 익힌 후에 총술을 배우게 될 것이다. 아직은 무술에 전념하도록, 알겠느냐?"

두 소년이 함께 대답했다.

"스승님, 알겠습니다."

임창무의 교육은 완벽하다. 하루는 학문을 가르치고, 이튿날은 무예를 지도한다. 겨끔내기로 두 아이가 지루하지 않게 철저하게 지도한다. 나이는 두 살 터울이지만, 뛰어난 체력과 무인의 기질은 같아서 실력은 막상막하다. 지도하는 스승이나 배우는 두 제자는 열정적이고 진취적이다.

신석희가 황해도 병마사에 부임한 지 1년이 지났다. 해이해진 병사들의 기강을 다지고 해안의 진지와 포대를 정비하는 등 나름대로 임무를 수행하지만, 중앙 조정에서는 병마사가 요구하는 제반 경비를 지원해주지 못했다. 전라도 고부군수 조병갑의 탐학에 항거한 전봉준의 영도 하에 고부 관아를 점령하는 민란이 일어나고, 북접동학교도 최시형崔時亨이 민란에 가담하며 동학란으로 발전하여 나라는 혼란에 빠졌다. 이에 따라 황해도 병마사 진영은 비상상태에 돌입했다. 그러나 병마사 신석희가 할 수 있는 일은 아무것도 없었다. 신석희는 30여 년간 아버지를 곁에서 모시던 무장 임창무와 현 사태를 논하곤 하지만 그 역시 속수무책이었다.

임창무가 신석희에게 말했다.

"장군, 지금은 모든 상황이 급속도로 변하고 있어요. 조정의 명이 없는 한 그저 조용히 지켜보는 것이 좋을 것 같습니다."

이들은 신헌과 임창무의 관계처럼 가신 관계가 아니다. 임창무는 신석희를 따라 황해도에 올 때 관계를 분명히 했었다. 임창무는 신헌으로부터 장손의 제반 교육을 책임지라는 말을 유훈으로 받은 독선생獨先生이었다.

"알고 있어요. 나라의 녹을 먹는 장수로서 그저 답답할 뿐입니다."

"난세입니다. 두 아이들이 살아갈 세상은 더 혼란한 난세가 될 것입니다. 지금부터 혼란 속에서 살아남을 방도를 가르쳐야 합니다."

"물론입니다. 아버님께서 이미 오래전에 당부하시던 말씀이 있습니다. '내가 너이고, 네가 곧 나다.' 두 아이를 하나처럼 지도해 주세요."

"여부가 있겠습니까. 이제부터 총술을 가르쳐야 합니다. 그러자면 육혈포와 신식 소총을 구입해야 합니다. 방도를 찾아보세요."

"당연하지요. 나도 알아보겠지만, 스승께서도 수소문해 보세요. 돈은 어느 때든 준비해 두겠습니다."

신석희는 임창무의 아버지에게서 무술을 배웠다. 청소년기에는 두 살 위이며 무력이 뛰어난 창무와 겨루기를 하는 등 함께 무술을 단련했었다. 하여 스승처럼 어려워한다.

이듬해 5월, 신석희와 임창무는 여러 경로를 통해서 콜트리볼버 권총 한 정과 모신나강 소총 한 정, 실탄 각각 500발씩을 구입하였다. 모신나강은 실탄을 포함하여 35원이었고, 권총은 25원이었으니 도성 변두리 농가 두 채 값이었다. 리볼버 권총은 실탄이 6발 장전되어 연속으로 쏘기 때문에 조선에서는 육혈포라고 한다. 모신나강 소총은 실탄 5발을 장전하는 탄창이 있어 5발을 연속으로 쏠 수 있다.

민간인이 총기를 소지하는 것은 불법이다. 하여 사격연습을 마을에서 할 수는 없다. 임창무는 관아에서 말을 타면 반나절 거리인 송마산 깊숙한 개활지에 사격장과 사선을 마련하고 두 소년의 사격훈련을 지도하기 시작했다.

황해도 병마사 신석희는 2년의 임기를 7개월 앞두고 경무사警務使에 제수되어 한성으로 돌아왔다. 조정은 동학란이 진압되자 4월 29일 좌우포도청을 없애고 경무청(경찰청)을 창설하여 내무아문 관할에 두고 초대 경무사에 신석희을 임명했다.

임창무와 열네 살이 된 팔균, 열여섯 살 형규는 무예 연마를 위해 해주에 남았다. 집을 한 채 사서 50대 노비 부부와 다섯 식구가 송마산 기슭에 살게 되었다. 두 소년은 나이만 소년일 뿐 이들의 체격은 이미 튼실한 장정이었다. 왕성한 체력인 이들이 총술을 익히고 무예를 연마하기에 해주 송마산 만한 장소가 없다.

을미사변

이즈음 조정은 혼란이 계속되고 있었다. 군부의 요직을 장악하고 있던 급진개혁파 김홍집 내각이 성립되었다. 총리대신이 된 김홍집은 중추원장에 어윤중, 부의장에 신기선, 학부대신에 이완용을 임명했다. 김홍집 친일내각이 성립되자 일본의 내정간섭이 더욱 심화 되고, 친러파인 왕비가 강력대항하자 일본은 민왕후를 제거할 음모를 꾸미기 시작했다.

당시 일본공사는 부임한지 37일밖에 안되는 미우라[三浦梧樓]였다. 일본 정부의 당면 과제는 러시아와 조선조정의 연결고리를 끊는 것이었다. 그러나 일본은 청일전쟁 직후 전력을 소모한 상태에서 러시아를 상대할 준비가 갖춰져 있지 않았다. 결국 러시아를 상대하지 않고 조선 문제를 처리하는 손쉬운 방법은 조선조정 반일세력의 핵심이자 러시아와의 연결고리인 왕후를 제거하는 것이었다. 동시에 이것은 향후 일본의 침략에 저항할 조선의 어떤 인물이나 집단에 대해서도 미리 쐐기를 박자는 정략이기도 했다. 또한 조선인들에게 공포심을 자아내 일본에 대한 저항 의욕을 봉쇄하려는 심리전 조치이기도 했다.

외교에 문외한인 육군중장 출신의 미우라가 떠밀리다시피 주한공사로 부임한 것은 그의 무지막지한 뚝심이었다. 작전계획을 세운 미우라는 10월 3일 공사관 밀실에서 오카모토 류노스케[岡本柳之助]: 공사관 무관 겸 조선군부 고문, 스기무라 후카시[杉村濬]: 공사관 서기, 구스노세 사치히코[楠瀬幸彦]: 포병 중좌 등이 민왕후 시해의 구체안을 확정하였다. 이들은 서울 주둔 일본군 수비대를 주력으로 조선정부의 일본인 고문, 한성신보사 사장과 기자, 영사경찰, 낭인배 등을 고루 동원하였다. 만일의 경우 사후 책임 전가를 위해 왕후와 정치적 대립 관계에 있던 대원군과 조선군 훈련대 일본군 교관을 이용하기로 하였다.

10월 8일 새벽 일단의 일본인 패거리가 대원군과 그의 아들 이재면을 납치하여 앞세우고 경복궁으로 향했다. 일본군 교관은 야간 훈련을 실시한다는 구실로 훈련교관 일본군 소좌가 지휘하는 조선군 훈련대를 경복궁에 진입시켰다. 계획이 개시된 것은 새벽 5시, 경복궁 담을 넘어간 일본인들이 일본군의 엄호하에 광화문을 열었다. 일본군에 이어 일본인들이 호위한 대원군의 가마와 훈련대가 밀려 들어갔다. 그 과정에서 총격이 벌어져 궁궐 시위대병사 8~10명과 훈련대 연대장 홍계훈이 전사했다. 일본군의 습격은 북문으로부터도 있었다. 광화문쪽에서 총성이 울리자 이미 북서쪽의 추성문, 북동쪽의 춘생문을 통과한 별도의 일본군이 북쪽의 신무문을 공격해 들어갔다.

경복궁에서는 숙위 중이던 시위대 연대장 현홍택의 지휘하에 비상 소집된 300−400명의 조선군 시위대가 저항하였으나 무기의 열세로 곧 무너졌다. 이후 왕후의 거처에서 만행이 진행되는 동안 일본군은 사방의 출입구를 봉쇄하였다. 사복 차림의 일본인이 현장을 지휘하였고, 일본군 장교 2명이 보조하였다.

건청궁 앞뒷문을 통해 일본군의 엄호하에 침입한 민간인 복장의 일본인들은 한 무리의 조선군과 함께 일본군 장교와 사병들이 경비를 서 주었다. 그들은 곧바로 왕과 왕후의 처소로 돌진하여 몇몇은 왕과 태자의 측근들을 붙잡았고, 다른 자들은 왕후의 침실로 향하였다. 이때 궁내에 있던 궁내부대신 이경직李耕稙은 서둘러 왕후에게 급보를 전하였고, 왕후와 궁녀들이 잠자리에서 뛰쳐나와 숨으려던 순간이었다. 그때 흉도들이 달려 들어오자 이경직은 왕후를 보호하기 위해 두 팔을 벌려 가로막았다. 왕후의 사진을 손에 들고 있던 흉도는 이경직의 양팔을 자르고 목을 쳤다. 다급한 왕후는 뜰 아래로 뛰쳐 나갔지만 곧 붙잡혀 쓰러졌다.

흉도들은 왕후의 가슴을 짓밟으며 일본도를 휘둘러 내려쳤다. 실수가 없도록 확실히 해치우기 위해 그들은 왕후와 용모가 비슷한 몇몇 궁녀들까지 함께 살해하였다. 그때 왕후의 여시의 醫女가 앞으로 나아가 손수건으로 왕후의 얼굴을 가려 주었다. 흉도들은 민왕후의 시신을 건청군 숲에서 불태우고 궁녀들을 비롯한 시신은 궁궐 밖으로 옮겨 처리되었다. 상황이 일단락되자 일본인들은 왕후의 침소까지 약탈하고 유유히 광화문을 빠져나갔다.

한편 일본공사관에서 초조하게 사태의 결과를 기다리던 공사 미우라는 고종의 부름에 응한 형식으로 새벽 6시에 입궐하였다. 미우라는 사태의 은폐 공작에 들어갔다. 먼저 고종을 핍박하여 즉시 새로운 내각을 조각하게 하였다. 한편으로는 왕후가 궁궐을 탈출한 것처럼 조작하고, 고종이 민왕후를 폐한다는 조칙을 내리게 하였다. 고종의 서명도 없는 날조된 조칙이었다.

이튿날 일본 공사관에서는 이 사건의 범죄자들인 훈련대를 엄벌할 것과 일본인이 가담하였다는 소문의 사실 여부를 규명해 달라는 위장된 내용의 문서를 조선조정에 보냈다. 이에 강압을 더하여 조선측 스스로가 일본의 가담을 부인하는 공문까지 확보해 두었다. 그러나 사건의 진상은 이튿날부터 서양 외교관들에 의해 폭로되었다.

외교관들은 일본군 경찰, 공사관원, 일본 낭인배 등이 왕후 시해를 자행하였음과 미우라가 이들의 사주자임을 간파하였다. 연이어 알렌 영국 영사와 웨베르 등 주한 외교관들의 보고와 뉴욕 헤럴드의 특파원 등에 의해 사건이 각국에 알려지게 되었다.

당초 일본 정부는 외교와 언론 등을 통해 일본 군민은 사건과 하등 관련이 없으며, 대원군과 조선 왕후의 정권 다툼에서 비롯된 것이라고 변명하였다. 그러나 열국 여론의 비난을 받은 일본 정부는 미우라가 사건에 연루되었음을 시인하면서 사건의 철저한 조사를 천명하였다.

친러파 민 왕후가 없어진 조정을 장악한 친일내각은 일본의 강요에 태양력(양력)을 사용한다는 조칙을 발표했다. 조선이 500년 넘게 사용하던 음력을 폐지하고 1895년 11월 17일을 1896년 1월 1일로 정하는 세력歲曆 개혁이었다. 이때부터 조선은 소위 일본 설이라는 양력설과 조선 설이라는 음력설로 혼란에 빠지게 되었다.

11월 15일, 일본의 압력을 받은 친일내각은 끝내 임금을 겁박하여 단발령斷髮令을 선포하기에 이르렀다. 조정에서 단발령을 내린 이유는 위생에 해롭고 모든 작업에 편리하기 때문이라고 했다. 조선에 단발령을 선포하도록 압력을 넣은 왜군은 궁성을 포위하고 대포를 설치하여 단발령으로 인한 백성들의 항거에 대응하는 만반의 대응을 갖추고 있었다.

임금이 일부 신료들의 강력한 반발에도 불구하고 강요에 못 이겨 단발령을 선포하자, 내부대신 유길준과 농상공부대신 정병하는 임금을 겁박하여 백성들에게 모범을 보이라며 단발을 강요했다. 마침내 임금은 탄식하며 관을 벗었고, 정병하가 임금의 머리를 단발하였다. 이어 유길준이 태자의 머리를 깎으며 조선은 왕비 시해 사건과 단발령을 계기로 곳곳에서 의병이 일어나는 등 혼란에 빠져들었다.

그날 밤부터 이틀날 아침까지 정부 각 부처의 관료들과 이속, 군인, 순검 등이 강제로 삭발을 당하였다. 16일은 아침부터 도성 사대문에 가위를 든 단발 군사를 배치하여 드나드는 백성들 머리를 강제로 자르기 시작했다.

당시 상황을 매천 황현이 『매천야록』에 썼다.

「임금이 먼저 상투를 자르고, 중외中外의 신민들에게 모두 상투 자를 것을 명했다. 이에 도성 곳곳에서 백성들 상투를 자르니, 통곡 소리가 천지를 뒤흔들었고, 저마다 분을 참지 못하였다. 도성에 와있던 시골 사람들은 멋모르고 밖에 나왔다가 잡혀서 상투를 잘리니, 그것을 주워서 주머니에 넣고 통곡을 하며 도성을 떠났다.」

왕비 시해 사건으로 격앙되었던 민심은 단발령으로 마침내 폭발하여 전국 각지에서 의병이 일어나기 시작했다. 경기도 이천에서 유생 김하락이 가장 먼저 의병을 일으켜 관군에 대항하였고, 충청도 제천의 유인석, 강릉에서 민용호, 진주에서 노응규, 안동에서 권세현 등이 단발령에 반발하며 봉기한 대표적인 의병들이었다.

조선 각지에서 의병이 일어나자, 일본은 도성에 일본헌병대를 설치했다. 이에 분노한 춘천 의병대장 이소응은 춘천 관아를 습격하여 관찰사 조인승을 처단하였고, 전주 의병대장 노응규는 진주성을 점령하였다. 이에 놀란 친일내각은 도성에서 전국으로 친위대를 파견하여 의병을 진압하는데 전력을 쏟고 있었다.

왕비 시해 사건 이후, 일본과 친일파 내각에 의해 경복궁에 감금된 고종은 독살 위험에 처할 정도로 핍박을 받고 있었다. 음식에 독을 넣었을까 겁나서 외국 선교사들이 보내준 연유 통조림과 삶은 계란으로 끼니를 이어갈 정도였다.

견디다 못한 고종은 이범진, 이재순, 이완용(당시 이완용은 친러파였다.), 미국 선교사 웨베르 알렌 등 친미 친로파들은 미국공사관의 협조를 얻고, 미국공사관으로 피신하려는 계획을 세우고 작전에 들어갔다. 이 작전에는 영국인 호리스 그랜트와 러시아 대사 카롤 이바노비치가 도움을 주는 등 다국적인 시도였다.

1895년(고종32년) 11월 28일, 춘생문을 통하여 궁궐을 나가려던 계획이었으나, 고종의 미국어 통역관이며 친위대장인 이진호 李軫鎬의 배신과 밀고로 실패하였다. 육군 참령參領이며 훈련대 대대장이던 이진호는 직접 춘생문을 열기로 약속했지만, 친일파 이던 그는 거사 하루 전에 군부대신 어윤중에게 밀고하였다.

고종의 미국공사관 피신이 실패하자 일본은 친일파 총리대신 김홍집과 외부대신 김윤식 등을 부추겨 더욱 조정을 압박하여 임금은 허수아비에 불과하여 왕비처럼 언제 시해 당할 지도 모르는 공포와 위협을 시달리고 있었다. 곁에서 보다 못한 엄 상궁은 권총을 소지한 서양인을 옆방에 두고도 마음을 놓을 수 없는 지경에 이르렀다. 민 왕후 시해 이후부터 엄 상궁은 임금의 시중을 들고 있었다.

아관파천

조선조정이 왕비 시해 사건으로 충격에 빠지고 조선 백성들의 일본 증오 감정이 극도로 악화되며 전국 각지에서 의병이 일어나는 등 혼란 하자, 러시아 공사 베베르는 공사관 보호라는 명목으로 병력 100여 명을 경성에 데려와 주둔시키며 러시아세력이 강화되었다.

나날이 신변의 위험을 느끼며 전전긍긍하던 엄 상궁은 견디다 못해 친러파인 이범진, 이완용 등과 상의하여 러시아 공관으로의 피신을 논의하기에 이르렀다. 이에 따라 엄 상궁은 고종의 명으로 러시아 공사에게 도와달라는 서신을 보내게 되었다.

―감히 중전을 시해한 무리들이 조정과 임금을 위협하고 있소이다. 일본은 국왕인 나와 태자까지 시해할 음모를 꾸미고 있소

이다. 우리가 비밀리에 러시아 공사관으로 피신할 터이니 보호해 주시기 바라는 바이오. ―

　조선조정의 서신을 받은 러시아 공사는 즉시 러시아 황제에 게 보고하였고, 황제는 이를 승인하며 해군 파병까지 승인했다. 1896년 2월 10일, 러시아 해군 함정 어드미럴 코르날호가 인천항 에 입항하여 무장 해군 130여 명이 상륙하여 경성에 들어왔다.

　2월 11일 이른 아침, 두 채의 가마가 궁월 춘생문 앞에 이르렀 다. 앞선 가마에는 엄 상궁과 궁녀 복장을 한 임금이 타고 있었 고, 뒤 가마에도 역시 상궁 복장의 여인과 궁녀복을 입은 왕태자 가 타고 있었다. 만약을 대비한 위장이었다. 앞선 가마가 궐문 앞 에 이르며 가마 창이 열리고 엄 상궁이 얼굴을 내밀어 수문장을 손짓으로 불렀다. 다가온 수문장이 엄 상궁을 알아보고 꾸벅 인 사를 하자, 엄 상궁은 수문장에게 무엇인가를 건네주었다. 두 가 마는 그대로 궁궐문을 빠져나왔다.

　엄 상궁은 나흘 전부터 가마를 타고 궁궐문을 드나들며 사가 의 부친이 위독하여 며칠 드나들어야 한다며 수문장에게 돈을 쥐 어주곤 했었다. 엄 상궁의 존재를 알고 있던 수문장은 의심하지 않고 하루 한 번씩 드나들게 했다. 그렇지만 마음을 놓을 수 없어 임금과 태자에게 궁녀 복장을 입혀 가마에 오르게 했었다.

　두 채의 가마가 궁궐 문을 나오자, 멀찍이 대기하던 말을 탄 러시아 군사들 10여 명이 호위하여 한성부 정동에 있는 러시아 공사관으로 무사히 들어갔다. 훗날 아관파천俄館播遷으로 불리는 이 사건을 조선왕조 고종실록에는 다음과 같이 기록했다.

　－고종실록 34권, 고종 33년 2월 11일 양력 1번째 기사.
1896년 대한 건양(建陽) 1년.
　　러시아 공사관으로 주필을 이어하다.
　　임금과 왕태자(王太子)는 대정동(大貞洞)의 러시아 공사관[俄國公使館]으로 주필(駐蹕)을 이어 (移御)하였고, 왕태후(王太后)와 왕태자비(王太子妃)는 경운궁(慶運宮)에 이어하였다.

　주필駐蹕은 임금이 잠시 머무르거나 묵어가는 것을 이르는 말이다.
　머무를 주駐: 머무르다, 한 곳에 체류하다, 머무르게 하다.
　길 치울 필蹕: 길 치우다, 천자·귀인의 행차 앞에서 여러 사람의 통행을 금하여 길을 치움.
　나라의 조정이 자국에 주재한 나라의 공사관으로 망명한 사건을 '주필을 이어하다'라고 했다.

　러시아 공사관에 이어한 임금은 즉시 내각 총리대신 김홍집, 외부대신 김윤식, 내부 대신 유길준, 탁지부대신 어윤중, 군부대신 조회연, 법부대신 장박, 농상공부대신 정병하 등 친일파들을 모조리 면직하였다. 이어서 특진관特進官 김병시를 내각 총리대신에, 정2품 이재순을 궁내부 대신에, 중추원의장中樞院議長 박정양을 내부대신에, 종2품 이완용을 외부대신에, 학부대신 조병직을 법부대신에, 정2품 신석희를 군부대신에 임용하고 경무사警務使를 겸임시켰다.

친일내각을 정리한 임금은 친러내각을 조성하며 왕권을 장악하였다. 이에 따라 총리대신 김홍집, 농상공부대신 정영하가 군부대신 경무청 경무사 신석희의 지휘하에 체포되었고, 유길준, 조의연은 일본헌병대에 숨어들었다. 외부대신 김윤식과 농상공부대신 정병하는 도망치다가 백성들에게 잡혀 즉석에서 맞아 죽었다. 탁지부대신 어윤중은 고향 용인으로 피신했으나 백성들에게 잡혀 살해되었다.

이어서 친러파 정부의 강력한 의병 진압 작전에 의병장 등이 전사하고, 의병들에게 점령당했던 군수와 지방관들 10여 명이 처형되었다. 이에 정부에서는 민심을 수습하는 과정으로 단발령을 철회하고 폐서인 되었던 민 왕후를 복위시켰다. 이에 따라 각지의 의병들은 스스로 해산하는 등 민심이 일단 가라앉으며 정국이 안정되었다.

러시아 공사관으로 이어한 임금은 비로소 일본의 압력에서 벗어나 군주권을 회복했다. 왕권은 회복했지만 조선 조정은 이제 러시아의 압력을 받아야 했다. 러시아 제국은 경원과 경성의 개발권과 울릉도, 압록강, 두만강의 목재 채벌권을 요구하였고, 치사하고 졸렬한 각종 이권을 요구하였다.

러시아가 조선조정에 군사고문과 재정고문을 두고 영향력을 확대하자, 일본은 러시아의 영향력이 절대적이 되는 것을 막기위해 러시아 로바노프와 일본의 야마가타는 1896년 5월 28일부터 6월 9일에 걸쳐 비밀회담을 열었다. 이 회당에서 서로가 조선에 대한 영향력을 행사할 수 있고, 서로간의 군사적으로 정립되기까지 조선을 완충지대로 둘 것을 골자로 하는 협정을 맺었다.

이러한 내용을 알게 된 조선 조정은 혼란이 일었고, 최익현을 비롯한 중신들의 상소가 올라오고, 독립협회 등이 중심이 되어 환궁 청원이 일어났다. 아관파천 이후 러시아의 내정간섭이 나날이 심해지고, 중요한 이권이 러시아를 비롯하여 외국인에게 넘어갔다. 임금에게 환궁을 재촉하던 중신들은 러시아와 일본이 협정을 맺자 환궁을 머뭇거리던 임금을 더욱 압박하였다.

거의 1년간 조선의 근위군은 러시아 군사 교관들로부터 훈련을 받아 임금과 궁궐을 방어할 호위군이 1천여 명 있었다. 실력이 갖추어졌음을 확인한 임금은 마침내 환궁을 결심하고 조선조정이 궁궐로 환궁한다는 어명을 내렸다. 이에 따라 1897년 2월 20일 임금은 1년 9일만에 경운궁으로 환궁하였다.

임금은 환궁하여 조정과 나라에 조령을 내렸다.

-고종실록 35권, 고종 34년 2월 20일 양력 3번째기사.
1897년 대한 건양(建陽) 2년

상께서 신하들과 군사들을 신칙하고 격려하는 명령을 내
리다. 조령을 내리기를,

"지난번에 거처를 옮긴 후에 덧없이 한 해가 지나게 되니
모든 법도가 무너져서 여러사람들이 우려하였다. 과인이 어
찌 밤낮으로 이것을 생각하지 않았겠는가? 실로 부득이한 형
세에서 나왔음을 신민(臣民)들이 모두 알 것이다. 이제 의정
부(議政府)의 간청에 의하여 경운궁(慶運宮)에 환궁하였으
니 중앙과 지방 신하와 백성들의 기대에 어느 정도 부응했을
것이다. 아! 내가 정사를 잘못하여 대소 신하들이 안일해져
서 오늘날과 같은 상황을 야기하고 말았다. 이제부터 모든 일
을 맡은 관리들은 한결같이 몸과 마음을 다하라. 부(府)와 부
(部)의 관리들은 자기의 직무 수행에 힘쓸 것이며 호위하는
장졸도 몸 바쳐 충성을 다하라. 비유하건대 배를 같이 타고서
건너갈 때 상앗대로 노를 젓는 것에 각각 그 힘을 써야 쉽게
건널 수 있으며 한 사람이라도 해이해지면 곧 빠지게 되는 경
우와 같은 것이다. 존망의 계기가 순식간에 나타나므로 나쁜
상황을 전환시켜 좋게 만들며 위태로운 상황을 전환시켜 편
안하게 만드는 것이 오직 이때에 달렸다. 어찌 나 혼자 밤낮
으로 걱정하고 애쓴다고 될 일이겠는가? 나의 신하들 역시 함

께 건너는 의리를 생각해서 조금도 해이해지지 말라. 짐은 많
은 말을 하지 않을 것이니 각자 힘쓸지어다."

대한제국

청일전쟁이 일본의 승전으로 끝나며 청국의 국력 상실과 일본의 승산에 따른 러시아, 프랑스, 영국, 일본을 주축으로 하는 열강의 간의 세력균형이 확대되며 조선은 존재감마저 쪼그라들었다. 이에 따라 아관파천 이후부터 조선조정 중신들 간에 강력한 자주독립에 대한 열망이 일기 시작했다. 이는 곧 국가의 개혁, 국왕을 황제로 존칭하고 국호도 바꾸어야 한다는 극단적인 개혁론이었다.

국왕을 황제로 존칭해야 한다는 논의는 1884년 갑신정변 당시 개혁파 인사들에 의해 처음으로 제기되었다. 그러나 정변이 실패하며 칭제稱帝 논의도 사라졌다. 임금에게 가장 먼저 칭제를 건의한 사람이 상하이에서 김옥균을 암살한 홍종우라는 설도 있지만 확실치는 않고, 아관파천 초기부터 국가개혁의 필요성이 강력히 대두되고 있었다.

　임금도 일찍부터 칭제에 관심을 두고 있었기에 중신들의 칭제 건의를 받아들였다. 그러나 열강의 반대를 우려하지 않을 수 없어 중신들에게 밀지를 내려 제위帝位에 오르도록 진정하는 우회적 방법을 추진하였다. 이에 1897년 5월부터 정부 관원, 각도 유생, 시전 상인과 독립협회 회원 등 각계각층의 잇달은 칭제 요청이 조정에 밀려들었다.

　마침내 정부 주도하에 국가개혁 준비가 착실히 진행도기에 이르렀다. 8월 1일부터 연호가 광무光武로 정해지고, 황제 즉위식을 거행할 원구단圓丘壇공사가 시작되었다. 이어 의정대신(영의정) 심순택, 특진관 조병세 등에 의해 즉위식 일자가 1897년 10월 12일로 결정되었다. 따라서 국호國號에 관한 논의가 있었다.

　의정대신 심순택이 아뢰었다.

　"우리나라는 기자箕子의 옛날에 봉封해진 조선朝鮮이란 국호를 그대로 칭호로 삼았는데 애당초 합당한 것이 아니었습니다. 지금 나라는 오래되었으나 천명이 새로워졌으니 국호를 정하되 응당 전칙典則에 부합해야 합니다."

　이에 임금이 말했다.

　"우리나라는 곧 삼한의 땅인데, 국초에 천명을 받고 하나의 나라로 통합되었다. 지금 국호를 대한이라고 정한다고 해서 안 될 것이 없다. 또한 매번 각국의 문자를 보면 조선이라고 하지 않고 한이라고 하였다. 이는 아마 미리 징표를 보이고 오늘이 있기를 기다린 것이니, 세상에 공표하지 않아도 세상이 모두 다 대한이라는 칭호를 알고 있을 것이다."

심순택이 아뢰었다.

"삼국시대 이후부터 국호는 예전 것을 답습한 경우가 아직 없었습니다. 그런데 조선은 바로 기자가 옛날에 봉해졌을 때의 칭호이니, 당당한 황제의 나라로서 그 칭호를 그대로 쓰는 것은 옳지 않습니다. 또한 '대한'이라는 칭호는 황제의 계통을 이은 나라들을 상고해 보건대 옛것을 답습한 것이 아닙니다. 성상의 분부가 매우 지당하니, 감히 보탤 말이 없습니다."

임금이 중신들에게 일렀다.

"국호가 이미 정해졌으니, 원구단에 행할 고유제의 제문과 반조문에 모두 대한으로 쓰도록 하라."

정식 국호는 『대한제국大韓帝國』으로, 대한은 삼한三韓(진한 마한 변한)을 일컫는 다른 말로써 한반도 전역을 이르는 말이다. 기원전 8세기 주나라 선왕의 명을 받아 추와 맥을 복속해 북국을 다스렸다는 군주가 한韓 씨라는 기록이 있으며 이후 준왕이 위만에게 왕위를 뺏긴 후 건마국의 군주가 될 때 한왕韓王을 자처한 국호의 유래가 있다. 고종은 이 한을 정식 국호로 정한 것이다. 중신들도 한韓이 기존 국호였던 조선의 아침 조朝와 같은 변을 공유하고 있다는 이유를 들면서 『대한제국大韓帝國』 국호를 지지했다.

1897년 10월 12일, 새로 축조한 원구단에서 대한제국 황제 즉위식이 열렸다. 임금이 제단에 올라 먼저 천지에 고하는 제사를 지냈다. 왕태자가 배참陪參하였다.

　　고유제가 끝나자 영의정 심순택이 백관百官을 거느리고 아뢰었다.

　　"고유제를 올렸으니 황제의 자리에 오르소서."

　　중신의 부축을 받으며 단壇에 올라 금으로 장식한 용상에 앉았다. 심순택이 나아가 황제의 색인 황색 곤룡포, 12장문의 곤면을 황제께 입혀드리고 씌워드렸다. 이어 옥새를 올리니 황제가 두세 번 사양하다가 마지못해 받으며 황제의 자리에 올랐다. 이어 시해당한 민 왕후를 황후皇后로 책봉하고, 왕태자를 황태자皇太子로 책봉하였다.

　　심순택이 백관을 거느리고 국궁鞠躬하였다. 이어 삼무도三舞蹈, 삼고두三叩頭, 산호만세山呼萬歲를 삼창三唱하였다. 이어서 1883년(고종20년) 1월 27일, 「조선국기」로 나라에 선포하였던 태극문 국기를 「태극기」로 명명하여 『대한제국』국기로 선포하였다.

　　황제국으로 칭제稱帝하며 국호를 '대한제국'으로 선포한 황제와 조정은 세계 열강들, 특히 일본과 러시아의 반대를 의식했다.

그러나 의외로 러시아와 프랑스는 국가 원수가 직접 대한제국과 칭제를 승인하였고, 미국과 영국, 독일은 정부에서는 간접으로 승인하는 의사표시를 하였다.

조정을 안정시킨 황제는 11월 12일 시해당한 민 황후를 '명성황후'로 추증하고 미루었던 국장國葬을 치르었다. 이어 조정은 청나라 사대주의 사상의 상징인 영은문을 허물고 그 자리에 '독립문' 건립을 추진하여 11월 20일에 왕공하였다.

대한제국이 수립되며 정부와 사회는 급속도로 근대화가 추진됐다. 정부 기관과 제도를 개편하여 13도를 골자로 하는 지방행정도 개편되었다. 오늘날 대부분의 도와 시군의 구역과 명칭이 이때 조정되었다. 대원군의 쇄국정책으로 외치外治를 거부하던 대한제국은 외국인들 특히 기업인과 상인들의 호기심 대상이었다.

외국자본에 대하여 각종 부설권과 광산개발권을 주고 세금을 부여하였고 도로망과 그에 따른 기간시설을 구축하고 상공업을 진흥시켜 이전에 비하여 세수를 크게 늘리는 제도를 취하였다. 경작지에만 국한되던 토지측량을 임야와 해안 등 모든 국토에 대해 실시하여 종래의 토지 결수를 늘리고 집세를 부과하는 등 일대 개혁을 시도했다. 그러나 전문 관료가 있을 턱이 없고 갑작스런 변화에 흐응하는 백성들도 시큰둥하여 당장은 뚜렷한 진전은 없었다.

하지만 복식도 제도는 크게 변화하여 1895년에 일본이 시행했던 1차 단발령은 실패한 반면, 대한제국이 시행한 단발령은 많은 사람들이 자발적으로 행하였고, 중앙정부 관료들만 입던 서양식 복식도 지방관과 대중들에게 확대되기 시작했다. 시대를 깨우치는 백성들이 한성으로 모여들며 자연스레 상권이 형성되고 따라서 많은 서양 문물이 전파되었다.

그에따라 한반도를 둘러싼 러시아와 일본의 대립과 군사력은 점차 위협적이었고 그만큼 변화도 빨랐다. 광무개혁 이전에 방문했던 외국인 기자와 선교사들까지 변화되는 조선의 정세와 사회상에 따라 전혀 다른 모습으로 급진적으로 변해가고 있었다.

식생활에서도 서양 문화가 많이 흘러들어 도성 곳곳에 경양식 식당들이 개업을 했다. 밥과 된장국, 짠지를 주식으로 먹던 도성 국민들도 서양 요리를 먹기 시작했다. 고종 황제는 아예 궁전 내부에 카페를 만들어서 커피, 홍차, 디저트를 즐겨먹었고 수라상에도 사이다, 커피, 홍차, 파스타, 스테이크, 돈까스 같은 서양 요리들이 차려지기 시작했다.

이때 일어난 사건이 이른바 1898년에 일어난 '김홍륙 독다사건毒茶事件'이다. 김홍륙은 러시아어 통역관이었는데, 아관파천 때 고종의 총애를 받았다. 그 후 김홍륙이 러시아의 세력을 믿고 정권을 농락하려다가 발각되어 흑산도로 유배당하였다가 풀려났다. 이에 원한을 품고 있다가 고종 황제의 생일에 전선사典膳司: 궁내부에 딸린 궁궐의 음식, 잔치에 관한 일을 하던 관아) 주사 主事 공홍식에게 아편을 주어 고종과 태자가 마시는 커피에 넣게 했다.

공홍식은 은전銀錢 1,000원을 주겠다는 조건으로 김종화를 꾀어 왕이 마시는 커피에 아편을 넣어 바치게 했다. 황제는 냄새가 이상해서 마시지 않았고, 황태자는 마시다가 토하고 쓰러졌다. 이 사건으로 김홍륙, 공홍식, 김종화는 사형을 당하였다.

황태자는 아편을 탄 커피를 마시고 죽지는 않지만 성기능을 상실하여 황손을 낳지 못하게 되는 엄청난 사건이었다.

2대 무장의 낙향

경무사 신석희가 평복으로 시종도 없이 황해도 해주 송마산 기슭에 있는 임창무를 찾아왔다. 도성에서 해주까지는 말을 타고 달리면 하루 거리다. 임창무가 놀라 물었다.

"장군, 기별도 없이 어인 행차십니까?"

신석희는 허허로이 웃으며 대답했다.

"내가 못 올 데를 왔습니까? 두 아이가 보고 싶기도 하고, 스승과 나눌 이야기도 있어서 왔습니다."

"잘 오셨습니다. 실은 나도 드리고 싶은 말씀이 많습니다."

"허허허…, 내 그럴 줄 알고 왔습니다."

두 소년이 어른께 큰절을 올렸다.

"그래, 그동안 많이들 자랐구나. 이제 장정이 되었어."

신석희가 도성으로 올라간 지 3년 만이었다. 팔균이 열일곱,

형규가 열아홉 살이었으니 장정이다. 팔균은 아버지보다 체격이 더 장대하다. 자랄수록 할아버지 신헌의 풍채를 닮아간다. 신헌은 열일곱 살에 벼슬길에 올랐었다.

두 사람은 열이레 휘영청 밝은 달빛 아래 놓인 평상에 술상을 마주하고 앉았다. 봄이 무르익는 산기슭의 밤은 고즈넉하고 쾌적하다. 두견새가 가끔 피를 토하듯이 울어 봄밤의 정취를 돋운다. 술잔을 기울인 석희가 말했다.

"두 아이는 어떻습니까?"

"이제 내가 가르칠 것은 없어요. 권총으로 150보 밖의 과녁을 명중하고, 소총으로 300보 밖의 과녁을 명중합니다. 무예도 나를 능가한 지 오래전입니다. 사서삼경을 통달하고, 고금 병서에 능통합니다. 게다가 힘이 천하장사랍니다."

"허허허…, 스승께서 너무 과찬하시는 건 아닌지요?"

"차라리 과찬이었으면 좋겠다는 생각이 듭니다. 혈기가 너무 왕성하여 만용이 되지 않을까 걱정이 되기도 합니다."

"왕성한 혈기에서 오는 만용을 스스로 가다듬는 것이 무도武道지요. 무예가 아무리 출중해도 무도를 모르면 시정잡배의 잡술에 불과합니다."

"무도는 무예의 기본입니다. 두 아이는 그것도 넘어섰습니다. 내 염려는 시기입니다. 일이 년의 시기가 지나면 몸도 마음도 여

물겠지요. 두 아이도 스스로 알고 있습니다. 넘치는 혈기를 진검 대련으로 다스립니다. 두 아이 대련을 보면 그야말로 용호상박입니다. 나는 이미 저들의 상대가 되지 못합니다."

두 사람은 눈을 마주치며 술잔을 비웠다. 노련한 두 무인의 눈빛에 믿음이 가득하다. 신석희 67세, 임창무 69세다. 두 사람은 참 묘한 관계로 어려서부터 무술을 배우며 함께 자랐다. 이들의 두 아들도 그렇다. 형제도 아니고 주종도 아닌 관계. 무예와 믿음이 아니면 있을 수 없는 관계. 이들 두 집안은 4대로 이어지며 그렇게 살고 있다.

석희가 허허롭게 말했다.

"참 오랜 세월을 우리는 함께 살며 늙어갑니다. 스승이 있어 내가 몸도 마음도 편하게 살았습니다. 부모님 걱정, 자식 걱정 안 하고 살았으니까요. 고마울 따름입니다."

"내가 고맙지요. 어쭙잖은 재주로 댁에 얹혀 그저 흐르는 물처럼 살았어요."

"아닙니다. 스승께서는 우리 집안 울타리였습니다."

"과찬이십니다. 조정이 어지러운데, 바람이나 쐬러 오신 것은 아니겠지요?"

"스승께선 짐작하고 있으리라 믿습니다. 내가 이제 어찌 처신하면 좋겠습니까?"

친일내각 청산에 경무청 경무사 신석희 지휘로 총리대신 김홍집과 농상공부대신 정영하를 체포하여 처형하는 등 깊이 관여한 그의 입지는 묘하게도 점점 좁아지고 있어 처신이 어려운 지경에 이르고 있었다.

임창무는 기울어지는 달을 쳐다보며 대답했다.

"우리는 이미 저 달처럼 기울어지고 있습니다. 오백 년 역사의 나라도 저렇게 기울어집니다. 이제는 한두 사람의 능력으로 바로 세울 수 없는 나라가 되고 있습니다."

"알고 있습니다. 이제 저 두 아이들 시대가 되겠지요. 스승을 믿겠습니다."

"이태 후에 팔균이 성인이 될 때까지 힘에 버겁겠지만 곁에서 지도하겠습니다."

석희는 오래 묵힌 술잔을 비우고 말했다.

"두견이가 참 극성스레 울고 있군요. 억울하게 죽은 관운장의 혼이라지요?"

"천하의 무장 관우가 자기 죽음이 억울하다고 저리 피나게 울지는 않겠지요. 억울하게 죽은 아낙의 혼이라고도 합니다. 두견이가 휘영청 밝은 달밤에 저리 우는 것은 기울어지는 달이 안타까워 우는 것일 겝니다. 두견이는 그믐께 어두운 밤에는 울지 않습니다. 판서 대감께서도 기울어지는 달이 서러워 울다 가셨잖아요."

판서 대감 신정희. 정희는 신헌의 차남이며 석희 아우다. 일찍이 형조판서를 지내고, 고종 32년 김홍집 친일내각이 성립되며 한성부윤으로 임명되었다. 뒤이어 일본 낭인들에 의해 왕비가 시해되고 조정이 혼란에 빠지자, 통곡을 하다가 기가 넘어가 죽었다. 3년 전, 그의 나이 62세였다. 정희는 친일내각 구성원이었고, 석희는 친일내각을 해체한 경무청 경무사였으니 두 형제는 참 묘한 관계였다.

석희는 자작으로 술을 따라 마시고 말했다.

"나도 그때 낙향했어야 했는데, 어쩌다 여기까지 왔습니다."

"그때는 그럴 수 없었지요. 선친의 가르침으로 잘 참으셨습니다. 지금이 적절한 시기라고 생각됩니다."

석희의 선친 신헌. '무장은 정치에 가담해서는 아니 된다. 오직 나라를 지키는 것이 본분이다.' 장남 석희도 선친의 신념에 따를 것이다.

이튿날 부윰하게 동이 트는 새벽, 팔균이 아버지 말 등에 안장을 앉혔다. 말을 탄 신석희가 임청무 손을 잡고 말없이 흔들었다. 마주 보는 두 사람 눈에 믿음이 가득하다. 이어 아들의 손을 잡았다. 다른 손으로 형규의 손을 잡아 흔들다가 두 청년의 손을 모아 서로 잡게 했다.

"내가 너이고, 네가 곧 나다. 벗이란 두 몸에 깃든 한 영혼이다. 할아버지 말씀 명심하거라."

두 청년이 동시에 대답했다.

"명심하겠습니다."

사립문을 나선 신석희는 가차 없이 말 배를 찼다. 말은 동이 트는 남쪽을 향하여 쏜살같이 달렸다.

신석희가 해주에 다녀오고 석 달이 지난 8월 10일, 경무사 신석희는 모든 직무를 사직하는 상소를 올리고 낙향했다. 갑옷에 투구를 쓴 채 꼿꼿이 앉아 운명하는 아버지 임종을 지켜보았던 충청도 진천군 이월면 노원리 논실마을 고향 집이었다.

1900년 10월 14일, 신팔균과 임형규는 대한제국 육군무관학교 제2기생으로 입학하였다. 정원이 200명이었는데, 1,700여 명이 지원하여 치열한 경쟁으로 입학시험이 이루어졌다. 형규는 신분상의 불리함이 있었으나 뛰어난 무예 실력으로 무난히 합격하였다. 팔균이 19세, 형규가 21세였다. 임창무는 두 제자와 함께 지난 8월에 해주에서 한성 정동으로 이사를 했었다. 판부사 신헌이 살던 집으로 팔균이 태어난 집이기도 하다.

두 청년이 무관학교에 입학하고 한 달여가 지난 뒤였다. 임창무는 저녁 식사가 끝난 뒤에 두 제자와 마주 앉았다. 스승이 무겁게 입을 열었다.

"우리는 오랜 세월을 함께 살았다. 그러나 너희는 이제 성인으로서 함께 살 수 없다. 나 또한 더이상 너희를 가르치고 지도할 능력이 없다. 하여 형규와 나는 내일 분가를 할 것이다. 너희는 학교에서 매일 만날 수 있지만 균이는 이제 나를 볼 수 없을 것이다. 할아버님 말씀 기억하고 있느냐?"

형규는 머리를 들었다가 숙이고, 팔균이 대답했다.

"내가 너이고, 네가 곧 나다! 어찌 잊겠습니까?"

"형규가 말해보아라. 무슨 뜻이냐?"

"둘이 서로 한 몸이라는 뜻입니다."

"그렇다. 너희는 둘이지만 하나다. 너희는 한날한시에 나지는 않았지만, 운명이 서로 같다. 세상에서 가장 친한 벗이다. 벗은 부모 다음으로 중하고, 형제보다 더 믿음직하다. 형제간에는 반목하지만 벗은 반목하지 않는다. 부모는 평생을 함께 살 수 없지만, 벗은 죽는 날까지 함께 살 수 있다. 세상은 날이 갈수록 험악해질 것이다. 너희가 지금까지 배운 것, 앞으로 무관학교에서 배울 모든 재능을 나라를 지키기에 써야 할 것이다. 나는 너희 둘을 믿는다."

팔균이 이윽히 스승을 마주 보며 말했다.

"스승님, 이런 날이 올 줄 알았습니다. 스승님 말씀 그 은혜 잊지 않겠습니다. 형규가 늘 곁에 있다면 저의 능력은 배가하고, 제가 옆에 있으면 형규 능력이 배가합니다. 저희를 믿으십시오."

형규가 늠름하게 말했다.

"스승님, 팔균의 말이 제 말입니다. 어찌 다르겠습니까. 나라를 지키기에 목숨을 바치겠습니다."

형규에게 임창무는 열 살이 넘으면서부터 아버지가 아니라 스승이었다. 그동안 아버지라고 부른 적이 없었다. 이들이 부자지간이었다면, 팔균이 끼어들 자리가 되지 못했을 것이다.

"목숨은 중하다. 함부로 버리는 것이 아니다. 반드시 죽어야 할 자리에서 죽어야 한다. 그게 바로 무인의 처신이다. 처신이 바르지 못하면 죽어야 할 자리에서 죽지 못한다. 마지막 가르침이다. 명심하여라."

두 제자는 일어서서 스승께 절을 올렸다. 이튿날부터 두 제자는 스승을 다시는 보지 못했다.

이듬해 1901년 1월 5일, 임창무가 충청도 진천에 있는 신석희를 찾아왔다. 두 사람의 만남은 이태가 넘었다. 반가운 수인사를 나누고 임창무가 농 삼아 말했다.

"장군, 신수가 훤해지셨습니다. 고향 물이 좋긴 좋은 모양입니다."

"허허허…, 어찌 아니겠습니까. 눈으로 보지 않고 듣지 않으니 몸은 편하지만, 마음은 늘 개운치 않습니다."

임창무는 근엄한 표정으로 잠시 신석희를 보다가 대답했다.

"장군이 처신할 행동반경은 너무 좁았습니다. 정파에 가담하지 않으면 무능한 장수로 인식되어 움직일 수 없게 됩니다. 지금 조선은 복마전입니다. 게다가 서양과 동양의 각축장이 되고 있습니다."

석희도 정색을 하고 받았다.

"그냥 해본 말입니다. 무관학교가 설립되고, 포병대를 비롯하여 신식 군대가 속속 창설되고 있으니, 나는 이미 구식 장수로서 설 자리가 없다는 것도 알고 있습니다."

"하도 답답하여 나도 그저 해본 말입니다."

"아이들 곁을 떠나셨다고 들었습니다. 이제 그럴 시기가 되기는 했지만, 아비의 입장으로 아직 덜 여물지나 않았는지 의문이 듭니다."

"허허허…, 잘 여물었으니 걱정마세요. 무관학교에서 신식 군사교육을 받으면 완벽한 무인으로 거듭날 것입니다."

"무관학교 설립은 참 잘한 일입니다. 늦었지만 이제부터라도 이렇듯이 차근차근 이루어나가면 희망이 보입니다."

"그렇지요. 이렇게 십 년만 버티어 나가면 부국은 아니더라도 강병의 기초는 닦일 것으로 보입니다."

"스승이 그렇게 보신다면 그렇게 될 겁니다. 지난 양력 설날 팔균이가 무관학교 정복을 입고 왔었습니다. 외국 군사들 복장을 보고 늘 부러워했었는데. 이제 우리 군사도 그런 복장을 입으니 이미 강군이 되는 듯싶었습니다."

"그렇습니다. 좋은 현상입니다."

"아이들 둘이 당당하게 입학하였으니, 이 모두가 스승님 가르침이었습니다. 비로소 고맙다는 말씀을 드립니다."

"그 치하 고맙게 받아들이겠습니다."

석희는 흐뭇한 얼굴로 말했다.

"겸손의 말씀이십니다. 스승께서 나를 찾아오신 뜻이 있을 줄 압니다."

"알고 계시니 말씀드리기 수월하군요. 이제 몸도 마음도 편하게 조선 팔도를 돌아볼 생각입니다. 몸이 따라준다면 만주 대륙까지 섭렵하고 싶습니다."

"원대한 계획이십니다. 조선팔도는 좁습니다. 옛 고구려 광활한 영토에서 우리 젊은이들 꿈이 펼쳐졌으면 좋겠습니다. 주유천하는 아닌 듯싶어 드린 말씀입니다."

"허허허…, 주유천하라! 내가 그런 팔자가 못 된다는 것을 장군은 아시잖아요. 간도와 만주 대륙의 지리를 좀 알아보고 싶습니다."

"대륙의 산천은 험합니다. 풍습도 말도 다르고, 스승 연세로 가능하시겠습니까?"

"만주지방 말을 대충 알아듣고 소통도 가능합니다. 체력이 따라줄 때까지만 해야지요. 선친께서는 우리 세대는 만주에서 펼쳐질 것이라고 예언하셨습니다. 한데, 우리 세대는 이미 이렇게 저

물었습니다.”

석희는 눈을 가늘게 뜨고 듣다가 받았다.

“나도 가르치심을 명심하고 있습니다. 좋은 성과 있으시기를 바랍니다.”

다과상의 차가 싸느랗게 식었다. 신석희는 나이가 들면서 술을 먹지 못한다. 주인은 하인을 불러 따뜻한 차를 시켰다. 방문이 열리자 마당에 노란 달빛이 가득하다. 문을 활짝 열어놓고 차를 한 모금 마신 석희가 감격에 들뜬 목소리로 말했다.

“달빛이 휘황합니다. 겨울 달밤은 명징하게 맑아서 좋습니다.”

“그렇지요. 오늘이 섣달 보름입니다. 갑갑한데 바람을 좀 쐬실까요?”

“좋지요. 나가십시다.”

두 사람은 마당으로 나섰다. 구름 한 점 없이 맑은 중천에 걸린 샛노란 보름달이 눈부시다. 하인 둘이 마당에 나와 읍을 하고 서 있다. 주인 대감이 말했다.

“대문을 열어라. 들길을 잠시 걸을 것이다.”

네 사람이 대문을 나섰다. 겨울밤이지만 바람이 없어 아늑하다. 이번 겨울은 눈이 별로 내리지 않아 들판이 거뭇거뭇 드러나 있다. 들길을 걷던 두 사람이 멈추어 섰다. 임창무가 너른 들판을 둘러보며 말했다.

“고즈넉하게 아름다운 밤입니다. 북방의 겨울밤과는 또 다른 정취군요."

"그렇습니다. 나도 변방에서 젊은 날들을 보냈지만 삭막하지요. 이곳 진천은 아무리 추운 겨울이라도 느낌이 아늑합니다. 스승, 휘영청 밝은 달빛 아래 우리 마상 대결 한번 벌여볼까요? 이런 달빛 아래서 우리 참 많이 대결했었지요."

임창무는 달을 쳐다보며 받았다.

"허허허…, 마상 대결이라! 나는 얼마 전까지도 아이들과 했었지만, 장군께서는 참 오래전이었군요. 한데, 괜찮으시겠습니까?"

"물론이지요. 진검이 아니라 목검으로 합시다. 스승께서 이제 가시면 나를 보러 또 오시겠습니까?"

"그는 그렇습니다. 우리 수련 시절로 돌아가서 몇 합만 겨루어보십시다."

"좋습니다. 이리 오너라."

멀찍이 있던 두 하인이 달려왔다.

"말에 안장을 얹어 내오고, 목검과 목창을 가져오거라."

두 사람이 말없이 걸을 때, 하인 둘이 말을 끌고, 하나가 목검과 목창을 안고 나왔다. 길 아래 넓은 논배미로 내려와서 말안장을 점검하고 두 사람이 말에 올랐다. 멀지 않은 여염집에서 개들이 짖기 시작했다. 고즈넉한 달빛 속으로 개들의 짖음이 녹아들었다.

마상의 두 무인이 우선 목검을 잡았다. 석희의 말이 흰 입김을 내뿜으며 거칠게 '히히히—잉!' 울었다. 마주 서서 목검으로 서로 맞대며 대결 예를 하고 멀찍이 떨어지며 빙글빙글 돌았다. 말 배를 차며 달려와 검을 휘두른다. '딱, 뚝, 딱…' 찌르고 막고 후려치고…. 검술은 막상막하지만 말이 따르지 못한다.

임창무의 말은 마상 검술에 길이 들었지만, 석희의 말은 아니다. 고삐를 죄고 풀며 거칠게 다루자, 한 합을 겨루기도 전에 석희의 말이 날뛰기 시작했다. 기마술에 노련한 석희가 고삐를 잡아 조이지만 말은 미친 듯이 날뛰었다.

놀란 임창무가 달려가 말고삐를 잡는 순간, 말이 펄쩍 뛰며 엉덩이를 공중으로 퉁기자 석희가 말 등에서 솟구치며 나가떨어졌다. 임창무가 말에서 뛰어내려 모로 쓰러진 석희를 안아 일으켰다. 말은 사납게 겅둥겅둥 뛰다가 논배미 저쪽으로 뛰어 달아났고, 하인들이 달려왔다. 달빛에서도 석희의 낯빛이 백지장이다. 덩치가 듬직한 하인이 등을 들이대지만 육척장신인 주인 대감을 업을 수 없다. 임창무가 업고 뛰었다. 보름달이 중천에 떠오른 술시戌時였다.

석희는 안채 안방에 눕혀지고 집안은 발칵 뒤집혔다. 대갓집에서 양력설을 쇠지는 않지만, 정초라서 딸과 사위 등 집안사람들이 와있었다. 마침내 눈을 뜨고 둘러보던 석희가 손짓으로 임창무를 불렀다. 그가 무릎걸음으로 다가가서 상체를 일으켜 자기 무릎에 기대 앉혔다. 고통으로 얼굴이 일그러졌다. 허리가 부러지고 다리가 부러졌음이 분명하다. 눕히려고 하자, 오른손으로 임창무 왼손을 잡았다.

눈을 힘겹게 뜨고 입술을 떨며 가늘게 말했다.

"스승, 우리는 벗입니다. 벗의 무릎을 베고 죽을 수 있어 다행입니다."

맥없이 떨어지는 손을 부인이 잡았다. 눈이 가늘게 떠지다 감기며 숨이 멎었다. 아버지 신헌이 갑옷 투구를 쓰고 앉아서 운명한 그 자리, 향년 70세였다.

임창무는 무릎을 베고 숨을 거둔 벗의 머리를 들어 바로 눕히고 일어섰다. 비틀거리며 일어나 벽을 짚고 서 있다가 가족들의 통곡 소리를 뒤로 방을 나왔다. 사랑채로 나와 방으로 들어갔다. 싸느랗게 식은 다과상이 그대로 있었다. 벽에 걸린 괘나리 봇짐을 들고 마구간으로 가서 안장이 얹어진 말을 끌어내 훌쩍 올라타고 사납게 말 배를 찼다. 말은 쏜살같이 휘황한 달빛 속으로 사라졌다.

호국의 간성

    육군무관학교의 교육과정은 기초 군사훈련·전술학·군제학·병기학·축성학·지형학·위생학·외국어학 등으로 교수와 교관은 영·위관급으로 70여 명이었다. 외국인 교수로는 러시아, 미국, 이탈리아, 프랑스 등의 언어와 군사교육 교수들이 있었다. 교육기간은 2년으로 원수부 특별시험에 합격해야 종6품 참위參尉(소위)로 임관된다.

    1902년(광무6) 9월 20일, 신팔균과 임형규는 육군무관학교 보병과를 우수한 성적으로 졸업하고 참위로 임관하였다. 신팔균 참위는 황제를 시위하는 시위대 제3대대 소대장으로 배속되었지만, 임형규 참위는 평안도 강계의 진위대에 배속되었다. 어려서부터 형제처럼 같이 자란 두 사람은 이로써 헤어지게 되었다. 이 무렵부터 대한제국은 일제의 간섭이 점차 노골화되며 전국 각지에서 의병이 일어나는 등 혼란에 빠져들고 있었다.

1905년 2월 22일, 일본 정부는 마침내 독도를 강탈하여 다케시마(죽도)라고 이름을 붙여 시마네현에 편입시켜 일본과 조선 조야에 선포하였다. 조선국토를 강탈한 일본에 분노한 조선 백성들은 각지에서 의병이 일어나며 주재 헌병대를 습격하였다. 유생 대표 김동필, 김석항, 조세환 등 26명은 연명으로 탄원서를 작성하여 각국 공사관에 보내 독도강탈 일제 정책의 시정을 요청하는 등 일제에 저항하였다.

조선 강토를 식민지화시키면 저절로 일본 영토가 될 독도를 왜 구태여 다케시마라는 명칭으로 시마네현에 편입시켰을까? 그렇다면 대한민국이 독립되었으니 독도는 당연히 대한민국 영토다. 일본이 오늘날까지 독도를 자국 영토라고 우기는 것은 1905년 2월 22일의 역사적 기록으로 그 근본이 없어진다. 강탈하여 강제 편입시켰다는 기록이 있으니까 당연히 그렇다.

1905년 4월 25일이었다. 신팔균이 퇴근하여 집에 와보니, 강계 진위대에 근무하던 임형규 참위가 와있었다. 두 사람의 만남은 3년 만이었다. 반갑게 인사를 나눈 팔균이 물었다.

"어떻게 온 거야. 내가 보고 싶어 온 것은 아닐 터이고….."

형규는 민간인 복장이었지만 장교의 틀이 몸에 밴 표정이며 몸짓이었다. 형규는 그저 싱긋 웃고는 대답했다.

"좀 섭한 말이네. 난 사실 눈이 짓무르도록 보고 싶었는데…."

팔균이 정색을 하고 받았다.

"난들 아니겠어? 그래, 북방의 민심은 어때?"

"이건 나라도 아니다. 군량도 군복도 제때 나오지 않아 군대가 굶주린다. 반란이 일어날 조짐도 있어. 군복을 벗어 던지고 의병에 가담하는 병사도 있다. 사실 나도 그러고 싶은 심정이야."

저녁상이 나왔다. 두 젊은이는 오랜만에 마주 앉아 저녁을 먹었다. 팔균은 출퇴근을 하지만, 형규는 진위대 관사에 있다. 음식이 제대로 나올 턱이 없어 큰 몸집이 많이 야위어 있었다. 저녁상을 물리고 형규가 말했다.

"잘 먹었네. 오랜만에 밥 다운 밥을 먹었다. 변방 군부대의 급식은 말이 아니다. 이런 상태로는 군대가 유지될 수 없어."

"그런 정도야?"

"그래서 내가 온 거야. 군복 벗어 던져야겠다."

팔균은 형규를 물끄러미 바라보았다. 잘생긴 얼굴에 하관이 강파르게 야위었다. 하지만 눈빛은 울분으로 형형하다. 두 젊은이는 서로 눈빛만 보아도 그 심정을 감지한다.

"말리지 않겠어. 헐벗고 굶주리는 군대는 이미 군대가 아니다. 대한제국 군대는 이제 일제에 저항할 수 없게 돼버렸어."

"알고 있다. 의병을 일으켜 일제의 만행에 맞서 싸울 것이야.

참을 수가 없다."

"의병? 경향 각지에서 일어나고 있지만, 신무기로 무장한 일본군을 당할 수 없어. 일단 군복을 벗고 생각해 보자."

형규는 부릅뜬 눈으로 팔균을 보다가 말했다.

"너는 아직 아니다. 선대의 후광이 아직은 강해. 견디는 데까지 견뎌야 한다."

"나는 아직 아니라는 거 알고 있어. 이 혼란한 상황이 오래 가지 않는다. 형이 옆에서 나를 지켜줘."

두 젊은이는 서로 손을 움켜잡았다. 눈에서 불꽃이 튈 듯이 번쩍였다.

1909년(순종: 융희3) 6월 14일, 부통감 소네 아라스케[曾禰荒助]가 제2대 통감에 임명되었다. 소네는 취임하자마자 경성 감옥에 수감 되었던 의병장 13명을 처형했다. 이로써 경성 감옥에서 순국한 의병장이 1년간 30명이었다.

이에 분노한 전북지역 의병장 전해산이 의병 130여 명을 이끌고 나주에서 왜군 200여 명과 교전이 벌어져 73명이 전사하는 참패를 당하였다. 이때 전국 각지에서 활동하는 의병이 5만여 명이라고 통감부는 집계하였다.

의병이 점점 늘어나자 통감 소네 아라스케는 한국 각의를 겁박하여 사법권을 통감부에 양도하게 하였다. 전국의 경찰관서 수가 405개소에 달하였는데, 일제는 주재소가 있는 지방에는 왜군 수비대를 두었다. 늘어나는 의병 활동을 제압하기 위한 수단이었다. 대한제국 내각을 완전히 틀어쥔 통감 소네는 7월 31, 마침내 군부의 마지막 교육기관이던 무관학교를 폐지하고 친위부親衛府를 신설하여 한국 군대 말살 작전에 돌입하였다.

한국에서 일제의 강압으로 국권이 나날이 쇠퇴하던 10월 26일, 한국 의열사 안중근安重根이 만주 하얼빈역에서 초대 통감 이토 히로부미를 사살하였다. 이 소식이 경성에 알려지자, 고종황제의 특명을 받은 수많은 애국 투사들이 거리에서 만세를 부르며 안중근에 의한 이토 히로부미 사살 소식을 전국에 알려지게 하였다. 이에 당황한 왜경과 헌병대는 이들을 잡아들이기 시작하였다. 이에 수많은 애국 투사들이 잡혀가서 왜경의 고문과 수사를 받고 감옥에 수감 되었다.

11월 11일, 아현동 임형규의 집에 신팔균, 문대성이 모였다. 이들의 만남은 3개월 만이었다. 신팔균이 그동안의 활동을 말했다. 팔균은 지난 8월 진천 보명학교를 아우 필균에게 맡기고 경성으로 올라와 있었다.

"지난 10월 28일에 대동청년단이 결성되었어요. 통인동 남형우의 집에서 45명이 모였는데, 남형우가 단장에 선출되고, 부단장에 안희제가 선출되었어. 17세 이상 30세 미만으로 조직되었는데 가입자가 80여 명이야. 일제의 만행에 무력을 불사하는 의열단을 두자는 것이 설립목적이야. 대원들 중에 오상근, 서상일, 김동삼, 등 20여 명은 형도 잘 알잖아.”

“이제는 국권회복, 구국운동은 의미가 없어요. 머잖아 대한제국은 일본의 손아귀에 들어가게 되었어. 우리 힘으로 나라를 지키기엔 너무 늦었어.”

문대성은 그저 눈만 껌벅거리며 앉아 있지만, 속에서 열불이 나는지 연신 몸을 비틀고 있었다. 팔균이 비통한 얼굴로 말했다.

“그날 우리도 그런 말들을 했어요. 나라가 망하는 꼴을 우리 눈으로 지켜보아야 하는 상황이 다가오는데 속수무책이니, 저항할 수 있는 데까지 해보자는 것이지.”

형규가 울분이 가득한 표정으로 말했다.

“물론 해야지, 이완용, 민영휘 등 매국노를 우리 손으로 죽여야 하는데, 그 경비가 너무 삼엄해 접근할 방법이 없어요. 내 한 몸 죽을 각오로 통감을 죽일 수는 있지만, 통감이 경성에서 죽으면 일본은 무력으로 조선을 짓밟을 것이야. 그 희생이 너무 커.”

문대성은 얼굴이 벌게지며 대들었다.

“내 참 답답해 죽겠네요. 꼭 통감이나 이완용을 죽여야 합니까? 그 밑에 졸개들이라도 자꾸 죽여서 그놈들 간담을 서늘하게 해야지요. 그깐 패거리 단체 만들어봐야 뭐합니까? 차라리 의병대나 된다면 모를까."

두 사람은 좀 머쓱해서 문대성을 보았다. 과연 문대성다운 말이었다.

임형규가 받았다.

"아재 말이 맞아요. 우리 셋이 만났으니 경성을 한 번 들쑤셔봅시다. 안중근이 이토를 죽였다고 온 나라가 지금 들떠있어요. 이참에 우리도 경성의 거물 몇 놈을 해치우면 전 백성이 위안을 받을 것입니다."

문대성이 입에 거품을 물고 나섰다.

"바로 그거라니까요. 우리가 경성에서 하면, 평양에선 박창로 형제가 온통 평양을 들었다 놓을 겁니다. 내가 엊그제 인편으로 연락을 했어요. 우리가 먼저 경성을 들쑤시면, 이목이 경성에 쏠리는 사이에 두 아이가 평양을 들쑤시면 얼마나 통쾌합니까?"

심각하게 듣고 난 신팔균이 말했다.

"대성아재가 그런 생각까지 했어요? 그거 잘했네요. 그렇지만 박창로 형제는 너무 심해요. 그간 헌병 졸개나 경찰 나부랭이 자꾸 죽여 봐야 경계심만 높이고 반감만 생겨요. 거물급 외에는 표창을 아끼라는 강력한 지시를 내려야 해요."

임형규도 거들었다.

"박창로가 왜놈만 보면 치를 떨기는 하지만 너무 심해요. 경성으로 불러서 타일러야 해요. 아재가 기별을 하세요."

"실은 나도 그 생각을 하기는 했어요. 동생을 보내지요."

박창로 형제는 유개동 의병대에서 나와 두 사람이 각개활동을 하고 있었는데, 박창로는 특히 왜군 헌병만 보면 치를 떨며 표창을 던진다. 신팔균이 말했다.

"우리도 사나흘 시내를 돌아보고, 나흘 뒤 밤에 대성아재 집에서 만납시다.

문대성이 반색을 했다.

"오랜만에 열불이 꽉 찼던 속 좀 풀겠네요. 탁배기 넉넉하게 걸러 놓겠습니다."

밤이 늦으면 순찰이 심해서 행동할 수 없다. 세 사람은 오랜만에 한방에서 잠을 자야 한다.

11월 12일, 일본 정부는 5일 전 한국 정부에 사법권의 대일위임對日委任에 따라 일본연호를 사용하라고 공포했었다. 대한제국 융희隆熙 연호를 쓰지 말고 일본 연호 명치明治를 쓰라는 강요였다. 한국 정부는 뒤집어졌다. 너무 황당하여 이완용을 비롯한 친일파도 반대했다. 당황한 통감부는 12일에 한국인의 소송 서류에는 융희 연호를 써도 된다는 단서를 달았다. 하지만 일반 서류와 국제서류에 일본연호를 쓰면 대한제국은 이미 일본 영토였다. 문서가 경성 관공서에 하달되고 소문이 시내에 퍼지며 술렁거리기 시작했다. 이에 따라 시내에 순찰이 강화되고 기마 경찰과 기마 헌병이 조를 짜서 경성 시내를 감시하고 있었다.

정오 무렵이었다. 종로 기마 헌병대 대장과 부관 등 4명이 점심을 먹으려고 사무실을 나와 대기하던 마차에 타려는 순간, 헌병대장이 '끅!' 숨을 삼키며 가슴을 움켜쥐고 픽 쓰러졌다. 연이어 두 사람이 비명도 없이 썩은 짚단처럼 픽픽 나자빠지고, 한 명이 권총을 뽑아 공포를 쏘며 계단을 뛰어오르다가 앞으로 퍽 엎어졌다.

영문을 몰라 어리벙벙하던 호위 헌병이 공포를 쏘며 비명을 질렀고, 정문과 사무실에서 헌병들이 뛰어나왔다. 마차 옆에 세 사람이 쓰러져 있고 한 사람이 계단에 엎어져 있었다. 헌병들이 정복을 입고 쓰러진 헌병대장에게 달려갔다. 이내 사이렌이 울리며 비상이 걸리고 헌병들이 현장을 수습했다. 헌병대장 중좌 미나미 요시로오는 심장에 표창이 꽂혔고, 부관과 헌병조장은 목에 표창이 꽂혀있었다. 계단에 엎어진 헌병 대위는 오른쪽 귀밑에 표창을 맞고 죽었다.

헌병대 정문초소 슬래브 지붕 위에서 무릎을 꿇고 앉아 표창 네 자루를 던진 사람이 사무실 앞의 총소리를 들으며 초소 왼쪽에 사뿐히 내려섰다. 누런 광목 중우 적삼에 초립을 쓴 문대성이었다. 문대성이 6, 7미터 거리에서 표창 네 자루를 던지는데 걸리는 시간은 8초 안팎이다. 정문 헌병들이 사무실 앞으로 달려갈 때 문대성은 정문에서 왼쪽으로 40여 미터 지점에 있던 엿장수에게 다가갔다. 바소쿠리 지게에 엿판을 얹고 가위를 쩔겅거리던 엿장수가 슬며시 사라지고 문대성이 가위를 들고 쩔겅거리며 그 자리에 섰다. 그는 누가 봐도 엿장수였다. 시커먼 얼굴에 덥수룩한 수염, 누더기 광목 중우 적삼, 낡은 초립에 짚신을 신은 엿장수.

문대성과 자리를 교대한 사람은 동생 대수였다. 대수는 정말 엿장수였다. 엿 지게를 지고 가위를 쩔겅거리며 하루종일 경성 거리를 누빈다. 하여 거리거리에 모르는 곳이 없다. 경찰 주재소며, 헌병대, 왜군 부대 주변을 손바닥 보듯이 안다. 그 위치며 주변 상황이 고스란히 형 문대성에게 넘어간다. 말을 탄 헌병과 경찰들이 꾸역꾸역 모여드는 것을 지켜본 엿장수는 엿 지게를 지고 쩔겅쩔겅 가위를 치며 골목으로 사라졌다.

문대성의 거사와 같은 시각 정오, 남대문 경찰서 청사 건물에서 정복을 입은 경찰서장과 간부 2명, 말끔한 양복을 입은 신사가 마당에 대놓은 서장 전용 마차에 다가가는 순간, 서장이 '으윽!' 짧은 비명을 지르며 풀썩 엎어지고 연이어 간부 2명이 단말마 비명을 지르고 나자빠져 버둥거렸다. 신사가 당황하여 어리대는 순간, 심장에 표창을 맞고 풀썩 꿇어앉아 울컥울컥 피를 토하다가 앞으로 고꾸라졌다.

조선인 마부가 쓰러진 네 사람 앞에서 아우성치자, 청사에서 경찰들이 점심을 먹으려고 우르르 몰려나오다가 현장으로 달려갔다. 네 사람은 이미 숨이 끊어진 뒤였고, 사이렌이 요란하게 울리며 비상이 걸렸다. 그때, 경찰서 정문초소 기와지붕 위에서 임형규가 고양이처럼 옆 건물 지붕 위로 훌쩍 건너뛰어 뒤쪽으로 사라졌다. 간편복 차림의 임형규는 유유히 골목으로 사라졌다.

비슷한 시간 정오를 넘어 12시 10분경, 명동 일본요릿집 화월루 앞에 치장이 아름다운 마차가 멎고, 뒤이어 백마와 짙은 갈색 말을 탄 두 사람이 들어왔다. 마차에서 양복을 입고 넥타이를 맨 풍채 좋은 신사가 둘 내리고, 말에서 고급 양복 차림의 신사 둘이 내려섰다. 요릿집 주인이 영접하려고 나오는 순간, 마차에서 내린 신사가 '끄윽!' 비명과 함께 코방아를 찧으며 엎어지고 연이어 신사 세 명이 비명을 지르며 쓰러지는 것을 사람들이 받았다. 먼저 엎어진 신사 입에서 검붉은 피가 울컥울컥 뿜어져 나오고, 쓰러지는 사람을 받아 안은 직원이 목에 박힌 표창을 뽑자 두 줄기 선혈이 분수처럼 솟구치며 그 사람의 얼굴을 덮쳤다. 순식간에 뜨거운 피를 뒤집어 쓴 그 자는 시신을 내동댕이치고 달아났다.

화월루 앞마당은 비명과 고함으로 아수라장이 되었고 땅바닥은 피가 흥건하게 고였다. 건장한 사람의 몸에서 쏟아지는 피는 엄청나다. 정신을 못 차린 사람들은 웅성거리며 발만 동동 구를 뿐 수습하는 사람은 없다. 비로소 정신을 차린 마부와 수행원이 화월루 안으로 뛰어 들어가 전화로 연락을 하여 기마 헌병과 경찰이 화월루를 에워 쌓았다.

경성 시내는 마침내 발칵 뒤집어졌다. 벌건 대낮에 헌병대와 경찰서에서 피습을 당하고, 명동 요릿집에서 통감부 행정국장과 치안국장, 외무국장, 통감 비서관이 피살되었다. 세 건의 사고 현장에서 범인을 보았다는 사람은 단 한 사람도 없었다. 조선인 대여섯이 문대성과 임형규를 보았지만 신고하는 사람은 있을 수 없다. 신고를 하면 외려 경찰서에 끌려가서 치도곤을 당할 것은 뻔하다. 경성 거리에 경찰과 헌병, 일본군이 개미 떼처럼 깔렸다. 나다니는 사람은 무조건 잡아들이고, 사건 부근의 집들과 건물은 샅샅이 뒤졌다.

화월루에 통감부 고관급 관료가 점심 식사를 하러 나온다는 정보를 입수한 사람은 문대수였다. 고급 요릿집이 모여 있는 명동에는 기생들이 많다. 기생들은 엿을 좋아하여 엿장수 가위소리가 들리면 부리는 계집애들에게 엿 심부름을 시킨다. 그날 아침나절 문대수가 화월루 앞에 엿 지게를 받쳐놓고 가위를 치는데 화월루가 전에 없이 부산스러웠다. 정탐이 본업인 대수가 궁금하여 대문을 기웃거리는데 계집애가 쪼르르 나와서 엿을 달라고 했다. 대수는 깨엿 두 가락을 계집에 손에 은근히 쥐어주며 물었다.

"아가씨, 오늘 화월루에 뭔 잔치가 열리나요?"

열서너 살 먹었을 얍삽한 계집애가 대답했다.

"잔치는 아니구요. 통감부에서 높은 분들이 점심 먹으러 온대요. 그 사람들이 오면 최고급 요리를 먹구 밤에까지 놀아요. 그러니 준비를 해야지요."

문대수는 그길로 달려가 형님 대성에게 알렸다. 통감부는 주위에는 건물이 없고 마당도 넓어 감히 엄두를 낼 수 없는 곳인데 고관들이 화월루에 나온다면 천재일우의 기회였다. 화월루 주변은 크고 작은 건물이 빼곡하다. 몸을 숨기고 바람처럼 사라지기 안성맞춤이었다. 한 해가 넘도록 몸을 풀지 못한 신팔균이 거사하기에 아주 적합한 장소였다.

그날 경성의 관청은 벌집을 쑤신 듯이 뒤집혔다. 표창수는 세 사람으로 밝혀졌지만 털끝만한 단서도 잡을 수 없었다. 2년 전 경성에서 일어났던 표창 피살 사건과 동일인으로 밝혀지며 경성의 일본 관청은 공포에 휩싸였다.

통감부의 일본연호 사용 강요를 가장 먼저 반박하고 거부한 곳은 평양 공소원(항소원)이었다. 따라서 일본연호 사용거부는 평양관공서에서부터 시작되었다. 이 사실이 평양시내에 알려지며 시민들이 곳곳에서 반대 집회를 열었다. 당황한 평양이사청에서 한국인 소송서류에 한해서 융희 연호를 쓰게 한다고 공포했지만, 평양의 민심은 가라앉지 않고 집회시위가 계속되었다.

11월 14일, 평양경찰청에서 마침내 시위 진압 명이 내렸고, 진압 작전이 시작되어 곳곳에서 시민들과 충돌이 일어났다. 오후 2시경, 평양시 산수동에서 말을 타고 시위 진압 작전을 지휘하던 경찰 간부 2명이 갑자기 말에서 굴러떨어졌다. 경찰들이 영문을 몰라 어리벙벙하는 사이 또 2명이 비명도 없이 말에서 떨어졌다. 경찰이 공포를 쏘며 우왕좌왕하는 사이 다시 한 명이 비명을 지르며 말에 엎어지자, 기마 경찰들이 말에서 뛰어내리며 시위대를 향하여 총을 쏘기 시작했다.

시위대는 놀라 흩어졌지만 금방 10여 명이 거리에 나뒹굴었다. 경찰은 당황하는 시위대에 달려들어 12명을 체포했다. 사태를 수습했는데, 경찰 간부 5명이 표창을 맞아 피살되었고, 시위대 5명 사망, 6명이 총상을 입었다.

비슷한 시각, 평천동 시위진압현장에서도 기마 경찰 3명이 피살되고 2명이 가슴에 표창을 맞았지만 죽지는 않았다. 시위대는 흩어지고 평양 시내에 비상이 걸렸다. 벌건 대낮에 순식간에 경찰 간부 8명이 피살되고 2명이 중상을 입었다. 사건 현장 부근을 샅샅이 수색했지만 흔적도 없었다. 다만 표창이 지난여름에 해주와 평산 헌병대장 피살과 왜군수비대 조장 등 8명이 맞은 표창과 동일하다는 것만 확인되었다.

산수동의 사건은 박창로였고, 평천동은 창구였다. 두 청년은 이틀 전에 신팔균의 지시를 문대성의 아우 대수를 통해 받았다. 해가 설핏할 무렵 두 청년은 스치듯이 지나가면서 말을 나누었다. '작전대로 시행!' 두 사람은 서로 반대 방향으로 멀어져 갔다.

오후 5시 50분이었다. 평양부 능라경찰서 정문에서 왼쪽으로 20여 미터 지점에 경찰 초소가 있다. 위에 비가림 천막만 쳐있는 간이 초소인데 늘 두 명이 보초를 서며 주변을 경계한다. 서장 퇴근 시간이라 정복 경찰 두 명이 차렷 자세로 서 있었는데, 둘이 동시에 '윽!' 하더니 털썩 주저앉았다. 초소 양쪽에서 경찰 둘이 뛰어와 쓰러진 경찰 덜미를 잡아끌고 담장 밑으로 가서 거적을 덮고는 총을 메고 서 있었다.

석양이 아름다운 6시 5분경, 경찰서 정문을 나온 서장 마차가 좌회전을 하여 막 속도를 올리려는 순간, 간이 초소에 서 있던 경찰 한 명이 도로에 뛰어나가며 무엇을 던졌다. 순간, '꽝' 폭탄이 터지며 마차는 훌렁 뒤집혔다. 말은 길길이 뛰다가 픽 쓰러져 네 굽을 버둥거렸다. 간이 초소의 경찰 두 명은 잠시 지켜보다가 경찰이 몰려오자 골목으로 유유히 사라졌다.

경찰서장 가쓰다 레이조와 마부는 현장에서 즉사하였고 수행관 1명은 부상을 입고 나뒹굴어 비명을 질러댔다. 현장을 수습하던 경찰들은 또 한 번 기겁을 했다. 간이 초소 담벼락 밑에 심장에 표창을 맞은 경찰 시신 2구가 있었다. 비상이 걸렸던 평양 시내는 갑호비상령이 내렸다. 경찰과 헌병, 평양부 수비대가 시내에 개미 떼처럼 깔렸다.

이튿날 해가 떠오를 무렵, 평양부 산수경찰서를 비롯한 경찰서 세 곳의 담벼락에 방문이 붙어 있었다. 순찰을 돌던 헌병과 경찰이 방문을 뜯어 들고 청사로 뛰어갔다.

　　평양부 경찰과 헌병대에 경고한다.
　　어제 산수동 시위현장에서 잡아간 조선인 12명을 오늘 중으로 석방하지 아니하면 평양부 전 경찰서장과 헌병대장은 차례로 죽을 것이다. 그들은 죄가 없다. 또한 오늘부터 죄 없는 조선 백성을 죽이거나 잡아가거나 괴롭히면 그 관서의 장을 사살하는 것은 물론 관서까지 폭파할 것이다.
　　조선 평양 표창수 백

이틀이 지나도 잡혀간 조선인 12명은 석방되지 않았다. 그날 밤 자정 무렵, 능라동 대동강변 고급 주택 앞에 작은 마차 한 대가 멎었다. 저택 앞에서 경계를 서던 경찰 대여섯 명이 우르르 달려가고 콧수염이 근사한 정장 차림의 중년 사내가 마차에서 내렸다. 사내가 첫걸음을 떼는 순간, '흑!' 받은 숨을 삼키며 픽 엎어지자 수행원이 받아 안았다. 순간적인 소란에 사복을 입은 수행관과 마부가 표창을 목에 맞고 픽픽 나자빠졌다.
표창이 날아온 쪽은 저택 정문 쪽이었다. 경찰과 주변을 경비하던 헌병들이 공포를 쏘아 사건을 알렸고, 재빨리 집을 에워싸고 수색에 들어갔다. 심장에 표창을 맞고 죽은 사람은 회식을 하고 밤늦게 귀가하던 평양부 시경국장 사사키 겐사쿠였다.

경찰과 헌병들이 집 주위며 집 안까지 뒤졌으나 아무것도 없었고, 집 뒤 담벼락에 붙은 경고문 한 장이 근거였다.

경고
죄 없는 조선인 12명이 석방되지 않았다. 그들이 석방될 때까지 왜인들 고관이 계속 표창을 맞을 것이다. 잡혀간 조선인 12명이 털끝만치라도 다친다면 그 책임을 따로 갚아줄 것이다.
조선 평양 표창수 백

이튿날 오전 10시경 시위현장에서 잡혀간 조선이 12명이 석방되었다. 모두 20대의 젊은이들이었는데 7명이 고문을 받아 초죽음이 되었고, 나머지도 성한 사람이 없었다. 평양부 경시청에서는 고문 부상의 정도에 따라 중상자에 대하여 20원씩의 보상금을 주고, 경상자는 10원씩을 보상하고 병원에서 무상으로 치료를 해주겠다고 공표했다. 보상금 20원은 쌀 열 가마 값이었다. 이는 평양 표창수 2명의 경고에 꼬리를 내린 결과였다.

경성의 일본 관공서에도 같은 내용의 공문이 극비로 하달되었다. 조선의 지방관을 자극하지 말 것. 조선 백성을 이유 없이 체포하거나 자극하지 말 것. 결국 조선의 왜경과 헌병은 조선 표창수 5명에게 항복을 한 결과였다. 표창수 5명은 2년간 전국을 휘돌아치며 2백여 명의 왜군과 왜경, 헌병을 사살하였다. 그중 50여 명이 시경국장을 비롯한 고관들이었다.

대한제국 멸망

1910년(순종 융희4) 5월 30일, 일본 육군대신 데라우치 마사다케[寺內正毅]가 제3대 조선 통감으로 부임했다. 데라우치는 1895년 이토 히로부미와 함께 왕비 시해 사건을 사주한 정한파征韓派 인물이었다. 부통감은 야마가타 이사부로[山縣伊三]인데, 이자 역시 이토의 직속으로 한국을 정복해야 한다는 강력한 정한론자였다. 일본은 이로써 대한제국을 정복할 완전한 채비를 갖추게 되었다.

6월 3일 오전 10경, 일본군 교체병력 제2사단이 인천에서 기차편으로 경성역에 내려 용산 일본군사령부까지 시가지 행진을 하고 있었다. 지방에 주둔할 예하 부대는 각각 현지로 갔고, 사령부 소속 부대와 경성에 주둔할 대대 병력과 헌병대 등 병력 1,000여 명이 대열을 갖추어 행군하고 있었다. 이는 주둔군 작전의 일환으로 일본군의 막강한 위력과 위용을 조선 백성들에게 각인시키자는 의도였다. 과연 이들의 뜻대로 난생처음 보는 광경에 경성 시민들이 구름처럼 모여들었다.

선두에 일본 국기 히노마루와 욱일승천기, 주한 일본군사령부기, 사단기 등 깃대를 잡은 기수 10명이 있고, 바로 뒤 중앙에 정복을 입고 백마를 탄 사단장 고모다 쥰노스케 소장이 있다. 좌우에 부사령관 대좌와 연대장 대좌가 말을 타고 호위하고, 그 뒤로 헌병대장 중좌와 대대장급 중좌 6명이 횡대로 행진하는데 모두 말을 타고 있다. 그 뒤로 육군과 해군 군악대가 행진곡을 연주하며 따르고, 그 뒤를 의장대가 따르고, 완전무장한 병력 1,000여 명이 보무도 당당히 행진하고, 맨 뒤에 장식이 호화로운 사단장 전용마차와 군용마차 5대가 나란히 따르고 있었다.

행렬이 지나는 도로변의 양쪽 3층 이상 건물 옥상마다 경찰과 헌병이 2명씩 경비를 서고, 도로변은 구경나온 시민들 사이에 10미터 간격으로 무장한 경찰과 헌병이 질서를 잡으며 경비하고 있다.

행렬이 경성역과 용산 사단사령부 중간지점쯤인 효창동에 이르렀을 때, 행렬 좌측의 4층 건물 옥상에서 경비를 서던 경찰 2명이 이상한 낌새에 돌아서는 순간, 옥상 뒤쪽에 있던 경찰 하나가 팔을 휘둘렀다. 거의 동시에 경찰 2명이 고꾸라졌다. 달려온 경찰이 바닥에 떨어진 총을 잡고 서 있다.

근방 좌우 건물 3개 동의 옥상에서 비슷한 상황이 동시에 벌어졌다. 우측의 두 건물에 임형규와 박창로, 좌측의 두 건물에 신팔균과 문대성이었다. 이들이 차지한 건물은 좌우에서 서로 마주 보는 옆이었다. 이들은 모두 경찰정복 차림이었다. 다른 점이 있다면 모든 건물 옥상의 경비병은 2명씩이었는데 이들은 한 명이었다. 그러나 요란한 군악대 음악과 거창한 행진에 정신이 팔려 눈치챈 사람은 없고 행렬은 다가왔다. 도로 폭은 8미터 정도였다.

사단장 뒤에 따르던 좌우의 대좌 두 명이 돌연 '끄―악!' 비명을 지르며 말 등에 엎어졌다. 뒤따르던 중좌 4명이 연이어 쓰러지며 말에서 떨어지자, 비명과 함께 군령이 떨어지고, 백마를 탄 사단장은 말에서 뛰어내렸다. 군악대와 의장대가 사단장을 겹겹이 에워쌌다. 행렬은 아수라장이 되고, 주변 건물 옥상에서 총격전이 벌어졌다.

주변 건물 옥상의 일본 경찰과 헌병이 이들을 발견하고 총을 쏘았으나 명사수인 이들 네 사람을 당할 수는 없다. 주변 건물 위에 있던 경찰과 헌병은 모두 이들의 총에 맞아 쓰러지고, 표창수 네 사람은 건물 사이를 훌훌 날아 순식간에 사라졌다. 빼곡하게 이마를 맞댄 단층 초가집과 기와집은 이들이 평지보다 더 빠르게 도피할 수 있는 공중의 길이었다. 대좌 2명이 목에 표창을 맞고부터 이들 4명이 도피하여 상황이 종료될 때까지 걸린 시간이 3

분이었다.

사태가 수습되었다. 대좌 2명이 즉사하고 중좌 3명 즉사, 2명이 치명적인 부상이었다. 주변 건물 옥상의 경찰 4명과 헌병 4명이 목과 심장에 표창이 꽂혔고, 총격전으로 경찰과 헌병 12명이 사살되었다. 경찰과 헌병 10여 명이 표창수 네 사람을 보았고, 조선인과 일본인 50여 명이 네 사람을 보았다. 이들은 경찰 복장이었고, 20~30여 미터에서 보았으니 얼굴은 윤곽도 잡을 수 없다. 단서가 있다면 단 하나, 평양을 발칵 뒤집은 표창수가 경성에 와서 경성 포창수 3명과 합류했다는 점이었다. 이들의 표창은 모양이 약간 다르다. 경성 표창이 1미리쯤 길다.

경성에는 계엄령이 선포되고, 사건 현장 주변은 특수 수사대와 경찰이 에워싸고 수색을 했으나 털끝만 한 단서도 없었다. 해가 지면서 통행금지령이 내렸고, 거리에 순찰대와 경비대가 쫙 깔렸다. 이날 통금령이 내릴 때까지 조선인 30여 명이 잡혀갔다.

이튿날 정오 무렵, 종로경찰서 정문초소 유리창을 뚫고 표창이 날아들었다. 경비경찰이 기겁을 하고 살펴보니 단검이 벽에 맞아 떨어졌다. 단검 자루에 곱게 접힌 하얀 한지가 붙어있었다. 경찰이 집어 들고 서장실로 뛰었다. 서장이 단검을 받아 종이쪽지를 폈다.

경고한다

어제 잡아간 조선인들을 즉시 석방하라. 죄 없는 그들을 고문하지 마라. 왜인들은 조선인의 적이기에 우리 표창수 5인이 응징했다. 능력껏 우리를 잡고 백성들에게 손대지 마라. 오늘 중으로 잡아간 백성을 석방하지 않으면 전국 각지의 왜인 고관들을 무차별 살해할 것이다. 어제 고모다 쥰노스케 소장을 살려 둔 것은 인사치례였다. 우리 5인의 능력으로 조선을 삼키려는 왜국을 당할 수는 없지만 죄 없는 조선 백성들을 괴롭히는 왜인은 누구를 막론하고 죽일 것이다. 우리가 훈련시키는 조선 표창수는 100인이 되고 1,000인이 될 것이다.

조선 평양 표창수 백

어설픈 한글로 삐뚤삐뚤하게 쓴 경고문이었다. 작년 11월 평양 경찰서 벽에 붙었던 표창수 경고문이 경성통감부 특수수사과에 보관되었는데, 대조해 보니 같은 필체였다. 필체며 유치하기도 한 경고문 내용이 농촌 무지렁이에 틀림없다. 이날 경성 장안에서부터 소문이 날개가 돋치듯 퍼져나갔다.

─조선 표창수 5인이 새로 부임하는 왜군 사단장과 대좌 중좌 10명을 순식간에 죽이고 왜경과 헌병 30여 명을 순식간에 해치우고 새처럼 날아갔다.

─조선 표창수 5인이 새처럼 훨훨 날아다니며 표창을 던지는

데 백발백중이더라.

　ー평양 표창수가 경찰서에 경고문을 날렸는데, 잡아간 조선인
들을 석방하지 않으면 통감에서부터 모조리 죽인다고 했다더라.

　지금까지는 일제의 탄압으로 신문에 표창수 사건이 정식으로
보도되지 못했었다. 다만 전설 같은 소문으로 경성과 평양에서
표창수들이 새처럼 훨훨 날아다니며 왜인 고관들 심장에 표창을
박아 죽인다는 소문은 퍼지고 있었다. 조선인이든 일본인이든 이
들을 본 사람이 없으니 신고한 사람도 없었다. 신출귀몰하는 표
창수 사건이 세상에 알려지면 일본 관리들은 공포에 떨고, 조선
백성들은 춤을 출 것이다. 사건을 철저하게 단속하는 것이 상책
이었다.

　작년에 매일신보에서 경성에 표창을 귀신같이 던지는 조선인
이 나타나 기마순찰대장 수십 명이 피살되었다는 기사가 났지만,
근거가 없으니 그걸로 그만이었다. 그러나 이번에는 사단장 취임
시가행진을 취재하는 기자들이 현장을 보았고, 기자 대여섯 명은
표창수가 지붕 사이를 날듯이 건너뛰는 광경을 보기도 했었다.

　이날 오후 3시경, 독닙신문 사옥에 쪽지가 매달린 단검이 날아
들었다. 기자들이 펼쳐보니 종로경찰서에 날아든 경고문이었다.
경고문 말미에 친절하게 해명을 썼다. '이와 똑같은 경고문을 종
로 경찰서에도 보냈다.' 기자들과 사원들은 함성을 질렀다.

이튿날이었다. 황성신문, 독닙신문, 대한매일신보에 일본군 제2사단장 피습사건이 사진과 함께 1면 기사로 실렸다. 독닙신문에는 어느 독자가 제공했다는 설명과 함께 두 장의 사진이 실렸다. 경찰 복장의 두 사람이 지붕 위를 날아가듯이 건너뛰는 사진이었다. 평양 표창수가 종로 경찰서에 보낸 경고문도 그대로 실렸다.

경성의 모든 신문에 기사가 실렸고, 황성신문에는 6개월 전에도 평양부에서 평양 시경국장과 경찰 간부들 15명이 표창을 맞고 살해되었다고 썼다. 그 평양 표창수가 이번에 경성에 와서 경성 표창수와 합세하여 사단장 시가행진을 기습하였다고 썼다.

통감부를 비롯한 한성부 일본 관공서는 벌집을 쑤신 듯 발칵 뒤집혔다. 헌병대와 경찰이 경성 시내 신문사에 들이닥쳐 신문을 압수하고, 윤전기를 때려 부수는 등 압력을 가하였고, 반항하는 기자들과 임원들을 잡아들였다. 그날 밤 자정, 경성 경시청 정문과 헌병사령부 정문에 단검이 날아들었다. 단검에 달린 경고문은 내용이 같았다.

경고문
신문사에서 잡아간 기자들과 임원들을 내일 아침까지 석방하지 않으면 경찰청과 헌병사령부를 폭파하고, 청장과 사령관 심장에 표창을 꽂을 것이다.

조선 평양 표창수 백

경시청과 헌병사령부에는 3중으로 경계병이 깔렸는데 단검이 날아들었다. 경성 시내 왜군과 헌병, 왜경 기관은 공포와 분노를 넘어 허탈감에 빠졌다. 투명인간이나 귀신이 아니라면 있을 수 없는 현상이었다.

이튿날 각 신문사 임원들과 기자들 30여 명이 석방되었다. 경찰과 헌병기관 검열을 받지 않은 신문을 발행할 경우 신문사를 폐간시키겠다는 엄포를 받았다고 기자들이 말했다.

그러나 사건 현장에서 잡혀간 조선인들은 석방되지 않았다. 잡혀간 사람들은 표창수 네 사람이 옥상에 올라갔던 건물주와 그 건물 점포의 주인들이었다.

그날 밤 자정을 막 넘긴 시각, 한성부 경시청 정문초소 유리창이 요란하게 깨지며 단검이 날아들었다. 철제 서류함에 맞고 떨어진 단검 자루에 쪽지가 매달려있었다. 경비 조장이 단검을 들고 청사로 뛰어가고 동초가 공포를 연달아 쏘아 비상상황을 알렸다. 경찰이 쏟아져 나와 경시청을 에워싸고 순찰대가 밤거리에 쫙 깔렸다. 당번 경찰 경시가 단검에 달린 한지를 부들부들 떨며 펼쳤다.

제3차 경고
오늘도 죄 없이 잡혀간 조선 백성들이 석방되지 않았다.

256

익일 아침까지 석방하지 않으면 와다 사다요시 경시총감에서부터 경시감까지 차례로 표창을 맞을 것이다. 또한 고모다 준노스케 사단장 심장에도 표창을 꽂을 것이다. 잡혀간 조선인 중에 고문으로 다친 사람이 있다면 열 배의 책임을 지울 것이다.

　　조선 평양 표창수 백

　비슷한 시간, 용산 제2사단 사령부 정문에도 똑같은 내용의 경고문이 날아들었다. 일본군 총사령부가 있는 용산 일대에 비상이 걸리고, 사령관 육군대장 오쿠보 하루노 사택과 사단장 고모다 사택에 헌병이 삼중으로 경비를 섰다.

　이튿날 11시, 경시청 수사대의 조사를 받던 조선인 32명이 석방되었다. 사망자는 없지만 모두 초죽음 상태였다. 여기저기 골목골목에서 숨어 지켜보던 신문사 기자들이 석방되는 사람들에게 달려들었다. 경찰이 쏟아져 나와 이들을 강제로 떼어놓으며 해산시켰다.

　오후 신문사 호외에 잡혀간 한국인 32명이 석방되었다는 기사와 함께 고문으로 초죽음이 된 사람들 사진이 실렸다. 이들이 죄가 없다는 것은 이미 만천하에 밝혀졌다. 죄 없는 사람들을 무차별 고문했으니 그에 대한 보상을 해야할 것이라는 기사까지 실렸다. 조선 통감부는 또 한 번 조선 평양 표창수에게 항복한 꼴이 되었고, 관청 고관들은 공포에 떨었다.

그날 밤, 일본군 제2사단장 고모다 쥰노스케가 집에서 자다가 죽었다. 군부대와 통감부에서는 쉬쉬하며 단속했지만, 이튿날 독립신문과 황성신문에 고모다의 돈사頓死(급사) 기사가 1면에 실렸다.

〈지난 6월 3일, 교체부대로 한성부 용산 제2사단 사단장에 부임한 육군소장 고모다 쥰노스케가 간밤에 자택에서 돈사했다 하더라. 향년 52세인 고모다 사단장은 평소 지병이 없었다고 하더라.〉

잡혀간 사람들이 풀려나자 박창로는 당장 경시총감과 왜군 사령관을 해치우자고 나섰다. 이를 갈며 서두르는 창로를 임형규가 타일렀다.

"박창로, 너는 해야 할 일이 많은 젊은이다. 네 생각대로 경시총감과 왜군 사령관을 죽일 수는 있을 것이다. 그 과정에서 너희 둘도 잡히거나 근거를 남길 수도 있다. 그리되면 우리 활동도 위축된다. 고모다 사단장을 살려 둔 이유를 모르느냐? 고모다는 너의 경고문에 겁을 먹고 죽었다. 우리가 두고두고 죽여야 할 악질 왜인 관료들은 수없이 많다. 고작 한두 놈 죽이고 너도 죽을 것이냐?"

박창로도 신팔균과 임형규의 능력과 치밀함을 알고 존경한다.

두 젊은이는 태어나서 처음으로 배워서 능력 있는 사람을 알았고, 미천한 자신을 지도하고 가르쳐 무인으로 다시 태어나게 한 고마움도 안다. 가족들의 참혹한 죽음을 제 손으로 수습한 증오와 복수심은 무섭다. 박창로는 뜻을 이루지 못하면 스스로의 분노에 타 죽을 수도 있는 성격이었다. 그 성격이 단 2년간의 짧은 기간에 완벽한 무인 표창수로 만들었다.

통감부는 6월 10일, 한성부 경시청을 갑자기 폐지했다. 경시총감을 비롯한 경시청 간부는 모두 일본 경찰이었고, 말단 경찰만 한국인이었는데, 경시청을 폐지했다. 한국 정부가 어찌지 못하고 당황하는 사이 6월 24일, 통감부와 한국 정부 간에 한국경찰권위탁각서가 조인되었다. 한국경찰권이 통째로 통감부에 넘어간 것이다. 이어서 통감부는 경찰관제를 폐지하고 헌병경찰제도를 실시한다고 공포했다. 이로써 대한제국은 군대도 경찰도 없는 나라가 되어버렸다.

이러한 과정은 한일병합을 위한 치밀한 준비였지만, 경시청 폐지와 헌병경찰제도 시행을 공포한 것은 일본군 제2사단장 취임 행진 피습사건을 겪은 경무총장 아카시 모토지로의 결단이었다.

한일합병조약

1910년(순종 융희4)8월 22일, 한국 총리대신 이완용과 일본 통감 데라우치 마사다케는 통감부에서 한국통치권을 일황에게 양도하는 한일병합조약韓日倂合條約을 조인하였다. 이로써 1392년 이성계가 역성혁명으로 고려를 뒤엎고 조선을 건국한 지 518년 만에 '대한제국'이라는 국호로 멸망하였다.

신라가 고구려와 백제를 평정하여 통일하고, 고려가 신라를 역성혁명으로 뒤엎고, 조선이 고려를 역성혁명으로 뒤엎은 것은 나라가 사라진 것이지 멸망이 아니다. 국토와 백성은 그대로 그 백성이므로 군주가 바뀐 혁명이다. 언어와 민족이 다른 나라 일본에 나라를 뺏긴 것이 반만년 역사를 이어온 조선의 멸망이다.

한일합병조약 문서

제1조. 한국 황제폐하는 한국정부에 관한 일절의 통치권을 완전하고도 영구히 일본국 황폐하에게 양여함.

제2조. 일본국 황제폐하는 전조에 게재한 양여를 수락하고 한국을 일본국에 병합함을 승낙함.

제3조. 일본국 황제폐하는 한국 황제폐하, 태황제폐하, 황태자 전하와 그 황후, 황후손으로 하여금 각기지위에 응하여 적당한 존칭 위엄 그리고 명예를 향유케 하며 또 이를 보장하기 위해 충분한 세비를 공급할 것을 약속함.

제4조. 일본 황제폐하는 전조 이외의 한국 황족 및 후손에 대하여 상당한 명예와 예우를 보장하며 또 이를 유지하기에 필요한 자금을 공여할 것을 약속함

제5조. 일본국 황제폐하는 훈공 있는 한인으로서 특히 표창을 행함이 적당하다고 인정되는 자에 대하여 영작을 수여하고 또 은, 금을 수여할 것.

제6조. 일본 정부는 전기 병합의 결과로서 전연히 한국의 시정을 위임하고 동시에 시행하는 법규를 준수하는 한인의 신체와 재산에 대하여 충분한 보호를 하며 또 복리의 증진을 도모할 것.

제7조. 일본국 정부는 성의와 충실로 신제도를 존중하는 한인

으로서 상당한 자격이 있는 자를 사정이 허하는 한에서
한국에 있는 제국 관리로 등용한다.

제8조. 본 조약은 한국 황제폐하와 일본국 황제 폐하의 재가를
경한 것으로 공시일로부터 시행한다.

위의 증거로 양국 전권위원은 본 조약에 기명 조인함

융희4년 8월 22일(서기1910년)

내각총리대신 이완용李完用

명치 43년 8월 22일

통감자작 데라우치 마사다케[寺內正毅]

통감부는 병합조약이 조인된 이튿날인 8월 23일 집회 취재에 관한 건을 공포하여 일체의 정치집회와 옥외 민중 집회를 금지하였고, 8월 25일에는 일진회를 포함한 12개 정치단체의 해산명령을 내려 병합조약에 반대하는 세력의 활동을 봉쇄하였다. 따라서 한국에 있는 각국의 영사에게 일본의 한국병합을 공식적으로 통고하였고, 8월 26일 부통감 야마가타 이사부로가 신문사 기자들을 불러 한국강점을 공포하였다.

8월 29일 대한제국 황제가 통치권을 양여하여 일본 황제가 이를 수락하고 병합한다는 '병합조약'이 관보 호외에 공시되었고

일본 천황은 조칙과 병합에 따른 칙령을 공포하는 한편, 한국 국호인 '대한제국'을 폐지하고 '조선'으로 개칭한다고 공포하였다. 통감부는 병합조약에 관한 순종황제의 칙유를 조작·날조하여 발표하였다.

　10월 1일, 일본 내각은 조선 초대 총독에 합병 1등 공신 데라우치 마사다케를 임명하고 정무총감에 부통감 야마가타 이사부로를 임명하여 합병의 기세로 조선을 장악하게 했다. 육군대장 총독 데라우치는 헌병사령부의 육군 헌병대 병력을 헌병 경찰로 전환하여 전국에 배치하였다. 각 도에 헌병대 본부를 하나씩 설치하고 헌병분대, 헌병 분견소, 헌병 파견소, 헌병 출장소에 이르기까지 총 934개의 지점에 이르는 헌병대가 배치되어 조선인들을 통제하기 시작했다. 헌병이 일반 경찰의 행정 업무까지 전담하였으며, 경찰 기구의 요직을 헌병 장교들이 독점했다.

　헌병대에 치안확보, 불순세력 검거, 징세와 같은 광범위한 업무 권한이 주어졌으며, 특히 즉결처분을 시행할 수 있는 특권까지 주었다. 대표적 즉결처분은 태형인데, 조선인에게만 시행한다는 것을 총독부 부령으로 규정해놓았다. 태형의 권한은 사병에게는 없고 헌병 분대장 이상의 하사관이나 장교에게 있었지만, 명목상의 제도일 뿐 일본 헌병은 조선인들에게 저승사자였다. 총독부는 이에 더하여 민족분열책으로 조선인들을 헌병 보조원으로 고용했다. 조선인 헌병 보조원들은 자신의 출세를 위해 일본인보다도 더 악랄하게 국민을 탄압하는 계기를 만들었다.

1911년 8월 20일 임형규의 집에 신팔균과 문대성, 박창로, 박창구 등 표창수 다섯이 모였다. 팔균은 대동청년단원으로 활동하며 장차 만주로 건너가 무장독립운동을 할 계획을 세우고 있었다. 박창로 형제는 평양과 해주를 오가며 반년 동안에 해주 악질 헌병중대장 소좌 등 헌병 장교 16명을 사살했다. 이들은 사살 현장에 꼭 경고장을 남겼다

—'조선 백성을 이유 없이 괴롭히면 누구든 심장과 모가지에 표창을 맞을 것이다. 조선 평양 표창수 백' 현장에 출동한 헌병들은 경고문을 보고는 공포와 분노로 치를 떤다.

임형규가 말했다.

"경성의 헌병대 횡포를 두고 볼 수 없습니다. 어떻게든 응징을 해야겠어요. 작전을 세워 봅시다."

팔균이 받아 말했다.

"경성의 상황은 형이 잘 아니까 의견을 말해봐요."

문대성이 받았다.

"지금 경성의 각 헌병대나 관공서는 헌병과 경찰이 겹겹으로 경비를 서고 있어요. 헌병 졸개 몇 놈을 해치우기는 쉽지만 높은 놈들은 접근할 수가 없어요."

최근 헌병들은 5명씩 1개 조가 되어 경성 시내를 꼬리를 물며 순찰하고 있었다. 1개 조에 말을 탄 조장 1명과 무장 헌병 4명이 골목 구석구석을 돌며 조선인 두세 명이 머리를 맞대도 잡아가고, 상인들끼리 말다툼만 해도 여지없이 두들겨 패고 헌병대로 잡아간다.

경성 시내에는 헌병분대와 분건소 파견소 120여 개소로 촘촘히 있다. 밤이면 분건소와 헌병분대 20여 미터 앞까지 동초가 보초를 선다. 관공서와 헌병중대는 50여 미터 앞까지 동초를 선다. 이는 오직 조선 표창수의 침입을 막기 위해서다.

형규가 말했다.

"관공서의 고관들이나 헌병대 고급장교들을 잡아야 하는데, 방법은 단 하나, 출퇴근 시간을 노려야 합니다. 물론 사택도 경비가 삼엄하지만 그래도 그 방법 외엔 없어요."

팔균이 깊은 생각을 하다가 말했다.

"고관들이 가끔 고급 요정에서 연회를 겸한 회식을 합니다. 그때를 한번 노려보는 것도 괜찮을 것 같은데요."

문대성이 받았다.

"그거야 참 좋은 기회지만 그걸 우리가 어떻게 알아냅니까?"

팔균이 잠시 생각하다가 말했다.

"대동청년단에 그쪽 사정에 밝은 몇 사람이 있기는 한데, 내가 알아보지요."

박창로가 나섰다.

"그게 언제가 될지 어떻게 압니까? 부지하세월이지요."

형규가 말했다.

"정위도 알아보고 우리도 고관들의 출퇴근 시기를 살펴봅시다. 급히 서두를 필요는 없어요. 오랜만에 이렇게 만났으니 술이나 한잔합시다."

야간 순찰이 심하여 이들은 오늘 밤 모두 여기서 자야 한다. 팔균은 형규의 집에, 창로 형제는 문대성의 집에 묵고 있었다.

이들의 모임이 있고 닷새 뒤인 8월 25일 오후 6시 20분, 종로 화개동 고색창연한 대갓집 앞이 술렁거렸다. 이 집은 순조 때 호조판서를 지낸 김병일의 집이었는데, 한일병합 이후 일본의 갑부가 사들였다. 그 뒤에 일본 내각 내무국장을 지낸 노지마 요시오가 조선총독부 경무국장에 임명되어 경성에 오면서 이 집을 관사로 쓰고 있었다.

집 행랑채 밖 마당 가에는 2백여 년 묵은 잎이 무성한 느티나무가 있다. 느티나무 중심으로 1차 경비경찰 초소가 있고, 경찰 10명이 집 둘레를 돌며 경비를 서고, 10여 미터 밖에 2차 경비헌병 초소가 있고, 헌병 10명이 관사 둘레를 돌며 경비를 서고 있다. 2차 경비초소에서 호각을 불면 경무국장 마차나 말이 초소를 통과했다는 신호다. 국장이 마차나 말을 타고 가면 경호 기마경찰 4명이 앞뒤에서 경호한다. 호각소리를 들으면 1차 경비경찰 5명이 느티나무 밑 마당에 늘어서고 5명은 집 둘레를 돌며 경계를 강화한다.

마차가 마당에 멎었다. 대기하던 경찰이 마차 문을 열자 비대한 몸집에 콧수염이 멋진 경무국장 노지마가 내리고 경찰 4명이 양쪽에서 호위한다. 차에서 대문까지 5미터를 노지마가 걸어 들어가다가 '끅!' 비명을 지르며 깍짓동 같은 몸집이 왼쪽으로 쓰러지자 경찰이 받아 안았다. 연이어 헌병 군조가 쓰러지고 경찰조장 경위가 나자빠졌다. 현장은 아수라장이 되고 헌병과 경찰이 느티나무를 향하여 총을 마구 쏘았다.

느티나무 중간쯤 굵은 가지가 흔들리며 경찰 복장을 한 박창로가 훌쩍 행랑채 지붕으로 뛰어내렸고, 집중사격이 가해졌다. 사격이 잠시 뜸 하자 지붕 안채 쪽 처마 끝에서 경찰 두 명이 일어나 본채 지붕 위로 훌쩍 건너뛰어 사라졌다. 지붕에 있던 경찰은 문대성이었다.

헌병수사대와 경찰이 들이닥치고 현장 검증을 했다. 노지마는 목에 표창이 꽂혔고, 헌병 군조와 경찰 경위는 심장에 표창을 맞았다. 경찰 2명은 왼쪽 가슴에 표창을 맞았으나 심장을 비켜 맞아 목숨이 붙어 있었다. 현장 수습이 끝나고 주변을 수색했지만 아무런 근도 없었고, 느티나무 중간쯤 가지에 경고문이 단도에 꽂혀있었다.

경고문

　죄 없는 조선백성을 탄압하고 무차별 처형을 일삼는 왜군
헌병사령관 출신 악질 노지마 요시오를 처단한다. 앞으로도
조선 백성을 괴롭히는 악질 왜인 관료는 속절없이 표창을 맞
을 것이다.

　조선 평양 표창수 백

　총독부 경무국장 노지마 요시오는 일본 제2 헌병대 사령관으
로 예편한 육군 소장이었다. 노지마는 1910년 11월에 총독부 경
무국장에 부임하여 경찰과 헌병대를 지휘하며 조선인들을 탄압
하고 처형하는 등 악질적인 인물이었다.

별 하나 지다

8월 27일 밤 9시경, 명동 일식요릿집 청화정 주변에 헌병과 경찰이 삼중으로 경계를 서고 있었다. 일본인이 경영하는 청화정에는 일본에서 뽑혀온 일류 기생들이 있어서 총독부 관료들이 식사를 하고 연회도 자주 여는 특급 요릿집 겸 요정이었다.

그날 청화정에서는 총독부 내무국 제2국장과 경무국 고등경찰국장, 보안과장 등이 8월 5일에 부임한 육군중장 우에다 류사쿠 일본군 부사령관 취임환영 연회를 열고 있었다. 이들은 일본 육군사관학교 한두 해 선후배들이었다.

연회가 한창 무르익을 즈음, 청화정 요리사 복장의 남자가 요리 쟁반을 들고 연회장으로 들어갔다. 연회장은 음란의 도가니였다. 기생들은 매미 날개 같은 입으나 마나 한 옷을 입었고, 남자들도 색색으로 화려한 반라의 유카타를 입고 기생들을 희롱하고 있었다.

　방으로 들어간 요리사가 쟁반을 내려놓고 팔을 휙휙 네 번 휘둘렀다. 희멀건 네 명의 사내가 순식간에 비명도 지르지 못하고 쓰러지자, 기생들이 찢어지는 비명을 지르고 울부짖으며 뛰쳐나가고, 요리사는 뒷문을 박차고 나가 순식간에 지붕으로 뛰어올랐다. 마당에 있던 헌병과 경찰들이 공포를 쏘아대다가 네 명이 거짓말처럼 나동그라졌다. 지붕에 있던 두 사람이 지붕과 지붕 사이를 훨훨 날듯이 어둠 속으로 사라지고, 청화정 본체 뒤 창고에서 폭탄이 폭발하며 화광이 충천했다.

　요릿집 청화정은 순식간에 아수라장이 되었다. 연회장은 기골이 장대한 네 명의 사내가 쏟아내는 피로 홍건하고, 기생 두 명이 공포에 기절하여 피 바닥에 널브러져 있었다. 헌병과 경찰이 방에서 손을 쓰지 못하고 어물거리자, 기절했던 기생 하나가 정신이 들어 일어나 피투성이로 비명을 지르며 뛰쳐나갔다.

　창고에서 번진 불이 순식간에 본체에 옮겨붙으며 청화정은 거대한 불구덩이가 되었다. 헌병대와 경찰이 들이닥쳤지만 손쓸 재간이 없다. 불은 이웃 요릿집까지 번져 주변은 온통 불바다였다. 청화정 주변 요릿집과 음식점은 모두 일본인들이 경영하고 있었다.

　불은 주변 요릿집 건물 9개 동을 밤새도록 태우고 아침에 잦아들었다. 한낮이 되며 현장을 수습했다. 새카맣게 탄 남자 네 명의 시신 심장에 표창이 박혔고, 기생 하나는 상처가 없는데 죽었다. 헌병 3명과 경찰 1명이 목과 심장에 표창을 맞아 죽었다. 청화정 일본인 주인이 불에 타죽고, 이웃 건물에서 불에 탄 시신 6구가 발견되었다.

이튿날까지 현장 검증과 수색을 했지만 범인의 흔적과 단서는 없었다. 총독부 고급관료 4명이 피살되고, 헌병과 경찰 4명이 피살되고, 일본 민간인 7명이 불타 죽었다. 범인은 오리무중이고, 총독부 관료들은 분노와 공포에 떨었다.

연회장에서 표창을 던진 사람은 임형규였고, 지붕에 있던 사람은 신팔균이었다. 청화정에서 27일에 연회가 있다는 것은 팔균이 알아냈다. 그날 오전 10경이었다. 장작장수가 청화정 앞마당에 장작을 실은 마차를 세워놓고 지게에 장작을 짊어지고 청화정 창고에 들여쌓고 있었다.

장작은 네 지게였다. 장작은 길고 굵다. 여름에는 장작을 난방으로 쓰지 않고 조리용으로 쓰기 때문에 잘게 쪼개야 한다. 그 작업을 장작장수가 해준다. 창고 앞에서 도끼로 장작을 쪼개는 장작장수는 문대수였다. 엿장수 문대수는 나흘 전에 장작 가게에 취직했다.

오후 1시경, 청화정에 젊은 신사 두 사람이 점심을 먹으러 왔다. 임형규와 신팔균이었다. 청화정은 일반 사람들이 아무나 드나드는 식당이 아니다. 일본 말을 못 하는 조선인이나, 입성이 추하거나 교양이 없어 보이는 사람은 들어가지 못한다. 이들 두 사람은 무관학교 장교 출신으로 일본말도 잘하는 경성의 엘리트다. 고급 요정과 요릿집도 드나들어 분위기와 정서를 안다. 점심시간이라 청화정은 손님이 북적인다.

점심을 먹은 두 사람이 변소에 들어갔다. 장작창고는 변소 바로 옆인데 문대수가 장작을 쪼개고 마당을 쓸고 청화정을 나갔다. 두 신사가 변소에서 나와 번개같이 장작창고로 들어갔다. 창고 장작더미 뒤에 두 사람이 숨을만한 공간을 문대수가 마련해 놓았다. 장작더미 밑에 있는 쟁반에 하얀 조리사 옷 한 벌이 있었다. 위아래가 새하얀 조리사 복에 하얀 조리용 모자, 빨간 나비넥타이까지 있다. 문대수가 청화정 뒤뜰 빨랫줄에서 거두어다 둔 것이다.

고급요정 청화정은 관료들 연회가 예약되면 저녁 손님을 받지 않는다. 청화정 주변에 헌병과 경찰이 삼중으로 경계 배치되고 오후 7시, 장식이 화려한 마차가 두 대가 도착하여 보기에도 위엄이 넘치는 건장한 신사 네 사람이 내렸다. 이들이 경호원들의 안내를 받으며 안으로 들어가고, 저녁 식사를 겸한 연회가 시작되었다. 연회가 한창 무르익을 무렵, 창고에서 나온 간편복 차림의 신팔균이 연회장 뒷문 툇마루에 올라서더니 양팔을 위로 뻗어 쇠갈고리로 서까래를 찍고 몸을 뒤채며 사뿐히 지붕 위에 올라가 납작 엎드렸다. 잠시 뒤에 창고에서 요리사 복장의 임형규가 고양이 걸음으로 나와 연회장 문 앞에 서더니 당당하게 허리를 펴고 들어갔다.

문대성이 만든 방화용 사제폭탄은 대수가 장작더미 밑에 숨겨두었다. 장작창고에 신팔균과 임형규가 벗어놓는 신사복과 구두가 있으니 태워 없애야 할뿐더러 불을 질러 왜인들의 간담을 서늘하게 해주는 것도 하나의 목적이었다.

이튿날 대한매일신보에 간밤의 청화정 사건이 기자가 눈으로 본 듯이 상세한 기사가 실렸다. 청화정을 비롯하여 주변 고급식당 4개소 건물 9개 동이 전소되고, 죽은 4명의 관료 이름은 없지만, 직책까지 상세히 나서 경성의 모든 관청은 발칵 뒤집혔다. 대한매일의 기사를 받아쓴 신문들이 전국으로 퍼지며 조선 천지가 경성과 평양의 표창수 기사로 흥분의 도가니가 되었다.

이에 따라 일제의 탄압도 가혹해졌다. 그날 밤 헌병수사대가 대한매일신보 사옥에 들이닥쳐 윤전기를 짓부수고 기자들과 간부들을 잡아갔다. 이튿날 대한매일신보는 폐간되었다. 보름 뒤인 9월 15일, 1898년에 창간된 황성신문이 폐간되었다. 대한매일신보는 일본인이 개입되어 빼앗아 매일신보로 개칭하여 총독부 기관지가 되었다.

1911년 9월 18일이었다. 총독 데라우치가 북부지방 순시 중 함경남도 함흥에서 하루를 묵어가게 되었다. 정보를 입수한 박창로와 창구는 총독을 살해할 계획을 세우고 하루 전에 함흥에 와서 숙소로 정해진 함흥시 관사를 답사했다. 관사 정문 앞에 마당이 있고 정문 오른쪽 마당 가에 아름드리 팽나무가 있다. 지형과 건물배치로 보아 밤에는 거사할 수 없고, 아침에 나올 시간을 택해야 좋을 것 같았다.

두 형제는 함흥 거리를 배회하다가 총독 순시 행렬을 보았다. 도로가 좋은 지역은 마차를 타고 도로가 험하거나 좁으면 말을 타는데, 기마 경찰과 기마 헌병 20여 명이 앞뒤 좌우에 에워싸듯이 호위하며 행진하여 접근할 방법이 없었다. 상황을 살펴본 창로는 내일 아침에 실행하기로 했다.

이튿날 19일 아침 9시, 수행원과 경호원들이 출발준비를 끝내고 숙소 앞에 정렬했다. 총독이 방에서 나와 대청에 섰을 때, '슉' 소리와 함께 총독이 심장을 움켜쥐며 고꾸라졌다. 수행원들이 비상 신호를 외치며 팽나무를 향하여 총을 쏘자, 마당 마차 옆에 도열 했던 경호원들이 나무를 향하여 총을 마구 쏴 갈겼다. 팽나무에서 사람 하나가 툭 떨어졌다. 온몸에 총탄을 맞은 사람은 떨어지자마자 부르르 떨다가 숨이 졌다. 이어 경호원들이 숙소로 뛰어 들어갔다. 숙소 마당에 세 사람이 쓰러져 있고, 총독 데라우치

마사다케는 수행원들이 둘러싸고 있었다. 경호원들이 관사 지붕 위에서 옆 건물 지붕 위로 건너뛰는 사람을 보고 추격했다.

팽나무에서 총독을 향해 표창을 던진 사람은 창구였다. 그는 너무 흥분하여 앞서 나오던 경호국장을 총독으로 알고 표창을 던진 것이다. 사실 얼핏 보아서는 복장이 비슷했다. 창구는 표창 하나를 던지고 나무에서 관사 지붕으로 뛰어내려야 했다. 그런데 표창을 맞은 사람이 총독이 아니라는 것을 직감하고 잠시 어물대다가 집중사격을 받은 것이다.

관사 지붕에 있던 창로는 수행원 두 사람에게 표창을 던지고는 창구가 나무에서 떨어지자 지붕을 건너뛰어 달아났다. 경호원들이 추격했지만 행적을 찾을 수 없다. 함흥시 헌병대와 경찰이 출동하여 주변을 샅샅이 수색했지만 아무 단서도 없고, 표창수 한 사람만 사살했다.

사촌 형을 잃은 창로는 산속에서 울며 통탄하다가 밤에 함흥 시내에 내려와 헌병 분소에서 경비를 서는 헌병 3명을 사살하고 내뛰어서 함흥 대성동 경찰지소 경찰 3명을 표창으로 사살하고 다시 산으로 숨었다. 함흥 시내를 발칵 뒤집은 창로는 해주로 왔다. 그러나 이제는 갈 곳이 없다. 총기와 표창을 숨겨둔 곳에 가서 표창 50자루와 권총을 괴나리봇짐처럼 싸서 짊어지고 밤에만 엿새 밤을 걸어 경성 마포나루 문대성의 집에 왔다.

총독 피습사건 열흘 만에 현장에서 사살된 범인의 신원이 밝혀졌다. 황해도 해주 출신의 박창구. 따라서 박창로의 신원도 밝혀졌다. 박창로 부모와 자매가 일본 헌병 3명에 의해 강간당하고 살해되었음도 밝혀졌다. 이들 사촌 형제의 백부와 숙부 가족이 잡혀갔다. 숙부와 백부, 사촌 형제들 6명이 재판도 없이 처형당하자 창로는 눈이 뒤집혔다. 그는 일본 헌병과 경찰만 보면 치를 떨며 미쳐 날뛰곤 하여 문대성을 성가시게 하였고, 끝내 신팔균에게 따귀를 맞으며 심한 꾸짖음을 들었다. 창로는 임형규의 충고와 가르침, 앞으로 해야 할 많은 일들을 가슴에 새기며 비로소 진정되었다.

총독 데라우치가 북부지방을 순찰한다는 정보는 신팔균이 알아냈다. 이 정보를 안 박창로 형제는 그날로 경성을 떠나 고향 해주를 거쳐 함흥에 왔다. 조선 총독 데라우치를 암살하기로 계획을 세운 것은 창로와 창구 형제였다. 신팔균이나 임형규가 알면 실행을 반대할 것이 뻔하여 고향 해주를 다녀온다는 구실로 경성을 떠났었다.

마침내 박창로의 현상금 수배 방문이 전국 방방곡곡에 붙었다. 그의 사진이 없으니 그림으로 그렸는데, 참 엇비슷했다. 현상금 2만 원. 죄목은 일본 헌병과 경찰 17명을 사살한 악질 조선인이었고, '조선 평양 표창수'라는 문구는 없었다. 조선의 영웅 평양 표창수를 밝히면 무서워 고발을 못 하고, 영웅을 고발할 조선인도 없을 것이다. 박창로는 이제 마음 놓고 거리를 나다닐 수 없게 되었다.

　11월 15일 밤, 임형규의 집에 표창수 네 사람이 모였다. 신팔균이 말했다.

　"계획했던 대로 창로를 서간도에 보냅니다. 내가 서간도 이상룡 선생님과 이석영 선생님을 만나야 할 일도 있어서 데리고 가겠습니다."

　임형규가 받았다.

　"서간도와 북간도는 앞으로 우리가 발붙이고 살아야 할 곳입니다. 이석영 선생님을 비롯한 많은 우국 지사들이 먼저 활동하시지만 할 일이 많을 것입니다. 신 정위가 이번에 가서 보고 석영, 상룡 선생님과 상의하여 우리도 하루빨리 가야 합니다. 이제 우리는 조선에서 활동하기 어렵게 되었으니까요."

　문대성이 나섰다.

　"그렇습니다. 서간도 북간도 만주 땅은 넓다고 들었습니다. 많은 분이 가서서 독립운동의 터전을 닦고 계신다는 말도 들었습니다. 하루빨리 가고 싶습니다."

　임형규가 말했다.

　"창로는 거기 가서도 매사에 조심해야 한다. 평양 표창수였다는 것을 절대 알게 해서는 아니 된다. 알겠느냐?"

창로는 잔뜩 부어터진 얼굴로 앉았다가 대답했다.

"알겠습니다. 거기는 왜놈들이 별로 눈에 띄지 않을 테니 맨날 피가 거꾸로 솟지는 않겠지요."

팔균이 타일렀다.

"거기도 왜인들은 많다. 왜경과 헌병도 있다. 너는 이제 표창 수가 아니다. 이제부터 표창은 네 호신용 무기로만 써야 한다. 명심하거라."

"두 분 스승님 말씀 명심하겠습니다. 하지만 저는 꼭 안중근 장군님을 따르겠습니다. 그것은 제 소원입니다."

팔균이 불끈해서 말했다.

"네 뜻을 꺾지는 않겠다. 그러나 때가 있고 기회가 있어야 한다. 함부로 경거망동하지 말고 참위님이나 내 지시에 따라야 한다."

11월 18일 아침 8시, 경성역 대합실에 정장 차림의 말쑥한 신사 신팔균과 짐꾼 하인 차림의 박창로가 커다란 가방과 봇짐을 지고 개찰구 앞에 줄을 서 있었다. 창로는 수염이 텁수룩한 데다, 갈색 중우 적삼에 짚신을 신었다. 멀찍이서 임형규와 문대성, 문대수가 각각 따로 떨어져 두 사람을 지켜보고 있었다. 주위를 살피던 임형규가 팔균에게 급히 다가가서 옆구리를 쿡 찌르고 지나쳐갔다. 팔균이 창로에게 턱 짓을 하자 창로가 등짐을 내려놓고

슬금슬금 뒷걸음질을 치다가 후다닥 내 뛰었다.

이내 호각소리가 요란해지며 사복 차림의 두 사람이 권총을 빼 들고 쫓아가고, 헌병 두 명이 뒤따라 뛰었다. 총성이 세 번 나고 창로는 역사를 빠져나갔다. 개찰 줄에서 물러나 상황을 지켜보던 팔균이 가방을 드는 순간, 사복 차림의 건장한 청년이 다가와 조선말로 신분증과 기차표를 보자고 했다. 팔균이 주머니에 손을 넣는척하며 그자의 가슴 급소를 찌르고 내뛰었다. 근방에 있던 헌병 2명이 팔균을 따르며 권총을 쏘았다. 조선말을 하던 헌병 보조원은 그 자리에 엎어져 죽었다.

문대성과 대수가 번개같이 달려와 가방과 보따리를 들고 역사를 빠져나갔다. 태연하게 서서 지켜보던 임형규가 역사를 나가는데, 헌병과 경찰 20여 명이 역사로 몰려들었다. 임형규는 팔균이 뛰어간 청파동 쪽으로 빠르게 걸었다.

신팔균과 박창로가 경성역 대합실에 들어올 때, 박창로를 알아본 해주 고향 사람이 있었다. 현상금을 탐낸 부부는 역사에서 경비를 서는 헌병에게 신고했다. 그 광경을 임형규가 보았다. 이들은 만약에 대비하여 치밀한 작전을 짜놓고 각각 요처에서 두 사람을 지켜보고 있었다. 헌병이 조선인 헌병 보조원과 함께 있다가 신고를 받고는 지원군을 부르러 가고 사복 차림의 헌병이 움직이자 형규가 팔균에게 다가가 신호를 한 것이다.

임형규는 팔균이 역사를 벗어나 청파동 쪽으로 뛸 때 멀리서 지켜보았다. 왼쪽 다리에 총을 맞았다는 것을 알고 놀랐으나 계속 뛰는 것을 보고 일단 안심했다. 이들의 뜀박질은 누구도 따르지 못한다. 문대성 형제도 가방과 짐을 무사히 옮겼을 것이다. 가방과 짐에는 권총도 있고 표창도 50여 자루가 있다.

그날 오전 10시, 남대문 밖 복숭아골에 있는 세브란스 병원에 다리에 상처를 입은 환자가 입원했다. 환자는 신팔균이었고, 입원을 시킨 사람은 임형규였다. 팔균은 경성역에서 왼쪽 대퇴부에 총상을 입었으나 가벼운 상처였다. 간호원이 재빨리 병실에 입원시키고 가벼운 상처에 붕대를 크게 감아 큰 상처로 위장하여 눕혔다.

간호원은 진천 보명학교를 졸업한 임수명이었다. 임수명은 작년 3월에 보명학교를 졸업하고 사촌오빠 임형규의 주선으로 세브란스 병원 간호원 양성소에서 1년간 연수를 받고 금년 4월부터 정식 간호원으로 일하고 있었다.

그날 밤, 문대성의 집에 임형규와 박창로가 모였다. 임형규가 말했다.

"네가 역에 들어서자 너를 알아보는 중년의 부부가 있었다. 여자가 네 이름을 부르며 다가가자, 남편이 덜미를 잡고 부부가 잠시 수군거리다가 헌병에게 가는 것을 보고 신 정위에게 신호를 보낸 것이다.”

창로가 분노로 이글거리며 받았다.

“제 이름을 아는 부부라면 우리 고향 사람이 분명합니다. 돈에 눈이 멀어 고향 사람을 밀고한 그 연놈들 어떻게든 잡아 죽여야 하는데 어찌합니까?”

창로는 터지는 분노로 부글부글 끓고 있었다.

형규가 창로의 분노를 가라앉히고 말했다.

“신 정위는 다리에 총을 맞아 서간도에 갈 수 없다. 어제 일로 경계가 더 심해져 너는 이제 경성에서는 기차를 탈 수 없다. 네 재주껏 의주에 가서 기차를 타야 한다. 갈 수 있겠느냐?”

“가야지 어찌합니까? 며칠이든 밤에만 걸어서 가겠습니다. 조선 국경만 벗어나면 기차를 탈 수 있겠지요.”

“서간도는 물론 만주에까지 너의 현상금 수배 방문이 붙어 있다고 들었다. 조선보다는 덜하겠지만 각별 조심해야 한다.”

“명심하겠습니다. 만약 제가 어찌 되더라도 두 분 스승님께 누가 되는 일은 없을 것입니다.”

“일이 어그러지는 건 아주 사소한 사건이나 단서에서 시작된다. 함부로 행동하지 마라. 때와 장소를 가려 꼭 죽어야 할 자리에서 죽어야 한다.”

창로는 눈물을 펑펑 쏟으며 말했다.

“스승님 말씀, 은혜 잊지 않겠습니다. 꼭 서간도에 가서 두 분 스승님과 대성 아저씨를 다시 뵙겠습니다."

조선에서 서간도와 만주를 넘나들며 독립운동을 하던 신팔균
은 1914년 3월 세브란스 병원 간호원 임수명과 결혼하였다. 신랑
신팔균 32세, 신부 임수명 20세였다. 두 남녀는 고향이 같은 충북
진천이었고, 임수명은 보명학교 교장이었던 신팔균의 제자이기
도 하다. 신팔균은 임수명이 20세가 되기를 32세까지 기다렸는지
그때까지 총각이었다.

신팔균은 선대의 재산을 정리하여 고향 진천에 보명학교를 세
워 운영하고, 나라가 망한 이후 독립운동에 전념하며 자금을 쓰
고는 하여 생활조차 어렵던 시기였다. 두 사람의 결혼을 적극 추
진한 사람은 신부의 사촌오빠 임형규였고, 대동청년단장 남형우
와 부단장 안희제였다. 세 사람의 주선으로 결혼한 부부는 세브
란스 병원 옆에 셋방을 마련하고 신혼살림을 시작했다. 32세 노
총각 신팔균은 비로소 편히 몸을 눕힐 수 있고 따뜻한 밥을 먹을
수 있는 안식처를 잡았다.

하지만 신팔균은 등 따시게 편히 누워 따뜻한 밥을 먹을 사람
이 아니었다. 일본어와 중국어에 능한 그는 이미 1913년부터 서
간도에 자리 잡은 이상용, 이석영 선생의 지시로 북간도와 남북
만주, 연해주를 두루 넘나들며 독립군 동지들을 규합하여 서간도
로 인도하였다. 서간도에는 국외 독립운동기지를 건설하려는 많

은 우국 지사들이 집결하고 있었다.

1911년 9월 함흥에서 박창로 형제에 의한 총독 데라우치 암살 사건이 일어나자, 신민회회원과 서북지방 민족주의자 600여 명의 총검거 작전이 시작되었다. 이 사건으로 105명이 검거되어 훗날 소위 '신민회 사건'이라 일컫는 신민회 탄압사건이 일어났다.

이에 신민회는 전국 간부 회의를 열어 국외 독립기지 장소를 구체적으로 확정 짓고, 대일 무장투쟁을 공식적으로 채택했다. 그 장소가 서간도였다. 이미 1910년 12월 이석영 이회영 가문이 조선의 전 재산을 처분하여 서간도로 망명하였고, 1911년 2월에는 경상북도 안동 일대의 유림과 지사들인 이상룡, 김대락, 김동삼 가족들이 집단 망명하였다. 이들은 노비들을 면천시켜 내보내고 가산을 정리하여 서간도로 망명했다. 이화영과 이상룡 등 애국지사들이 조선에서 재산을 처분한 돈이 당시 화폐로 80만 원이 넘었다고 하니, 현재의 가치로 보면 4천억 원이 넘는 돈이다.

서간도로 이주한 이석영, 이회영 형제와 이상룡 등 독립운동가들이 첫 사업으로 시작한 것이 '경학사' 조직과 '신흥강습소' 설립이었다. 경학사는 서간도 이주민을 위한 농업과 교육을 장려하는 기관이었고, 신흥강습소는 독립군 군사들을 소집하여 훈련을 시키기 위한 결사조직이었다. 경학사의 주요 목적은 조선 이주민들로 하여금 간도와 만주지역에서 벼농사를 짓도록 장려하는 원대한 계획이었다.

1911년 6월 10일, 서간도 유하현 추가가 마을 허름한 창고에서 신흥강습소 개교식이 있었다. 중국 토착민들과 일제의 의혹을 피해 평범한 강습소라는 이름으로 개교식을 했는데, 1년 뒤에 신흥무관학교의 전신이 되었다. 신흥강습소는 중등과정의 교육과 군사교육과를 두어 처음부터 독립운동 전사들을 육성하자는 뚜렷한 목표가 있었다.

신흥강습소는 북간도와 만주까지 알려지며 학생들이 몰려들어 허름한 창고에서는 더이상 교육을 할 수 없게 되었다. 1912년 3월 지도자들은 의논 끝에 강습소를 옮기기로 하고 장소를 물색하여 유하현에서 동남쪽으로 100여리 떨어진 통화현 합니하로 이주하여 건물을 신축했다. 7월 20일 교사가 완공되자 망명 지사들 100여 명이 모여 신흥강습소를 '신흥무관학교'로 개명하여 낙성식을 가졌다.

낙성식이 끝나고 자축 다과회의에서 신흥무관학교 교장 이석영에게 남루한 차림의 백발노인이 다가와 아무 말도 없이 작은 가죽가방 하나를 건네주었다. 이석영이 의아한 표정으로 가방을 받자, 노인은 공손히 머리를 숙이고는 돌아서서 표표히 회의장을 나갔다. 이석영이 가방을 들고 잠이 어리둥절하다가 노인의 뒤를 쫓아 나갔지만 보이지 않았다.

이석영이 회의장으로 들어가자 지켜보았던 이상룡이 다가와 물었다.

"그 노인 누굽니까?"

"모르는 사람입니다. 대체 이 가방이 뭘까?"

이회영이 형님 석영 옷자락을 당겼다. 세 사람은 교장실로 들어갔다. 손때가 묻은 가죽가방은 가벼웠다. 폭탄이 들었을 염려는 없어 책상에 놓고 가방을 열었다. 착착 접은 한지가 몇 장 있었다. 한지를 들어내 펼쳤다. 지도였다. 지도는 일곱 장이었다. 서간도와 북간도, 만주 일대의 주요 산간지도였다. 이회영이 뛰어나가 생도들 여남은 명을 풀어 근처를 조사하여 노인을 찾게 했다. 그러나 노인은 흔적 없이 사라졌다.

10년 전 1901년, 임창무가 충북 진천에 있는 신석희를 찾아가 나눈 대화가 있었다.

임창무가 허허로이 웃으며 말했다.

"허허허…, 주유천하라! 내가 그런 팔자가 못 된다는 것을 장군은 아시잖아요. 만주대륙의 지리를 좀 알아보고 싶습니다."

"대륙의 산천은 험합니다. 말도 다르고, 스승 연세로 가능하시겠습니까?"

"만주지방 말을 대충 알아들어 소통이 가능합니다. 체력이 따라줄 때까지만 해야지요. 후세를 위하여 해야할 일이라고 생각합니다."

석희는 눈을 가늘게 뜨고 듣다가 받았다.

"원대한 생각이십니다. 좋은 성과 있으시기를 바랍니다."

가방을 전한 노인은 82세의 임창무였다. 그는 8년간 간도 일
대와 만주대륙을 섭렵하며 지도를 그렸다. 그 지도가 1920년 홍
범도의 봉오동 전투와 김좌진의 청산리 전투 작전지도가 되었다.
지도를 신흥무관학교 교장 이석영에게 전한 임창무는 그날로 세
상에서 사라졌다.

2년 뒤인 1914년 가을부터 신흥무관학교 교관들과 졸업생들
은 통화현 쏘배차(백두산 서쪽)에 군사기지를 만들기 시작했다.
신팔균과 임형규는 무관학교 졸업생들의 지도자가 되어 작업을
지휘하였고, 문대성과 박창로는 작업 인부로 네 사람이 2년 만에
합류하였다.

중국 당국의 허가를 얻어 조선 백성들의 자치농장인 '백석농
장'으로 이름을 붙여 밀림지역을 벌목하고 땅을 개간하기 시작하
여 이듬해 수백 명의 병력을 수용할 수 있는 군영을 완성하였다.
백석농장은 병농일치兵農一致의 기치를 걸었다. 농사에 주력하여
자급자족하며, 신입생으로 넘치는 무관학교에서 교육할 수 없어
개간한 농지를 교육장으로 활용하며 농사를 겸한 혹독한 군사훈
련을 시켰다. 신팔균과 임형규는 뛰어난 교관이며 농사꾼으로 진
면목을 보였다.

신팔균과 임형규는 백석농장에 원적을 두면서도 서간도의 경학사가 발전되어 조직된 한족회 소속의 독립군단 서로군정서에서도 교관으로 활동하며 후진 양성에 전력을 기울였다. 조선의 육군무관학교를 졸업한 이들 두 사람은 7년 만에 마침내 신흥무관학교 정식 교관으로 임명되었다. 무관학교의 생도가 늘어나면서 교관을 보충했는데 지청천, 김경천, 신팔균, 임형규와 함께 김창환, 성준용, 이범석 등이 교관으로 임명되며 신흥무관학교는 활기를 띠기 시작하였다. 학제도 개편하여 4년제 본과와 6개월 장교반, 3개월 하사관반, 1개월의 특수 훈련반으로 편성하였다. 이때부터 신동천申東天(팔균의 아호), 지청천池靑天, 김경천金擎天은 만주의 삼천三天이라 불리며 무명을 떨쳤다.

1919년 본국에서 3·1 독립운동이 일어나자 조선 각지에서 서간도의 신흥무관학교를 찾아오는 청년들로 학교는 포화상태에 이르며 제대로 운영이 어렵게 되었다. 이에 지도자들은 조선인이 많이 거주하고 교통이 편리한 유하현 고산자 근처의 대두자로 신흥무관학교 본교를 옮기고, 합니하의 학교를 분교로 정했다. 그래도 학교와 시설이 부족하여 통화현의 숲이 무성한 지역 쾌대무자에 분교를 개설하여 3개교의 무관학교 체재를 갖추게 되었다. 여기에 이르기까지 막대한 자금이 투여되었는데, 안희제의 독립자금 지원이 버팀목이 되었다.

여걸 임수명

안희제安熙濟는 1885년 8월 4일 경상남도 의령군 부림면 입산리에서 의령 부호가의 장남으로 태어났다. 어린 시절 친척 형님인 안익제에게서 한학을 배우고 상경하여 1907년 보성전문학교에 입학하였다. 이어 이듬해 양정의숙으로 전학하여 1910년 25세에 졸업하였다. 안희제는 신학문을 통한 교육으로 자주독립 사상의 고취가 급선무라고 판단하여 고향 의령에 의신학교를 설립하였고, 이어 부산의 구명학교 설립에도 관여하여 2년간 교장으로 재직하였다.

경성에서 서상일, 김동산, 남형우, 신팔균 등 동지 80여 명을 규합하여 대동청년단을 결성하여 청년단 부단장으로 활동하던 그는 1910년 국권이 강탈당하자 1911년 서간도와 북간도를 거쳐 블라디보스토크로 가서 '독립순보'를 간행하기도 하였다. 그곳에서 신채호와 안창호등 민족지도자들과 국권회복 방략을 논의하던 그는 고향으로 가서 후진 양성과 독립자금 조달을 위한 토대를 마련하기로 하고 1914년 2월 국내로 돌아왔다.

그해 3월 경성에서 대동청년단 동지 신팔균의 결혼을 주선한 안희제는 9월 고향의 전답을 팔아 부산에 '백산상회'를 설립하였다. 백산상회는 곡물, 면포, 해물 등을 취급하며 일본과 중국으로 수출하기도 하여 사업을 확장하다가 1919년 영남지역 대지주들의 참여로 '백산무역주식회사'로 확장하였다.

1919년 8월, 백산무역주식회사 사장 안희제는 서간도의 민족지도자 이상룡의 비밀통보를 받았다. 신흥무관학교 확장으로 인한 자금이 필요하니 본국에서 조달해 줄 수 있겠느냐는 내용이었다. 이미 서간도의 독립운동 지도자들과 연락망을 개설하여 활동하던 안희제는 회사 중역들과 상의하여 독립자금을 보내기로 하고 주선하였다. 그러나 10만 원이 넘는 자금을 서간도까지 무사히 운반하는 것이 큰 문제였다. 일제는 3·1 독립만세운동이 일어난 이후 조선인들의 국외 출입을 불법으로 정하여 엄격하게 감시하며 단속하였고, 국내의 자금이 간도와 만주지역의 독립운동자금으로 흘러든다는 것을 알고 단속을 강화하고 있던 시기였다.

1919년 10월 6일 오전 9시, 음력 8월 12일 추석 사흘 전이었다. 윤7월이 들어 추석이 늦은 해였다. 귀성인파로 바글거리는 경성역 대합실 개찰구 대열에 한복에 두루마기를 입은 만삭의 귀부인과 한복차림의 네다섯 살배기 사내아이, 머슴 차림의 중늙은 이가 커다란 가방과 가방보다 더 큰 보따리를 놓고 서 있었다. 머리가 반백인 영감은 수염이 텁수룩하고 갈색 중우 적삼에 짚신을 신고 봉두난발인 머리에 누런 광목 수건을 질끈 동여맨 차림이었다.

일본 헌병과 순경이 한 조가 되어 귀성객들을 일일이 조사하고 있었는데, 이들 두 사람에게 기차표와 신분증을 보자고 했다. 만삭의 여자가 일본말로 대답했다.

"헌병님, 순사님 수고가 많으십니다. 저는 정동에 사는 아녀자인데, 만삭이 되어 북경에서 사업을 하는 남편에게로 갑니다. 네 살인 아이는 제 아들이고, 이 사람은 제집 머슴입니다."

만삭의 여자는 얼굴이 달덩이 같은 귀부인인데, 조선인으로 일본말을 잘하자 순사와 헌병은 한결 누그러지며 말했다.

"우선 신분증과 기차표를 주시오."

여자는 신분증과 기차표를 내주었다. 신분증에는 이름 임수명. 1894년 2월 16일생. 경성부 정동 27번지 갑반. 기차표는 경성역에서 북경역. 머슴은 신분증이 없고 기차표만 있었다. 순사가 신분증을 요구하자 여자가 대답했다.

"우리 머슴은 벙어리입니다. 어려서부터 부모도 없이 떠도는 아이를 평안도에서 데려와 키워서 신분증이 없습니다."

　조선인 순사가 늙수그레한 머슴에게 달려들어 온몸을 더듬고 머리에 쓴 수건도 풀었다. 사타구니까지 더듬고는 큼직한 보따리를 풀어헤쳤다. 꾀죄죄한 늙은 머슴 누더기옷과 고랑 내가 고약한 속옷가지가 나오자 코를 움켜쥐며 물러섰다. 이어서 가방을 열라고 했다. 만삭의 여자가 힘겹게 앉아 가방을 열자, 순사가 달려들어 가방을 헤쳤다. 아기 배내옷과 처네, 포대기 그 밑에 여자들 속옷과 남자들이 보고 만지기에 난처한 임산부 속옷가지가 나오자 가방을 덮으라고 했다.

　젊은 헌병이 만삭의 여자에게 다가서며 말했다.

　"대단히 죄송하지만, 부인 몸을 좀 검색하겠습니다. 이건 헌병사령부의 지시로 누구에게나 해당하는 검사라는 것을 이해하십시오."

　만삭의 여자는 고운 얼굴을 찡그리면서도 양팔을 벌리고 몸수색을 허락했다. 헌병은 우선 가슴과 겨드랑이를 천천히 더듬고, 불룩한 배를 쓰다듬듯이 더듬고, 꿇어앉아 한복 치마 속으로 손을 넣어 양다리 안쪽과 사타구니 엉덩이까지 알뜰히 더듬고는 얼굴이 벌겋게 달아올라 일어섰다. 수치심에 벌게진 얼굴로 헌병을 노려보던 여자가 점잖게 말했다.

　"헌병님, 수고하셨습니다. 더 수색하실 것이 있습니까?"

　헌병이 차렷 자세로 경례를 하며 대답했다.

"넷, 이제 끝났습니다. 검사에 협조해 주셔서 감사합니다."

돌아서는 그들 앞을 여자가 막아서며 말했다.

"헌병님, 북경까지 가자면 몇 번이나 더 검사를 받아야 할 것입니다. 보시다시피 만삭으로 그건 수치이고 괴로움입니다. 경성역에서 완벽한 검사를 했다는 헌병대 증명서를 발부해 주시면 고맙겠습니다."

말을 마친 여자는 헌병의 주머니에 무언가를 찔러 넣었다. 헌병은 주머니에 손을 넣고 이내 말했다.

"좋습니다. 분소장님께 보고하겠습니다. 잠시 기다려주십시오."

중년의 순사는 조선 사람이었는데 겸연쩍다는 듯 이죽거렸다.

"부인, 잘 생각하셨습니다. 출발역 검사 완료 헌병대 증명서를 받으면 북경까지 무사통과 하실 수 있습니다."

임수명은 터지는 울화통을 꾸역꾸역 참으며 몇마디 대꾸를 하는데 헌병 둘이 다가왔다. 하나는 경성역 헌병분소장 군조였다. 군조는 다시 가방과 보따리를 풀고 검사를 하는 척하고는 두 사람을 찬찬히 살펴보고, 사내아이 머리를 쓰다듬고는 검문확인 증명서를 쓰고 인장을 찍어 내주었다. 기차 시간이 임박하여 만삭의 여인은 아들 손을 잡고, 머슴은 등짐을 지고 가방을 들고 개찰구로 뛰었다.

임수명은 신팔균의 첫아들에 이어 둘째를 임신한 상태였고, 병

292

어리 머슴은 나흘 전에 서간도에서 밀명을 받고 나온 경성 표창수 문대성이었다. 임수명이 헌병 주머니에 넣어준 돈은 20원으로 거금이었다.

두 사람은 기차를 갈아타며 서간도 국경을 넘어오기까지 네 번의 검문을 받았다. 검문 때마다 경성역 헌병분소장의 검문확인 증명서를 보여주고 심한 짐 검사와 몸수색은 받지 않았다. 이튿날 오전 8시, 만삭의 여인과 머슴은 23시간 기차에 시달리며 서간도 유하현역에 도착했다. 북경역 기차표를 들고 내리자 헌병과 경찰이 검사를 했다. 경찰이 물었다.

"왜 북경역까지 안 가고 서간도에 내렸는가?"

임수명이 오만상을 찡그리며 일본말로 대답했다. 기차표를 북경역까지 끊은 것은 간도와 만주지역에 독립군 근거지가 많아 일제의 단속이 더 심하기 때문이었다.

"보다시피 만삭이다. 금방 해산할 것 같아 내렸다. 급하다. 빨리 출산원에 가야 한다."

누가 보아도 다급한 출산 직전의 산모였다. 기차역 직원이 보따리까지 들어다 주어서 세 사람은 무사히 유하현 역사를 빠져나왔다. 역사 밖에는 임수명의 남편 신팔균과 사촌오빠 임형규, 신흥무관학교 교장 이석영 등 10여 명이 초조하게 기다리다가 우르르 몰려왔다. 안희제가 보내는 무관학교 건설자금과 운영자금 12만 원이 두 사람의 가방과 보따리 속에 들어있었다.

만삭의 임수명은 그날 밤 오빠 형규의 집에서 신팔균의 둘째 아들을 출산했다. 형규의 가족과 문대성의 가족은 이태 전에 서간도 유하현으로 이주했었다. 형규의 가족은 아내와 아들 하나 딸 둘이었고, 문대성의 가족은 아내와 무관학교 2학년인 22세의 막내아들이었다. 임수명은 결혼 후 4년간 세브란스 병원 간호원으로 근무하다가 이번에 서간도로 이주하게 되었다. 조선과 서간도를 넘나들며 풍찬노숙하던 신팔균은 둘째 아들까지 얻고 다시 가정을 꾸렸다.

1920년부터 중국의 만주 군벌 장작림張作霖과 일본 관동군은 신흥무관학교의 명성이 높아지자 온갖 수단을 동원하여 견제하기 시작했다. 마침내 5월부터 중국군과 일본군은 합동작전으로 삼원포에서부터 독립군 지도자와 가족들을 체포하고 불응하면 무차별 사살하기에 이르렀다. 게다가 그해 6월 7일, 봉오동에서 홍범도부대와 대한북로군에 대패한 일본군은 복수 차원으로 조선인 양민학살과 독립군 초토화 작전을 시작했다.

장작림 부대와 일본군의 대규모 공세에 신흥무관학교는 학교 운영이 어려운 지경에 이르렀다. 결국 6월 27일, 신흥무관학교는 임시 폐교하고 서로군정서와 지도자들은 잠시 몸을 피하기로 했다. 이에 무관학교 교관들 신팔균, 지청천, 김동삼, 임형규, 김경천 등은 신흥무관학교 졸업생을 중심으로 400여 명의 교성 부대

를 조직하여 김좌진이 이끄는 북로군정서에 합류하게 되었다. 부
대를 이동하면서 임형규는 신팔균, 문대성 세 가족을 비교적 안
전대인 북경으로 이주시켰다. 간호원인 임수명은 간도에 오면서
부터 간호장교에 임명되어 독립군의 젊은 부인과 딸들로 구성된
간호부대를 조직하여 활동하고 있었다.

일본군과 장작림의 만주군이 포위망을 좁혀오자 각지에 흩어
져 있던 독립군부대는 1920년 8월부터 근거지 이동을 하지 않을
수 없게 되었다. 명월구에 있던 홍범도의 대한독립군은 이도구
어랑촌에 임시 주둔하였고, 뒤이어 의군부, 광복단, 국민회군 등
이 이도구에 임시 주둔했다. 왕창현 서대파에 있던 김좌진의 북
로군정서도 일본군의 압박에 견디지 못하고 9월 20일경부터 이
동을 시작하여 10월 13일 삼도구三道溝 청산리靑山里에 도착하여
주둔했다.

만주 일본군 사령부는 조선 독립군 토벌 작전이 실패하자, 만
주 간도의 불량조선인 섬멸 작전을 계획하였다. 이에 따라 만주
나남에 있던 일본군 19사단과 조선 용산에 있는 제20사단에서 1
개 대대, 시베리아에 있는 4개 사단에서 각각 1개 대대를 차출하
여 총 병력 25,000여 명의 전투부대를 편성하였다. 일본군은 병
력을 3개 지대로 나누어 조선 독립군을 이중 포위하여 섬멸하겠
다는 작전을 세웠다.

    제1차로 이즈마 지대가 10월 15일 용정에 도착하여 전열을 정
비하는 등 완벽한 전투태세를 갖추어 18일 삼도구에 있는 북로군
정서와 이도구에 있는 홍범도부대를 찾아 출병하였다. 이즈마 지
대는 기병과 보병, 포병을 포함하여 5,000명의 병력이 북로군정
서와 홍범도 부대를 포위하고 10월 21일을 기하여 총공격을 한다
는 작전을 세웠다.

청산리 대첩

10월 21일 오전 8시, 일본군 제1선발대 야마다 보병연대가 이즈마 지대와 협동작전을 펴기 위하여 삼도구 청산리 계곡 백운평에 들어왔다. 왜군의 협동작전을 예상하고 산 중턱에 매복해 있던 북로군정서 제1중대와 제3중대, 제5중대가 기습공격을 감행하였다. 매복이 있을 줄 몰랐던 왜군은 고스란히 노출된 상태로 산에서 내려다보고 공격하는 독립군에 손쓸 재간이 없었다. 기관총과 수류탄이 빗발처럼 쏟아지자 왜군은 샅샅이 흩어지고 일부가 계곡 입구로 후퇴하였지만, 퇴로에 매복하고 있던 독립군 제2중대에 걸려 전멸하다시피 패하였다. 이 전투에서 왜군은 200여 명이 전사하며 퇴각하였다. 이것이 청산리 전투의 서전인 백운평 전투였다. 북로군정서 제1중대장이 신팔균, 제5중대장 지청천, 퇴로를 차단한 제2중대장이 임형규였다. 임형규는 작전지도

에 따라 적의 퇴로에 군사를 매복시켜 대승을 거두었다. 그 지도
가 아버지이며 스승인 임창무가 발이 닳도록 섭렵하며 그렸다는
것을 알지 못한다.

백운평 전투에서 대승을 거둔 북로군정서는 이도구 갑산촌으
로 철수하여 주둔했는데, 왜군 1개 기병대가 천수평 마을에 머물
러 있다는 첩보를 입수했다. 북로군정서 지휘부는 작전 회의를
열고 기병대를 야간기습 공격하기로 작전을 세웠다.

22일 새벽 3시, 신팔균과 지청천, 임형규가 지휘하는 연성대가
허물어진 토성 안에 진지를 구축하고 단잠에 빠진 기병대를 기습
공격하였다. 임형규와 신팔균은 야간기습공격의 맹장이었다. 표
창으로 동초 4명을 사살하고 일시에 토성을 에워싸며 맹렬한 공
격을 퍼부었다. 왜군 20여 명이 반격을 했지만 6명이 살아서 토
성을 탈출하였고, 기병대장을 비롯한 116명이 토성 안에서 몰살
하였다. 아군 피해는 전사 1명과 부상 7명이었다. 작전에서 말
130필과 기관총 등 무기 300여 점을 노획하였다. 왜군 기병대를
섬멸한 이 전투가 천수평 전투였다.

10월 22일 오전 9시, 김좌진의 북로군 1개 대대가 청산리 어랑
촌 서남단 874고지에 매복하여 전투태세를 갖추었을 때, 왜군 이
즈마 지대가 요충지인 874고지를 선점하려고 달려왔으나 이미
독립군이 점령한 것을 알았다. 그러나 병력의 열세를 알고 공격

을 감행하였다. 왜군은 독립군의 열 배가 넘는 5천여 명이었다. 왜군은 우세한 병력과 월등한 화력으로 8부 능선에 진을 친 독립군을 공격하며 올라왔다. 이야말로 독립군은 독 안에 든 쥐의 형세였다.

독립군은 지형이 유리한 점을 이용하여 왜군을 내려다보며 소총과 기관총으로 맹공을 퍼부었다. 왜군은 결사적이었다. 압도적으로 우세한 병력과 대포를 포함한 화력으로 계속 밀고 올라왔다. 독립군과 왜군은 날이 어두워질 때까지 싸웠으나 피아간에 물러서지 않았다. 마침내 독립군이 야간 기습공격에 능하다는 것을 알고 해가 지면서 왜군은 철수했다.

매복공격을 염려하여 고지에서 밤을 지새운 독립군은 새벽에 철수하여 안두현에 주둔했다. 이 전투가 어랑촌 전투였다. 어랑촌 전투에서 왜군은 기병연대장 가노 히다카 대좌를 비롯하여 1,000여 명이 전사했다. 독립군도 120여 명의 전사와 60여 명의 부상자가 발생하여 피해가 컸지만, 어랑촌 전투 역시 대승이었다.

북로군정서 독립군은 10월 24일부터 소규모 부대로 편성하여 서북쪽으로 이동하며 왜군을 만날 때마다 격파하여 천보산 전투와 맹개골 전투에서 대승을 거두며 왜군에게 큰 타격을 주었다. 김좌진 북로군정서는 10월 30일 안두현 황구령촌에 도착하여 홍범도부대와 합류하여 주둔하였다.

청산리 전투는 김좌진의 북로군정서 600여 명과 홍범도 휘하의 부대 700여 명이 참전했다. 독립군은 크고 작은 전투에서 왜군 연대장 1명과 대대장 2명, 장교와 하사관을 포함하여 1,750여 명을 사살하였고, 2천여 명의 부상자가 발생했다고 발표하였다.

봉오동 전투와 청산리 전투에서 참패한 왜군은 이에 대한 보복으로 서간도와 북간도 전역의 조선인 마을을 습격하여 남녀노소를 가리지 않고 불량선인이라 지목하여 무차별 학살하고 집에 불을 질렀다. 이 사건을 경신참변庚申慘變이라고 하며, 조선인 3천 2백여 명이 무차별 학살당하였다.

이에 분노한 문대성과 박창로는 표창으로 왜군 장교 50여 명을 사살하였으나 왜군의 분노만 더 자극하는 계기가 되었다. 만주의 관동군 지휘부는 조선의 표창수가 간도에까지 왔음을 알고 다시 박창로의 2만 원 현상 수배 방문을 붙이기 시작하였다. 박창로는 어쩔 수 없이 안투현에 주둔한 신팔균 부대로 가야 했다.

김좌진의 북로군정서와 홍범도의 독립군연합부대는 북만주의 밀산密山까지 이동하여 대한독립군으로 합병 조직하였다. 반면에 만주에 잔류하던 서로군정서와 광복군총영, 대한독립단 등 독립군 병력은 장백, 안동, 안도, 임강 등 남만주지역으로 이동하여 새로운 항전 기지를 구축하였다. 이때 신팔균은 임형규와 함께 북로군정서에서 독립하여 120여 명의 부하들을 이끌고 홍경현에

주둔했다. 홍경현에는 조선인 2만여 명이 거주하여 병력 보충에
도 유리하기 때문이었다.

　1922년 봄이었다. 서로군정서, 대한독립단, 등 독립군단 대표
들이 환인현에 모였다. 이들은 각 독립군단의 대동단합에 관하여
남만통일회의를 결성하고, 각 독립군단의 조직을 해체하여 통합
된 대한통군부를 결성하기로 합의하였다. 대한통군부의 설립 목
적은 무장 항일전을 수행하는 한편 수십 만의 남만주지역 조선인
들을 보호하는 정부적 기능을 수행하여 안전을 도모하자는 것이
목적이었다.

　이들 단체의 대표들은 사흘간의 회의 끝에 대동단결할 것을
결의하고 지금까지의 각 단체를 해체하여 대한통의부로 통합하
여 독립군단을 결성하고, 소속 독립군단은 대한통의부 의용군으
로 재편성하였다. 따라서 총장제를 구성하고, 의용군 사령관에
김창환金昌煥을 임명하였다. 그뿐만 아니라 그 밑에 민사, 군사,
재무, 학무, 법무, 교통, 등의 부서를 둔 정부 형태를 갖추었다.

대한통의부 사령관 신팔균

　　1923년 3월, 신팔균은 제1대 의용군 사령관 김창환의 뒤를 이어 제2대 사령관에 임명되었다. 대한통의부 의용군사령관 신팔균 장군은 유명무실하던 부대를 재편성하여 위용을 갖추었다. 제1·2·3·4·5중대로 구성한 1개 대대와 유격대 4개중대, 헌병대 1개중대 등 10개 중대로 편성하였다. 제1중대장 채찬, 제2중대장 최석순, 제3중대장 최시흥, 제4중대장 홍기주, 제5중대장 김명봉, 제1유격대장 임형규, 제2유격대장 김창룡, 제3유격대장 김시하, 제4유격대장 문학빈, 헌병대장 송헌, 간호소대장은 임수명이 담당하는 등 병력이 800여 명이었다.

　　유격대 1개 중대 병력은 80명으로 일정 지역에 근거지를 두지 않고 국경을 넘나들며 유격 활동을 하는 특수부대로 편성하였다. 의용군사령관 신팔균은 지시하고 명령만 내리는 지휘관이 아니라 항상 부하들과 함께 훈련하고 식사도 함께하며 솔선수범하여 군사들의 사기를 높였다.

4월 5일, 서간도와 평안북도 국경 지역인 창성군 달각산 계곡에 대한통의부 의용군 제1유격대가 진지를 구축했다. 의용군 유격대 창설 이후 첫 작전으로 평북에서도 악명 높은 창성군 후평 소재의 왜군 헌병주재소를 습격하기 위한 작전이었다. 도행정부에서 멀리 떨어진 산간지방의 왜군과 경찰들은 무소불위의 권력을 휘두른다. 부녀자를 겁탈하고 재물을 약탈하고, 당연한 듯이 조선인들을 괴롭혀 악명이 높았다. 사령관 신팔균은 국경지역 산간벽지의 왜군들을 응징하기 위한 작전을 세운 것이다.

이미 이틀 전에 중대장 임형규의 지시로 문대성과 박창로가 후평 주재소를 현지 답사하여 만반의 준비를 갖춘 뒤였다. 후평 주재소에는 헌병 1개분대 9명과 왜군 1개소대 22명이 주둔하고 있었다.

그날 한밤중, 중대장 임형규가 인솔하는 유격대 50명이 진지를 출발했다. 후평 왜군 주재소까지 걸어서 한 시간 거리였다. 음력 2월 22일이라 하현달이 희미하게 밝았다. 주재소 100여 미터 안에는 민가가 없고 연병장이다. 주재소 정문은 남폿불이 밝고 동초 2명이 1개 조로 4명이 정문 좌우로 돌고 있었다.

새로 한 시가 넘은 한밤중이었다. 중대장 임형규와 문대성, 박창로가 낮은 포복으로 30여 미터를 기어가 일어서며 표창을 날렸다. 동초 4명이 비명도 없이 쓰러지자, 주재소 주변에 잠복했던 유격대가 빠르게 다가오고 정문 초소의 경비병이 표창을 맞아 쓰러졌다. 그와 동시에 유격대가 막사 2개 동에 들이닥치며 수류탄을 던지고 사격을 하였다. 막사는 이내 화염에 휩싸이고 헌병과 왜군 1개 소대는 전멸을 하였다. 300여 미터에 있던 경찰 지소에서 경찰 대여섯 명이 달려오다가 매복하고 있던 유격대에 몰살당했다. 유격대는 단 한 사람의 부상자도 없이 무기고를 열고 총기와 수류탄 등 300여 점을 노획하여 유유히 사라졌다. 문대성은 63세로 늙은이가 되어 행동은 굼뜨지만 아직 표창 실력은 살아있었다. 그러나 그는 군사는 아니었다.

5월 28일에는 의용군 제3유격대가 새벽 2시에 평북 초산군 판면 왜군 주재소와 면사무소를 습격하여 헌병과 왜군 23명, 경찰 5명을 사살하였다. 그러나 유격대의 피해도 컸다. 2명이 전사하고 9명이 부상을 당하고 철수하였다.

사령관 신팔균 장군이 지휘하는 의용군 유격대는 서간도와 평안북도 경계를 넘나들며 4월부터 9월 30일까지 초산군 서면, 강계 회룡동, 희천군 문명동 등 6개소의 왜군 주재소와 경찰 지소를 습격하여 330여 명의 왜군과 왜경을 사살하였다. 기습 현장 4곳에서 경성 표창수와 평양 표창수의 표창이 있어서 왜군과 경찰은 공포에 떨었다.

이러한 사실은 한반도 전국의 왜군사령부와 경찰서, 간도와 만주의 왜군과 경찰에 알려지며 갑호비상이 걸렸다. 그러나 독립군의 피해도 있었다. 전사 17명, 부상 37명이 발생했다. 유격대는 기습 현장에 매번 경고문을 남겼다. 경고문은 언제나 왜군에 한이 맺힌 박창로가 삐뚤삐뚤하게 한글로 썼다. 그의 고집은 사령관도 못 말린다.

　경고문
　죄 없는 한국 백성들을 사살하고, 괴롭히고, 부녀자를 겁탈하고, 재물을 약탈하고 수탈하는 왜군과 왜놈은 어디서든 살아남지 못한다.
　대한국인 평양 표창수 백

대한통의부 의용군의 국경지역 국내 진입작전이 활발히 전개되고 작전마다 성공할 수 있었던 것은 사령관 신팔균 장군의 투철한 애국애족 정신과 통솔력의 결과였다. 게다가 역시 민족정신이 강한 40년 지기 친구 임형규와 간호장교 임수명의 헌신이 있었다. 또한 왜인이라면 자다가도 벌떡 일어나 이를 가는 박창로, 문대성의 뒷받침이 컸다.

대한통의부 의용군은 서간도 국경지대에서 환인현으로 철수하여 북간도와 만주 일대에서 일제의 앞잡이를 하던 조선족과 만주족을 응징하고 소탕하여 의용군 위상을 한층 높이는데 전력하였다. 그러나 신팔균 장군의 투철한 헌신에도 불구하고 대한통의부에 분란과 갈등이 일기 시작했다.

이에 당황한 대한통의부 지도부는 1924년 1월 20일, 총회를 열고 신팔균 장군을 대한통의부 총사령관에 임명하였다. 총사령관에 취임한 신팔균 장군은 전광석화로 임형규, 양세봉, 문학빈, 심용준 등을 유격대장에 임명하여 만주 일대에서 악명 높은 친일주구배의 숙청 소탕 작전에 돌입하였다. 대한통의부 내의 분란과 분열의 원인이 이들에게서 비롯되고 있음을 감지한 것이다.

유격대는 유하, 통화, 집안 지역에 근거를 둔 일제 거류민회와 보민회를 각각 야간에 습격하여 궤멸시키고, 근처의 왜군 부대와 경찰서를 습격하여 승리를 거두며 대한통의부 위상을 높이는데 주력하였다. 단지 독립군의 일개 부대로서 명맥만 유지하다가는 대한통의부 자체가 소멸될 만큼 간도와 만주 일대의 독립군이 위축되고 있었다. 만주의 왜군 관동군과 연해주 간도의 왜군사령부는 이 일대의 조선독립군 소탕 작전에 전력하던 시기이기도 했다.

광야의 별 지다

1924년 6월 초순, 대한통의부 유격대 2개 중대가 홍경현 왕청문 이도구 밀림지대에서 야외 군사훈련을 시작했다. 이 훈련장은 대한통의부 신병 훈련장이었다. 훈련 20일이 되어 사령관 신팔균 장군이 교대병력 2개 중대 제1중대장 임형규, 제3중대장 김하석의 병력 300명을 인솔하여 제2중대 제5중대와 교대하며 훈련장에 들어왔다.

훈련 12일째 7월 2일 오후 3시였다. 전투준비 방비 훈련에 몰두하던 유격대는 적의 기습공격을 받았다. 실탄을 장전하지 않은 빈총으로 훈련을 하던 임형규의 중대와 실탄 사격훈련을 하던 김하석 중대는 여지없이 공격을 당하면서도 전열을 갖추고 대항하였으나 기습공격으로 이미 많은 병력이 전사하거나 부상하여 기세를 잡을 수 없었다. 게다가 김하석 중대는 거의 전투경험이 없는 신병들이었다.

300여 명의 적은 유격대를 완전포위하여 집중사격을 퍼부으며 포위망을 좁혀오고 있었다. 사령관 신팔균과 중대장 임형규는 전열을 갖추어 반격에 나섰다. 그러나 이미 열세였다. 치열한 교전을 하며 대원들을 안전지대로 후퇴시키던 사령관이 적탄을 대퇴부에 맞고 쓰러졌다. 이에 당황한 대원들이 부축하려 하였으나 거부하고 부상병들을 먼저 안전지대로 대피시키게 하며 전투를 지휘하였다.

사령관의 부상을 지켜본 선임하사관 박창로는 그만 눈이 뒤집혔다. 실탄이 떨어진 총을 내던지고 수류탄을 뽑아 들고 적진으로 뛰어들었다. 온몸에 총알을 맞으면서도 수류탄 두 발을 던지고 쓰러졌다. 총을 맞은 불편한 몸으로 전투를 지휘하던 사령관 신팔균 장군은 끝내 흉부에 총탄을 맞고 쓰러졌다. 임형규가 외쳤다.

"엄호할 테니 사령관을 업고 피해라!"

임형규 중대의 병력이 엄호사격을 하고, 중대장 김하석이 사령관을 업고 포위망을 벗어났다. 안전지대에 이르러 신팔균 장군을 눕히자 가쁜 숨을 몰아쉬며 말했다.

"일제의 멸망을 보지 못하고 죽는 것이 원통하다!"

신팔균 장군은 눈을 부릅뜬 채 숨을 거두었다. 향년 42세! 조선말의 무장 신헌의 손자 신팔균 장군이 전장에서 적탄을 맞고 숨을 거두며 5대 무반 가문의 굳건한 대문이 소리 없이 닫혔다.

사령관의 전사를 직감한 제1중대장 임형규는 전열을 재정비하여 적군과 치열한 전투를 벌였다. 마침내 적군이 후퇴하기 시작하였다. 그러나 독립군 유격대는 추격할 여력이 없었다. 다만 적이 시체를 수습하지 못하도록 추격하여 쫓아버렸다.

사령관의 전사를 확인하고 부릅뜬 눈을 쓸어내려 감겨준 임형규는 가슴을 치며 통탄했다. 두 사람은 한 몸이었다. 적토마 옆에 나는 용. '내가 너이고, 네가 곧 나다.' 팔균의 조부 신헌의 가르침이었다. 임형규는 분노를 씹으며 일어섰다. 사태를 수습해야한다. 사령관 신팔균 장군을 포함한 아군의 전사 123명, 부상 51명, 무사한 병력이 46명인 처절한 패배였다.

게다가 대한국인 평양 표창수 박창로까지 잃었다. 한반도와 간도, 만주를 넘나들며 왜군과 악질 왜경 수백 명을 사살하여 현상금 2만 원이 붙은 조선의 영웅! 한반도와 만주벌 왜인들의 간담을 서늘케 한 전설적인 표창수! 대한통의부 독립군 선임하사관 박창로. 향년 35세였다.

중대장 임형규는 적군의 기습지대를 수습했다. 사살 36명, 숨만 붙어 있는 부상자가 32명이었다. 적군의 복장은 중국 마적이었다. 말을 할 수 있는 부상자를 임형규가 취조했다. 임형규는 간도지역 중국말을 잘한다. 부상자는 중국 마적이지만 왜군의 사주를 받았고, 기습군 절반이 일본군이라고 했다. 시체를 조사한 결과 일본군 중위의 몸에서 대마적정책문서對馬賊政策文書가 나왔다.

기습 적군은 왕청문 이도지구 마적의 안내를 받은 장작림 부대원과 일본군이었다. 이들은 사령관 신팔균이 밀림지대에서 훈련을 지휘한다는 정보를 입수하고 특수 공격대를 조직하여 기습작전을 감행했다. 대한통의부 총사령관 신팔균 장군의 전사로 말미암아 간도와 만주벌의 대한독립군은 서서히 소멸되는 계기가 되었다.

대한통의부 사령관 신팔균이 전사하자, 통의부 제1유격대장 정위 임형규는 사임서를 제출하고 북경으로 돌아왔다. 북경에는 그의 가족이 있었고, 통의부 간호장교를 하던 임수명이 만삭이 되어 한 달 전에 북경에 와있었다. 임형규는 수명에게 남편 전사를 일단 숨기기로 했다. 성정이 대쪽 같은 수명이 사실을 알면 만삭의 몸으로 실신을 하여 죽을 수도 있음이었다. 자칫하면 두 생명이 죽을 수도 있다. 30일간 휴가를 받았다고 속인 임형규는 사촌 동생을 타일렀다.

"수명아, 사령관이 경성에 가서 출산하는 것이 좋겠다고 하며 나를 보냈다. 나도 그렇게 생각하여 휴가를 내서 왔다."

수명은 잠시 생각하다가 대답했다.

"왜 군이 경성으로 가야 해요? 번거롭잖아요."

"머잖아 대한통의부 일부 병력이 조국으로 이동할 것 같다. 전국 각지에서 활동하는 의병들 사기를 진작시킬 목적으로 통의부 주요 병력이 의병들을 지원할 계획이다. 그러하니 경성에 가서 편안하게 출산을 하고 사령관을 기다리는 것이 좋겠다."

"오라버니, 목적은 좋지만 그것이 가능할까요? 한국은 간도나 만주에 비하면 너무 좁고 따라서 활동 영역도 좁아요."

"그렇기는 하지만 전투경험이 많은 독립군이 각개전투 방법으로 의병들을 지원하면 승산이 크다는 것이 통의부 방침이다."

수명은 오빠를 믿는다. 게다가 고향이 그립기도 하다.

"아이들 아버지가 그리하라면 따라야지요. 그럼 언제 출발할까요?"

"내가 휴가 기간에 경성에 갔다 와야 하니까 빠를수록 좋다."

열흘 뒤인 8월 12일, 임형규와 수명, 문대성이 북경에서 경성행 열차를 탔다. 경성행이지만 국경지대인 의주에서 반도 열차로 갈아타야 한다. 신팔균의 큰아들은 북경에서 학교에 다니므로 임형규의 집에 남아있고, 네 살인 둘째 아들과 함께였다. 이들은 하루 한나절 기차를 타고 와서 경성역에 내렸다. 문대성의 동생 문대수가 마중을 나와 있었다. 미리 연락이 있었으므로 문대수가 살던 사직동 303번지 셋방에 짐을 풀었다.

임수명은 사나흘이 지나면서부터 경성으로 오기를 잘했다고 생각했다. 사촌 오빠 집이기는 해도 아들 둘과 세 식구가 얹혀사는 것은 괴로움이기도 했다. 문대수 부부가 지극정성으로 돌보아 주어서 불편 없이 지내던 임수명은 10월 21일 딸을 순산했다.

출산을 기다렸던 임형규와 문대성이 찾아와서 수명을 즐겁게 해주었다. 그동안 문대성은 북경에 있던 가족을 경성으로 이주시켰다. 신팔균, 임형규, 박창로가 없는 삭막한 광야에서 늙은 몸으로 살아야 할 이유가 없다. 임형규는 수명이 출산할 때까지 휴가를 연장했다고 속였다.

10월 27일이었다. 임수명은 우연히 묵은 신문을 뒤적이다가 대한통의부 사령관 신팔균 장군이 7월 2일에 전사했다는 기사를 보았다. 수명은 오열하다가 그 자리에서 기절했다. 아이들이 자지러지게 울어 집주인이 들어와 보니 엄마가 갓난아이 배에 쓰러져 있었다. 옆집에 살던 문대수가 달려와서 수명은 깨어났지만, 제정신이 아니었다. 임형규와 문대성이 왔다. 수명은 사촌 오라비를 쥐어뜯으며 통곡했다.

이튿날, 네 살인 신팔균의 둘째 아들이 갑자기 죽었다. 며칠 전부터 심하게 감기를 앓다가 죽은 것이다. 임수명은 미친 듯이 날뛰었다. 출산의 고통이 가시기도 전에 남편의 죽음을 알았고, 어린 아들이 죽었다. 멀쩡하다면 외려 정상이 아닐 터였다.

나흘 뒤인 11월 2일, 산바라지를 하던 문대수의 처가 잠시 자리를 비운 사이 한낮, 수명은 갓 낳은 딸의 입에 독약을 넣고 나머지를 마셨다. 간호원인 임수명은 독약을 잘 안다. 어린 딸과 엄마는 조용히 숨을 거두었다. 한창 꽃다운 나이 30세. 18세부터 세브란스 병원 간호원으로 근무하며 부상을 입고 쫓기는 애국지사들을 치료하여 숨겨주었다. 20세에 신팔균과 결혼하여 독립군 간호장교로 풍찬노숙하며 전투에 참여하였다. 경성의 백산 안희제로부터 독립자금을 인수받아 2회에 걸려 23만 원을 서간도와 남만주 독립군에 전달하던 여장부였다.

조선 비검飛劍

임형규와 문대성은 임수명 모녀의 장례를 치른 뒤에 술상을 놓고 마주 앉았다. 술을 서너 잔 마신 문대성이 주먹을 불쑥 내밀 듯이 말했다.

"스승님, 나두 이제 그만 살랍니다."

깊은 생각에 잠겼던 임형규가 문대성을 물끄러미 보다가 대꾸했다.

"대성아재, 왜 그렇게 생각해요?"

"나보다 젊은 동지들이 모두 먼저 갔잖아요. 늙은이가 무슨 낙을 보겠다구 더 삽니까? 스승님두 죽을 생각을 하구 있잖아요."

임형규는 덤덤하게 대답했다.

"아재가 그걸 어떻게 알았어요?"

문대성은 술잔을 벌컥 비우고 받았다.

314

"내가 스승님께 무예를 배우고 따라다닌 지가 26년입니다. 그렇게 물으시니 좀 섭하네요."

임형규는 술을 한 모금 마시고 말했다.

"아재가 알고 있으니 내가 편해졌네요. 나는 사령관이 전사했을 때, 박창로처럼 죽어야 했어요. 하지만 동생이기도 한 사령관의 가족을 안전하게 다독여 놓을 의무도 있었지요. 그런데, 모두 허사가 되고 말았어요. 신팔균과 임형규가 함께 죽어야 한다는 것은 양가 선친들의 약속이기도 합니다."

"그럼, 이제 어떻게 죽을 겁니까?"

그는 망설임없이 대답했다.

"무인으로서 양반 선비들처럼 자결이야 할 수 없지요. 나라를 되찾을 수는 없고, 수많은 왜적들을 모두 처단할 수도 없지만, 일반 왜인들의 십만 몫쯤 하는 수괴라면 내 목숨과 맞바꿀 수도 있겠지요."

문대성도 작심한 듯이 받았다.

"내 생각도 그렇습니다. 스승님을 따르겠습니다."

"아재가 나를 따를 이유는 없어요. 이제 여생을 편히 지내시다가 자식들 앞에서 편히 운명해야지요. 내가 죽거든 아재 손으로 묻어주세요."

문대성이 격한 목소리로 대들었다.

"스승님이 신팔균 없이는 살 수 없듯이 문대성 또한 임형규 없이 살지 못합니다. 해주 산골짜기 대장쟁이가 젊은 스승 임형규와 신팔균을 만나 이만큼 영광되게 살았으면 그만이지, 뭘 더 바라고 삽니까? 왜놈들 꼬라지 더 보고 싶지도 않네요."

임형규도 한참 만에 술잔을 비우고 받았다.

"아재 마음 알겠습니다. 우리가 이제 어떻게 죽어야 할지 생각해 봅시다."

"뭘 어떻게 죽어요. 내게 아직 표창 여남은 자루가 있습니다. 그걸 다 써먹고 죽을랍니다."

형규는 잠시 생각하다가 말했다.

"그건 안 됩니다. 신출귀몰하는 조선 표창수가 죽으면 악질 왜놈들 발 뻗고 잘 겁니다. 경성 표창수 3명과 평양 표창수 2명 중에 죽은 표창수는 박창구 하납니다. 네 명은 나라를 되찾는 날까지 살아있어야 합니다."

문대성이 임형규의 손을 덥석 잡으며 눈물을 주르르 흘렸다.

"역시 스승님이십니다. 그럼 어찌해야 하는지 명령만 하십시오."

"명령이 아닙니다. 이렇게 합시다. 헌병이든 경찰이든 고관 몇 명을 표창으로 사살하여 만주와 간도에서 활약하던 경성 표창수와 평양 표창수가 다시 경성에 왔다는 것을 증명해야 합니다. 그 뒤에 총독이든 총독부 고관이든 몇 명을 총이나 폭탄으로 사살하고 우리는 자폭을 하든 총격전을 벌이든 한국인 열혈백성으로 죽어야 합니다."

문대성이 머리를 갸웃거리다가 말했다.

"평양 표창수가 경성에 왔다는 것을 증명하려면 평양 표창을 써야 합니다. 내게 박창로가 쓰던 표창 다섯 자루가 있어요. 난 그걸 쓰는 게 좋겠습니다."

형규가 밝게 웃으며 받았다.

"맞아요! 아재 참 좋은 생각을 했네요."

사흘 뒤 오후 6시였다. 퇴근하는 남대문경찰서장 마차가 회현 동으로 들어설 때, 마차에 수류탄이 날아들어 폭발했다. 수류탄은 마차 차대에 맞아 터지며 말이 날뛰자 마차가 훌렁 뒤집혔다. 경호원과 서장이 마차에서 기어 나오는 순간, 서장은 비명을 지르며 목을 움켜쥐고 나뒹굴었다. 경호원은 심장에 표창을 맞고 끽소리도 없이 나자빠졌고, 마부는 피투성이가 되어 널브러졌다. 그야말로 눈 깜박할 사이에 일어난 사건이었고 범인은 흔적도 없었다.

비슷한 시간 6시 30분경, 용산 경찰서장이 퇴근하여 말을 타고 사직동 관사 앞에 도착하여 내리는 순간, '우욱!' 신음을 삼키며 깍짓동 같은 몸이 픽 쓰러졌다. 연이어 경호원이 목을 움켜잡으며 쓰러졌다. 가족들이 대문을 열고 나오다가 아우성을 칠 뿐 사위는 그저 조용했다. 머리가 허옇고 수염이 덥수룩한 영감 하나가 휘적휘적 주택 골목으로 사라졌다. 사직동 골목골목을 문대성은 손바닥 보듯이 알고 있다.

밤중에 경성에 비상이 걸렸다. 경찰서장 둘과 경찰 세 명이 표창을 맞고 죽었다. 경성과 평양, 만주대륙에서 신출귀몰하며 총독부 고관과 왜군, 왜경 수백 명을 사살하던 조선 표창수가 4년 만에 다시 경성에 나타났다. 오소리 기름을 바른 표창은 여전히 시퍼렇게 번쩍번쩍 빛나기만 하여 왜인들 간담을 서늘케 했다.

열흘 뒤인 1925년 1월 3일 오전 9시, 왜인들 설인 정초 연휴가 끝나고 시무식을 하게 될 조선총독부 대강당. 임시로 마련된 출입구에서 경찰과 특수대원들이 비표를 확인하며 시무식에 참석하는 초청 내빈을 입장시키고 있었다. 그때, 경찰정복에 경시 계급장을 단 의젓한 임형규가 빠르게 눈치를 살피며 식장인 대강당으로 들어갔다.

조선총독 사이토 마코토[齊藤實]가 식장에 입장하기 직전, 총독부 비상벨이 요란하게 울리며 경찰과 특수부대 요원들이 식장으로 들이닥쳤다. 임형규는 재빨리 경찰들 틈새로 끼어들었다. 확성기 소리가 총독부 강당을 쩌렁쩌렁 울렸다.

"경찰 경시 복장을 한 괴한이 침입했다. 찾아라!"

그와 동시에 임형규 옆에 있던 같은 계급의 경시가 명찰과 얼굴을 보고 하얗게 질린 얼굴로 허리에 찬 권총을 뽑으려는 순간,

발각된 것을 알아차린 임형규는 권총을 뽑아 들어 경시를 사살하고 특수부 요원을 향하여 발사하기 시작했다. 권총의 명사수 임형규의 실탄은 단 할 발의 실수도 없다. 순식간에 6명이 쓰러지고, 바닥에 엎드려 겨드랑이에 찬 권총을 뽑는 순간, 임형규의 몸은 벌집이 되었다.

총독부 강당이 아수라장이 되는 그때, 경찰 복장의 문대성이 총독부 청사에 뛰어들어 수류탄 2발을 던지고 권총을 마구 쏘았다. 문대성의 온몸에서 핏줄기가 내뻗쳤다. 순식간의 총격전으로 특수부대 요원 4명과 경찰 7명 총독부 직원 12명이 현장에서 즉사하고 10여 명이 수류탄 파편으로 부상했다.

대체 임형규가 어떻게 일본 경찰 경시가 되었을까? 임형규와 문대성은 대엿새 간 총독부 부근을 탐색했었다. 형규는 마침내 총독부에서 걸어서 5분여 거리에 있는 집에 총독부 경찰 경시 스즈키 사치로오가 살고 있는 것을 알아냈다. 시무식이 있는 3일 아침 8시, 정복을 입고 걸어서 출근하는 스즈키와 부관을 임형규와 문대성이 골목에 잠복하다가 급소를 찔러 납치해서 무작정 기와집 대문을 열고 들어갔다. 질겁을 하는 집주인에게 말했다.

"죄송합니다. 우리는 독립군입니다. 잠시만 참아 주십시오."

임형규와 문대성은 기절한 두 경찰 옷을 벗겼다. 연이어 가슴 급소를 눌러 사살하고 두 경찰의 정복을 임형규와 문대성이 입었다. 임형규는 왜경의 권총을 차고, 그가 소지했던 권총을 겨드랑이에 차고 의젓하게 총독부로 출근했다.

경찰 복장의 문대성이 그 집 식구들을 한방에 몰아넣고 감시하고 있었는데, 가정부가 들어오다가 대문 옆에 쓰러져 죽은 두 사람을 보고 비명을 질렀다. 문대성이 잠시 당황하는 사이, 젊은 이가 뛰어나가 총독부 정문 경찰에 신고를 하면서 비상이 걸렸다.

이로써 전설적인 조선 표창수 5명이 모두 죽었다. 임형규 향년 45세. 문대성 65세였다. 하지만 조선반도와 간도, 만주 일대의 왜군과 왜경은 조선의 표창수 박창구 하나만 죽은 줄 알고 있다. 경성의 표창수 신팔균, 임형규, 문대성과 평양 표창수 박창로는 일제가 멸망하여 항복하는 순간까지 오소리 기름을 바른 나비 비검처럼 시퍼렇게 살아있었다.